KB174394

시적 가역성과 그늘의 시학

천영숙

국학자료원

시적 가역성과
그늘의 시학

천영숙 지음

서문

　詩는 우주를 깨우치는 경구이며, 生의 유물을 발굴하게 하는 암호입니다. 詩人이 漠漠한 사막 길을 걷는 탐험가라면, 비평가는 물길을 따라 배를 밀고 가는 항해사라고나 할까요. 시인들이 고통스레 자신들의 고정관념을 벗으며, 또한 그들의 내면을 파괴해 얻은 시편들은 결코 瓠落하지 않습니다. 그러나 시는 滿滿한 그늘 하나 내어주더군요. 그 그늘에서 봄꽃의 환희와 여름 열기와 가을의 애상, 혹독한 삶의 겨울을 관조하며 지내왔습니다.

　출간의 동기와 동력이 되어 주신 '시와정신' 주간 김완하 시인과 '국학자료원' 정구형 사장님, 그리고 편집에 정성을 다해 주신 문진희 선생님께 감사의 마음을 올립니다.

　화살이 과녁을 맞히는 힘은 줌손과 각지의 균형에 있습니다. 시에 累를 끼치지 않는 책이 되길 희구합니다.

목
차

1부

그늘 속의 불

함민복 『말랑말랑한 힘』

옥타비오 파스는 넓은 의미에서의 시와 개별적 시 작품을 구분하여 '시와 시편'이라 표현했다. 시란 이 세계를 드러내면서 다른 세계를 창조하며, 그로써 세상을 변화시키는 것이 시의 기능이라는 것이다. 시적 행위는 본래 혁명적인 것이지만 정신의 수련으로서 내면적 해방의 방법이라 한다. 시는 비어 있는 공간을 향한 기원이며 그 비어 있음과의 대화로 인해 내면을 정화한다. 역사와 삶의 권태, 고뇌와 절망이 시의 양식이 되어 무의식을 승화시키고 보상해 주며 응집시키는 동력을 얻는다. 시를 통해 객관적 갈등들은 해소되고, 일시적으로 스쳐가는 것 이상의 의식이 고양되게 한다.

시편이란 세상의 음악이 울리는 소라 고동이며, 조화와 상응을 통한 울림이다. 시를 이루는 수사학적 메카니즘은 연(連)과 운율 등의 문학적 형식에서 출발하여 시편으로 승화되는 것이다. 시편이란 '일어 선 시'로서의 창조물이다. '일어 선'시란 시인이 시편이라는 형식을 통해 자신을 완전히 드러냄을 의미한다. 이때 시편이란 단순한 문학 형식이 아니라 시와 역사와의 조응, 시와 인간이 만나는 소통의 장소로 의미화 되는 것이다.

2005년 박용래 문학상과 김수영 문학상을 수상한 함민복의 『말랑말랑한 힘』은 그의 네 번 째 시집이다. '길, 그림자, 죄, 뻘' 등 네 개의 작은 제목을 중심으로 모아진 그의 시집에서 특히 주목되는 것은 '그림자'에 대한 시편들이다. 그의 시편들에 드리운 '그림자'는 전기적 역사성에서 출발하여 아니마적 내재성에 이르기까지 다양한 층위를 표출한다. 그의 시편들은 언어를 뛰어넘어 반복 불가능한 시적 행위로써 이미지 · 색깔 · 리듬 · 비전 등을 용해시킨다. '그림자'에 연결된 19편의 시들은 역사적 전기와 개인의 사유 사이의 갈등과 화해, 상처와 치유를 융합하는 데, 그것의 주된 동기는 불의 상상력이다.

1. 전기적 역사성에 대한 불의 상상력

시인의 언어는 언어라는 그 현상 자체로 인해 자신의 것이며 또한 타인의 것이며, 역사적 언어이다. 당대 민중의 언어를 사용하는 특정 시기에 속한다는 사실만으로도 시인의 언어는 역사적 시점의 언표인 것이다. 시편은 한 사회의 표현이고 아울러 그 공동체를 세우는 기반이며 실존 조건이다. 시편에 자양분을 공급하는 언어는 역사이며, 역사는 시적인 말이 육화되는 장소이다. 그러나 시인이 시편을 통해 공감을 일으키는 열쇠는 역사적 탐구가 아니라 전기이다. 역사와 전기는 역사적 시기와 삶에 대한 주조를 말해주고 작품의 경계를 보여주

며 작품의 외재적 스타일을 설명해 준다. 시인은 당대의 역사와 이데
올로기를 뛰어넘는 존재이면서 동시에 그 범주를 벗어 날 수 없는 공
동체의 일원이기 때문이다.

> 국토통일원에 목련꽃이 피었다
> 족구하는 직원 몇
> 공 따라 네트 넘는 공 그림자
> 담 넘지 않고 넘은 담 그림자
>
> 흔들리지 않는
> 흔들리는 꽃 그림자
>
> 봄의 헛바닥
>
> 목련꽃 한 잎 떨어진다
> 그림자 한 잎 진다
>
> 만나
>
> 꽃이 썩으면
> 썩어 빛이 되는 꽃 그림자
>
> —「봄」 전문

위의 시 「봄」에 나타난 시인의 조국은 초록별 위에 남아 있는 유일
한 냉전의 땅이다. 그 동토에도 '봄'이 오고, 봄은 '목련'을 꽃 피게 하
였다. 잘려진 국토를 통일시키려는 '국토통일원' 봄마당에서 직원들이
족구를 한다. 족구는 손을 쓸 수 없는 오직 발만 사용하는 지극히 제한

적인 공놀이다. '족구'하는 직원들이 상징하듯, 통일은 발 움직임에 불과한 몸짓의 일부분일 뿐이다. 공이 네트를 넘나들듯 그림자 역시 공을 따라 네트를 넘나든다. 그러나 담은 아직 높다. 담을 넘어가는 실체는 없이 오직 그림자만이 담을 넘는다. 담은 흔들리지 않는 데, 흔들리는 것은 오직 꽃 그림자뿐이다. 자연의 질서는 막힘이 없건만 인간의 체재와 이데올로기만이 높은 담 안에 견고히 갇혀 있는 것이다.

'봄의 헛바닥'은 만개한 목련 꽃잎들에 대한 이미지로 통일에 대해 난무하는 현란한 언어이다. 통일의 희망이 현란할수록 그림자는 깊게 된다. 시간은 목련꽃 한 잎 떨어뜨리고, 꽃 그림자 한 잎 떨어뜨린다. 그들이 떨어질 때 비로소 만난다. 그들이 '만나' 이룩해 내는 것은 '썩음'이며, '썩어 빛이 되는 꽃그림자'이다. 봄빛처럼 화려한 수사학에 갇힌 말의 성찬이 종료될 때만이 진정한 국토통일원의 임무가 이루어진다는 것을 시인은 환기시키고 있다. 국토통일원에 핀 목련은 꽃진 자리에 잎이 돋는 꽃나무이다. 목련처럼 한반도의 통일은 꽃부터 피우고 있는 역사적 전기를 드러낸다. 우선 만나야 하고, 서로의 조건과 야망을 내려놓고 무화시킬 때 희망의 새로운 '빛'을 얻게 된다. 시인은 목련꽃 봉오리에서 불꽃의 상상력을 본 것이다. 촛불이 제 몸을 태워 어둠을 몰아내듯 목련은 수 천 개의 촛불이 되어 봄을 밝힌다. 불은 어둠을 사르고, 그 소멸 속에서 재생을 얻는 시적 상상력이다.

태양이 어서 일터로 나가라고
넥타이를 매주듯 그림자를 매주었다
농부들이 들판에서 그림자를 파내고 있었다

달이 뒤에서 앞에서 자신의 포즈까지 바꾸며
뒷모습만 나오는 흑백 그림자를 찍어 주었다
올빼미가 제 그림자가 되어준 들쥐를 내리 쪼았다

불빛 속에서 그림자가 화들짝 튀어나왔다
죽음만이 실재하고 살아가는 모든 일들이
죽음의 그림자일 뿐이라는 생각이 타올랐다
　　　　　　　　　　　　　　　―「질긴 그림자」 전문

　함민복은 첫 시집『우울氏의 일일』(세계사, 1990)을 비롯해『자본
주의의 약속』(세계사, 1993),『모든 경계에는 꽃이 핀다』(창작과비평
사, 1996) 등 세 권의 시집을 내놓았다. 그의 시집들을 통해 일관되게
환기되고 있는 층위는 자본주의의 논리에 대한 그늘이었다. 그의 시
편들은 자본주의의 억압 측면에 대한 고발과 비판으로 근대성의 모순
을 드러내 주는 역사적 전기물이다. 그는 질기게 달라붙어 있는 현실
의 그늘인 자본주의의 억압을 직시하며 이 땅의 전기적 역사성을 시
로써 형상화한다.

　함민복의 네 번째 시집『말랑말랑한 힘』에는 위 시「질긴 그림자」
를 비롯해「고향」,「개밥그릇」,「뿌리의 힘」,「페타이어·2」,「논 속
의 산그림자」등의 시편을 통해 자본주의와 근대성에 대한 우울한 양
상들을 그려낸다. 그의 시편들은 양(陽)에 대한 양가적 의미로의 음
(陰)을 '그림자'로 형상화한다. 이때의 '그림자'는 물론 소외와 억압, 삶
의 비의와 모순 등을 포괄하지만, 시인의 중요한 의도는 그들 그늘 속
에 감춰진 욕망을 포착하는 데 있다. 그 욕망은 '불'에 대한 다양한 매
개어와 이미지로 시적 상상력을 심어 놓는다.

근대의 문명화는 농경의 느림을 인내하지 못한다. 해와 달의 절기에 기대어 땅을 일구고 삶을 꾸리던 전근대적 생활은 채근과 옥조임의 근대적 삶의 그림자로 전락하고 말았다. '태양'은 어서 일터로 나가라고 농부들에게 넥타이를 매듯 그림자를 매준다. 농부들은 목에 그림자를 매고 있을 뿐 아니라 그들의 일터에서 조차 그림자를 파낸다. 그들이 파내는 그림자는 먹이사슬의 냉엄함과 현실의 잔혹함에 대한 응시이다. 그것은 죽음의 그림자이다. 시인의 자각은 불빛 속에서 화들짝 놀라 튀어 오른다. 농촌의 농부들을 죽음의 그림자로 몰아넣는 그림자의 실체를 시인은 질기게 파헤치는 또 하나의 그림자인 셈이다.

「고향」에는 '개가 소뼈를 물고' 가는 모습이 전경화된다. 개 그림자마저 소 그림자를 물고 가서 씹어 먹는다. 시적 화자는 '그림자가 그림자를 먹어치우는 모습을 우두커니 보고 서 있'을 수밖에 없다. 너무 커버린 '몸 그림자'는 근대자본의 다른 이름임을 우린 안다. 물화된 자본은 '냇가도, 길도, 학교 운동장도 작아 보이'게 하고, 농촌 사람들을 도회로 유인해 떠돌게 만들었다. 농경의 핵심이었던 소가 집지키는 개에게 조차 푸대접을 받는, 본디 흙과 합일된 몸들을 도회로 내몰고 마는 그림자의 실체를 시인은 놓치지 않는다. 이 시의 화자는 귀향에 대한 의지를 욕망화한다. 그것은 그림자에 대한 또 다른 그림자로 하여금 모순을 파헤치게 한다.

사월 초파일
傳燈寺에서 淨水寺까지
공양 드리러 가는 보살님 차를 얻어 탔다

토마토 가지 호박 늦은 모종을 안고

십 리를 더 걸어와
흙 파고 물 붓고
뿌리에 마지막 햇살 넣고 흙 덮고
해도 燈처럼 물(水)처럼 날이 맑아

개밥그릇을 말갛게 닦아주고 싶었다
부처님 오신 날인데 나도
수돗가에 앉아 도(陶)를 닦았다
고개 갸웃갸웃 쳐다보던 흰 개

없다니까!
그 그림자가 그릇의 맛이야
수백 번 혓바닥으로 핥아도 아직 지울 수
햇살이 담길수록 그릇이 가벼웠다

　　　　　　　　　　　－「개밥그릇」 전문

　「개밥그릇」은 초파일 부처님께 공양드리는 물질화된 현대인과 빈 그릇을 핥는 흰개와 가난한 화자가 시편의 축을 이룬다. 부처님 오신 날, 화자는 채소의 늦은 모종을 하기 위해 전등사(傳燈寺)에서 정수사(淨水寺)까지 공양드리러 가는 보살의 자동차를 얻어 탄다. 그러고도 그는 십리를 더 걸어와서야 토마토, 가지, 호박을 심기 위해 '흙 파고 물 붓고 뿌리에 마지막 햇살 넣고 흙'을 덮는다. 생명을 보듬어 옮긴 화자의 마음에 '해도 燈처럼 물(水)처럼' 맑은 날이 비친다. '개밥그릇을 말갛게 닦아주고 싶'은 청빈의 중생은 수돗가에서 '개밥그릇(陶)'을 닦음으로 초파일의 도(道)를 대신한다. 고개 갸웃이며 빈 그릇을 바라보던 흰개가 소리친다. '없다니까!'라고. 그것은 개밥그릇의 비어 있다는 뜻만이 아니다. 수백 번 핥아도 지을 수 없는 그림자에 화자는 햇살을 담는다. 부처의 진리를 담아 주는 그릇으로의 '傳燈寺'와 세상의 그림자를 씻어줄 그릇으로의 '淨水寺'는 식물의 뿌리에 뿌려지는 물과 불, 그리고 소외를 표방하는 '개밥그릇'을 씻어내는 물과 그 그릇에 담기는 햇살은 모두 불의 상상력에 기인하는 이미지이다.

함민복은 근대의 부정성과 자본의 야비함을 역사적 전기로 표출하지만, 그의 시적 자산은 서정성에 뿌리를 둔다. 뿐만 아니라 그의 시에 내재된 잔잔한 감동들과 인간에 대한, 자연에 대한 온기들은 그의 시에 편재된 불의 상상력에 기인한다.

2. 아니마적 그림자 속의 불의 상상력

카를 구스타프 융은 '그림자'의 현상을 이론화하였다. 융은 집단과 개인에게서 '원형적 심상'을 발견하였다. 인간에게는 잠재 성격으로써 행동될 수 있는 콤플렉스가 있는 데, 이들 원형적 심상이 '그림자'와 '아니마(anima)'와 '아니무스(animus)', 그리고 자기(Self)라 부르는 독특한 요소이다. 그에 의하면 형상을 띤 모든 것은 명암을 지니며, 이 명암은 인간에게서 의식과 무의식의 양면으로 나뉜다고 보았다. 인간의 무의식에는 의식과 무의식을 통합하고자 하는 자기원형을 지니는 데, 그것은 그림자를 가진다는 것이다. 이 원형적 그림자는 강력한 에너지를 가지고 있어 부정과 긍정의 각각의 경우에 전율할 만한 감정의 충격으로 표출된다.

시인은 이 전율할 만한 감정의 충격으로 삶의 그림자를 바라봄이며, 순간순간마다 그 부정의 한계를 벗어나 새로운 미래를 획득하여 나아가는 창조자이다. 시인은 자신의 소재를 뿌리로 하여 상상력과 언어를 통해 에너지의 총합인 시편을 설계해 나간다. 그것은 마치 제 스스로를 연소시키면서 빛을 얻기 위해 언제나 위를 향해 타고 있는 불꽃과 같은 존재이다. 불꽃을 통한 상상력은 인식이며 상상하는 자아의 승화이다.

함민복의 시편들에 그려진 그림자는 내적 인격을 형성하여 외적 인격인 페르조나에 대응하는 양상이다. 그는 '아니마'적 그림자로 창조적 능력과 빛의 원천을 발견해 낸다. 그의 시편들은 열등한 그림자 속에서 창조와 성숙의 씨앗을 잉태시킨다.

> 길 건너편에서 가위질 소리가 들린다
> 빈 종이 상자 실은 리어카가 지나간다
> 찰강찰강
> 웃자란 햇살이 경쾌하게 깎인다
> 내리막길 과속 막으려
> 리어카 뒤에 매단 타이어 끌리는 소리
> 부 욱 부 욱
> 바리톤이다
> 구르는 바퀴를 굴러 본 바퀴가 붙잡는 봄
>
> 어미 가슴팍 또 한 겹 얇아진다
>
> —「폐타이어·2」전문

함민복은 근대의 이중성 중 하나인 자본의 부조리를 그의 그림자론에 용해시킨다. 자본의 비의와 모순을 드러냄에도 그의 시적 성향이 거칠지 않고 온화할 수 있는 것은 그의 아니마적 상상력에서 확인된다. 대부분의 그림자는 대상에 대한 악의적 감정인 상대악적(相對惡的) 위치에 놓인다. 그러나 내적 질서를 조정해주는 아니마적 상상력은 정신의 전체성을 안겨주며, 빛과 그림자의 융합을 이루게 한다.

함민복의 그림자에 등장하는 은유 중 하나는 '속도' 또는 '속력'이다. 「개밥그릇」에서는 '자동차'와 '도보'의 비교가 나오고, 「폐타이어 · 2」에는 버려진 폐타이어와 리어카 바퀴의 관계성을 표출한다. 한때 도로를 질주하던 타이어의 동력은 쓸모없는 물질로 폐기되어 고물상 리어카에 매달려 있다. 버려진 폐타이어는 움직이는 물체들의 그림자이다. 비록 '빈종이 상자'를 담아가는 리어카이지만 그것은 생산의 주체이다. 그 생산의 주체가 내는 '가위질 소리'는 '웃자란 햇살마저 경쾌하게' 깎을 수 있는 위용이 있다. '찰강찰강'한 가위 소리와 '부욱 부 욱' 끌려가는 매달린 폐타이어 소리의 대비가 선명하다. 이는 폐타이어의 무용(無用)을 극대화시키는 견줌이다.

이 시에서 시인의 아니마적 상상력은 극적 반전을 불러온다. 내리막길에서 리어카의 속력을 조절해 주는 것은 '구르는 바퀴를 굴러 본 바퀴'가 붙잡아준다. 무용의 폐타이어에 조화와 균형을 발휘할 수 있는 것은 '봄'이다. '봄'의 이미지는 지극히 아니마적 소산이다. 대지를 녹이는 계절의 온기는 어머니의 마음으로 이어진다. 맨몸으로 땅을 부딪치며 균형을 이루는 폐타이어의 상처로 인해 '가슴팍 또 한 겹 얇아지'는 어머니의 힘을 시인은 노래한다.

「폐타이어 · 2」에서 함민복은 시인의 역할을 은유하고 있다. '빈 종이 상자'같은 일상에 생각마저 '찰랑찰랑' 수없이 가위질 당하지만, '내리막길 과속'을 막으려 온 몸으로 투신할 수 있는 것이 시인임을 진술한다. 어미의 가슴이 되어 힘없고 낮은, 그림자들에 대한 따스한 연민을 갖고 제 몸을 끌려갈 줄 아는 것이 시인이라고 언술한다. 세상이 조화롭게 굴러 갈 수 있는 것은 바닥을 구르며 내는 저 '바리톤' 소리가 있기 때문이라고 노래한다.

> 금방 시드는 꽃 그림자만이라도 색깔 있었으면 좋겠다
>
> 어머니 허리 휜 그림자 우두둑 펼쳐졌으면 좋겠다
>
> 찬 육교에 엎드린 걸인의 그림자 따뜻했으면 좋겠다
>
> 마음엔 펑펑한 세상이 와 그림자 없었으면 좋겠다
>
> ─「그림자」 전문

위 시편에는 세 가지의 진술대상이 나온다. '금방 시드는 꽃'과 '허리 휜 어머니', 그리고 '찬 육교에 엎드린 걸인'이다. 이 진술의 배경은 한결같이 '그림자'이다. 그림자는 낡은 방식들, 낡은 인격, 인격의 열등한 부분, 부정적 측면이며 감추어진, 바람직하지 않은 성질의 총화, 잘 발전되지 못한 기능들이며, 강렬한 저항에 의해서 억압되고 있는 것으로 정의된다.

시「그림자」에서 '금방 시드는 꽃'은 삶의 덧없음뿐만 아니라, 시인의 시작에 대한 희망이다. '시든 꽃의 그림자만이라도 색깔이 있었으면 좋겠다'라고 노래한 것의 이면은 시간성을 초월한 시적 생명에 대

한 욕망이다. 모든 존재들이 소멸할 지라도 오로지 현존할 수 있는 것은 예술임을 시인은 진술한다. 꽃이 내포하는 부드러움과 아름다움의 아니마적 상상력은 시간에 순응하여 시들고 만다. 그러나 소멸을 거부하는, 시간을 초월하려는 욕망과 조화되어 시인의 시편들을 더욱 빛나게 하는 요소로 작용한다.

'어머니'는 고향에 대한 영원한 상징이다. 어머니의 '흰 그림자'는 소진되어가는 육체성이며, 핍진되어 가는 고향의 현실이다. 어머니의 허리가 '우두둑' 펼쳐지길 소망하는 애잔함은 삶의 근본에 대한 관심이다. 인간이 출발한 삶의 터전은 흙이라는 것을, 그것은 고향이라 묶약되는 농촌 공간이다. 갈수록 물질화 된 자본주의의 세계에서 자꾸만 허리가 휘어지는 농촌의 현실을 시인은 간과하지 않는다. 시인이 피폐화되어 가는 농촌의 그림자가 '어머니 흰 허리 우두둑' 펴지듯 밝은 현실이 되길 갈구함은 그의 내적 인격인 아니마적 상상력의 단면이다.

'걸인'은 찬 육교 위에 엎드려 있다. 그가 구걸하는 것은 밥을 대신한 돈이다. 인간은 빵만으로는 살 수 없는 존재이다. 이러한 인간의 욕구는 삶의 발전적 가치를 추구한다는 근대의 당위성을 안겨주었다. 그러나 문화로 대변되는 근대의 자본주의 발전은 물질에 억압되는 굴레를 쓰고 말았다. 문명의 발전을 상징하는 '육교' 위에서 구걸하는 걸인은 문화적 도구화된 현대인의 자화상이다. 이들 위에 부어지는 따스함은 시인의 연민의 빛이 더해지기 때문이다.

인간은 더 나은 보편적 삶을 위해 계속하여 문명의 발전을 이루어 내었다. 인간에게 이로운 문명의 양가성은 마음의 평정을 흔들고 억압과 소외를 양산하였다. 이제 그러한 억압과 소외의 그늘을 벗어나

길 소망한다. 시인은 지배와 피지배가 공존하는 평평한 세상이 되어
그림자가 말끔히 소멸되길 노래한다. '평평한 세상'은 넘침과 모자람
이 조화되는 세상이다. 그것을 아우를 수 있는 마음이란 어머니의 마
음이며, 꽃과 버금가는 아름다운 것으로 아니마적 속성이 함유된 것
이다.

아니마는 고도의 예감 능력에 이르는 인격적 측면을 포괄한다. 시
「그림자」에서 형상화된 '시드는 꽃'은 인생에 대한 상징이며, '허리 휜
어머니'는 고향에 대한 애틋함이며, '차디찬 육교 바닥에 엎드린 걸인'
은 자본주의에 대한 모멸이며 상처의 은유로 전이된다. 이들은 모두
아니마적 상상력으로 인해 '좋겠다'라는 서술 어미에서 희망과 애정과
배려의 반전을 잉태한다.

　　햇살 아래서

　　눈물을
　　한두 번 찍었을

　　女人의 가녀린
　　반지 낀 손가락
　　끌어 입술에 대보고 싶은

　　그래
　　그림자도 빛반지를 저리 껴 보는구나
　　　　　　　　　　　　　　　　　　　　—「일식」 전문

시 「일식」은 1행에서 출발하여 8행에 이르는 긴 호흡을 이룬다. 뿐

만 아니라 8행의 시는 4연으로 나뉘어 있다. 비교적 짧은 시행에 비해 연의 구분이 상대적으로 많은 것은 빛을 전복하는 그림자의 강한 힘을 배가시키는 시적 장치이다. 태양이 그림자에 잠식되어 고리가 되는 아이러니는 눈물과 여인의 아니마적 심상에서 더욱 빛나는 결정체를 이룬다. 빛과 그림자가 한 짝으로 결합되어 여인의 손가락에 안겨지는 상상력은 우주적 현상을 통하여 소외와 상처의 그림자론에서 벗어나고픈 시인의 열망이다. 또한 시인이 지향하는 그림자론은 삼차원의 존재가 된다. 그림자는 강력한 저항 아래 억압되어, 그것을 의식됨으로써 정신적 대극(對極)의 긴장을 형성한다. 이 대극의 긴장은 새로운 발전의 창조력을 획득하는 것이다.

함민복 시편들의 마력은 그의 시집 제목이 표명하듯 '말랑말랑'한 힘에 연원을 둔다. 그것은 '서정'의 형용사적 표현이다. 그 서정의 뿌리는 존재의 그림자를 응시할 줄 아는 그의 시적 자산에 있다. 그의 '그림자' 시편들에 내재해 있는 이미지는 '불'의 상상력이다. 그는 불의 상상력을 통하여 부단히 양가적 속성의 융합을 시도한다. 그가 그림자에 천착하는 것은 약한, 낮은, 낡은, 궁핍한 존재에 대한 아니마적 심상을 지녔기 때문이다. 그는 모든 소외와 억압의 공간에 소통과 해방의 욕망을 지속적으로 갈구한다. 그것은 창공을 향해 힘차게 날개짓하는 새의 비상과 불꽃의 이미지를 통해 형상화한다. '그늘 속의 욕망'은 불을 통한 소멸과 재생의 순환 작용이며, 그것은 세상을 정화시키는 傳燈과 淨水이다.

그늘의 시학

노향림의 『해에게선 깨진 종소리가 난다』

스피박(Spivak)에 의하면 여성은 대부분의 사회에서 '타자적 존재'로 인식되어 왔으며 근본적으로 소외된 '하위 존재'이다. 맑스의 프롤레타리아에서 출발한 하위주체의 개념은 생산 위주의 자본주의 체계에서 중심을 차지하던 프롤레타리아 계급을 포함하면서도 성, 인종, 문화적으로 주변부에 속하는 사람들로 확장된다. 이는 남성성에 대립되는 것이 아니라 차이로서의 또 다른 주체인 타자적 여성성으로의 확장이다. 타자적 여성성은 생물학적 성(sex), 사회적 성(gender), 또는 남성성(Masculinity)의 대립되는 타자 개념을 넘어선 '자아로서의 여성 정체성(Women` identity)'의 의미를 가진 또 다른 주체이다. 이러한 일련의 여성의식들은 미적 현대성을 바탕으로 한다.

노향림의 다섯 번째 시집 『해에게선 깨진 종소리가 난다』에는 영산홍, 깨꽃, 분꽃, 등꽃, 산철쭉 등을 노래한 시가 들어 있다. 이 꽃들을 살펴보면 화려한 것 같으나 애틋함과 촌스러움 또는 예스러운 감상을 불러일으킨다. 뿐만 아니라 이들은 한결같이 무리꽃의 종류에 속하는 꽃들인 것을 알 수 있다. 또, 그와 함께 시에 나타난 이들 노래의 배경에는 소외의 그늘이 깔려 있다. 그 소외의 주체는 물론 여성으로 그들은 생의 절정기의 궁핍함이 아닌 황혼기의 애잔함으로 채색된다.

> 노인 요양소 / 칠 벗겨진 담장 아래 /생의 빈자리를 찾아 여인들이 /해바라기하며 앉아 있다.
> ― 「영산홍」1연, 『해에게선 깨진 종소리가 난다』, 11쪽.

「영산홍」은 '노인 요양소'에 수용되어 있는 여인들을 형상화한 시이다. 무리꽃을 이루는 영산홍이 '노인 요양소'의 허름한 담장 아래 화사하게 피어 있다. 이는 생의 한 가운데에서 걸어나와 빈터를 찾아 해바라기 하는 여인들과 영산홍 꽃무리의 대비이며, 봄의 화려함과 세월의 남루를 걸친 담장과 대조된다. 제 몸에서 빠져나간 빛의 광채를 채우는 노년의 여성은 중심에서 소외된 주변인이며 인생의 타자이다. 그들은 "붉은 것들만이 눈부시게 아름답다고/ 거짓말처럼 붉은 그림자들을 제 몸 속에서/ 꺼내어 깔고 앉아(2연)" 있다. 붉은 색은 정열의 빛이다. 그것은 태양이며, 꽃이며, 생리적 여성성의 상징이다. 그러나 이제 그녀들은 그림자일 뿐인 정열을 꺼내 깔고 앉아 청춘과 황혼이라는 시간의 간극을 조명한다. 그녀들의 시간은 "가물가물한 마음의 기억 속에/ 숙인 목덜미와 파인 가슴 속에/ 비밀한 사랑 몇 장을 지갑처럼 숨겨넣고/ 가위 바위 보! 가위 바위 보!(3연)"하며 "길고 지루한 하루(4연)"를 숨바꼭질한다. 시적 화자는 "다 저녁에 싱싱해"지는 영산홍을 통해 눈물나게 아름다운 삶의 종점에 처한 여인들을 한 컷의 그림으로 스케치한다. 그것은 절대적 운명에 대립되는 타자 개념을 넘어선 여성의식이다.

「깨꽃 핀 날」은 이 땅의 외모지상주의에 대항하여 순수한 생명력으로 제 소리를 내는 여성을 상징한다. 노향림이 정물화하는 타자적 여성 이미지는 한 발 비켜선 소외와 그 소외를 극복한 소통이다. 「깨꽃 핀 날」은 화려함이라는 기준에서는 밀려 난 '깨꽃'을 통한 여성성을 그린다. 깨꽃은 화려함이나 아름다움과는 거리가 있지만, "초경의 비린내"를 지닌 신선하고 건강한 생명력을 지녔다. 그러나 꽃을 물들이는 가을빛은 한 뼘밖에 오지 않는다. 봄과 여름의 따사롭고 강렬한 빛이 아니 조금 핏기 없는 가을만이 깨꽃의 이마에 온다. 그마저 "발 딛다 미끄러"진다. 기척 없이 내려오던 하늘마저 "미끄러지고 미끄러"질 뿐이다. 이 미끄러짐의 연속은 '깨꽃'으로 하여금 중심이 아닌 주변부로 내몬다. 그러나 시적 화자는 그 소외를 딛고 일어서는 의지의 아름다움을 "맑은 목청"이라 칭한다. "여러 겹의 헛바늘 돋는 병"을 이겨내고 "어느 덧 맑게 튼 목청"을 지닌 깨꽃에서 당당히 제 목소리를 내는 아름다움을 새긴다.

> 분꽃 흐드러지게 핀 요양소 담벽 아래/ 갈라터진 느티 밑둥에 노파들이/ 윤기 없는 손으로 손거울을 움켜쥐고 있다./ ―중략― 어디선가 한번쯤 보았던 저승꽃이 핀 얼굴들엔/분이 먹혀들어가지 않는다./잘 여문 분꽃 씨앗들이 제 몸 밖으로 밀어내는/사리처럼 툭툭 떨어져 나뒹군다./요양소 너머 저녁 어스름이 짙다.
>
> ― 「분꽃 지는 날」 1연, 마지막 연

노향림의 시선이 머무는 공간 중 하나는 요양소이다. 가족과 분리된 공간인 요양소는 현대성의 한 단면이다. 시인은 절대적 소외의 공간인 요양소를 통하여 여성의식을 타자화시킨다. 시인의 통찰력에 의해 발견된 여성은 '벌레 먹은 고사목(「영산홍」4연)'과 '갈라터진 느티밑둥'과 함께 한다. 이는 고령화되어 가는 현실에 처한 여성 문제를 환기시켜줌이다. 시인의 시선은 한 개체의 여성을 직시하는 것이 아니라, '여인들' 또는 '노파들'이란 공동체 집단을 응시한다. 그의 시어는 「영산홍」의 '여인들', 「깨꽃 핀 날」의 '깨꽃들', 「분꽃 지는 날」의 '노파들'처럼 복수이다. 「영산홍」에서 온 몸으로 '해바라기'하던 여인들은 '손거울만한 햇살'에도 눈부셔하는 '노파들'이다. '분꽃 지는 날'이란 생식의 기능이 거세된 삭막함과 죽음의 그늘에 있는 여성 문제에 대한 중첩이다. 옹골찬 분꽃의 한살이는 여인의 삶과 대비된다. 요양소 담벽 아래, 갈라터진 느티나무 밑둥에 앉은 여인들이 손거울을 움켜쥐고 있다. 거울은 타자로서의 나를 응시하는 기제이다. 거울은 빛을 모으고 그 빛을 반사시켜 자신의 상을 보게 한다. 반사된 빛, 그것은 깨어진 종소리로 그녀들을 일깨운다. 더 이상 화장이 받아들여지지 않는 얼굴, 빛의 반사는 저승꽃 핀 얼굴에서 굴절된 것이다. 분꽃이 곱게 필 자리에 저승꽃이 피어 있다. 열매가 꽃을 밀어내듯 저승꽃이 핀 그녀들 육신도 아름다움을 밀어낸다.

여성성에 대한 노향림의 조명은 「등꽃」과 「산철쭉」에 이르러 미적 모더니티를 획득한다. M. 칼리니스쿠은 미적 모더니즘을 종교와 유토피아 개념을 중심으로 해명되며, 그에 의하면 현대인이란 자유롭게 사고하는 사람이었다. 또 신을 믿지 않는 사람을 현대인으로 정의하였으나 인간의 종교적 욕망을 억제한 것은 오히려 유토피아 사상을 잉태하였다. 유토피아란 원래 '어디에도 없는 땅'이라는 공간적 연상에 토대를 두고 있다. 시 「등꽃」에 나타난 공간적 연상은 '헐린 집터'이다. 그 빈자리에 홀로 남아 보라빛 꽃으로 세상을 물들이고 있는 등나무는 '신이 있었다고 생각되는 공간'을 채운다. 몸을 허공으로 비틀어 올린 등꽃은 '천산 사막을 걸어가는 고행자'이며, 등나무는 다라니경 두 어 줄 읊어서 제 몸 아래 낮은 곳에 자리하고 있는 기진한 풀들을 위로한다. 이 때 청청 하늘에서는 생피란 생피는 모두 퍼내주며 풍경소리를 슬쩍 흘려준다. 생피를 흘려주는 풍경소리는 깨어진 '해'의 소리를 환유한다. 보랏빛 꽃송이는 등나무에서 퍼져 나오는 풍경소리이며 '해'로부터 부서져서 나오는 종소리를 내포한다. 하늘이 생피를 흘리고, 해가 깨어진다는 것은 신의 죽음이며, 이로 인한 신의 부재를 채우려는 유토피아 개념이다.

「산철쭉」은 강원도 어느 깊숙한 산골짜기에서 도시의 아파트 화단으로 옮겨진 산철쭉이 중심이다. 또 강원도 홍천 강가에서 수 억 년을 숨 쉬던 바위가 도시의 아파트로 흘러들어 인공 화단에 심겨진 것을 시인은 직시한다. 노향림은 이 시를 통해 일렬화 된 화단, 일렬로 굴러가는 자전거와 인라인 스케이트, 자동차 바퀴를 도시적 감각으로 형상화하였다. 그가 사용한 시어들인 화단, 바퀴, 바위들, 아파트 고층 등과 같은 어휘는 집합성으로 일련의 '군중'을 표상한다. 또한 그것은 도시적 감각의 어휘들이다. 하이드(G. M. Hyde)는 도시적 감각을 '군중'과 '고독'으로 해명하였다. 도시 속에서 우리가 체험하는 것은 군중의식이며, 그것은 고독감을 동반한다. 시인은 도시에다 고향을 재현하려고 고향의 바위며 꽃들을 옮겨온다. 그것은 곧 고향상길을 의미함이다. 이 고향 상실이야말로 노향림 시의 주제인 것이다. 고향과 동일시되는 모성 곧 여성성의 소외와 소멸을 통해 그는 유토피아를 찾도록 유도한다.

물끄러미 바라본 봄의 서정

도한호『나무를 심으며』, 김추인『프렌치 키스의 암호』,
길상호『눈의 심장을 받았네』

아우어바하(Erich Auerbach)는 『미메시스』에서, 문학의 제형식과 방식들 간에는 유사한 정신적 관련이 수반된다는 것을 강조하고 있다. 여기서 정신적이란 것의 한 부분은 "우리가 명명하는 과거, 현재, 미래라는 시간성"에서 발생하는 것들이다. 그리고 또 다른 한 부분은 우리의 환경 및 우리가 사는 세계에 "모종의 의미와 질서를 주려고 노력하는" 것을 의미한다.

이러한 양상은 문학 작품이라는 가상현실 속에서, 변이하는 현실의 삶을 인지하려는 '모방양식'의 변동을 통해 객관적으로 드러난다. 여기서 주목해야 할 것은 바로 그러한 변이를 유발시키는, 인간의 인지력에 타격을 가하는 핵심적인 요소가 '위기'에 대해 대응하려는 정신력임을 도처에 강조하고 있음이다. 이 '위기개념'이야말로 세계를 이해하려는 인간의 정신적 노력에 있어 불가피하게 의미심장한 가치를 지니고 있는 것이라 할 수 있다.

현대는 가공할 문명의 카타스트로프(catastrophe)가 부른 미증유의 파열상태를 노정함으로써 '위기의 시대', '세계상실의 시대'라고 규정되어 왔다. 현대 위기의 본질적 특징은 그 위기가 빚어내는 문학에 비추어서 가장 잘 납득할 수 있다. 액난과 격랑에 의한 결핍이 클수록 원형회복에 대한 욕구 또한 증폭되는 것이 인간의 정신력이다. 이러한 우리 시대의 역변적인 정신역학을 채굴할 수 있는 곳은 현실세계가 아니라 바로 그러한 현실에 대한 깊은 추상작업에서 응축된 문학작품 안에서 발견되는 것이다.

진리 혹은 진실에 대한 자아정체성을 위해서는 다양하게 움직이고 있는 정신의 역선(力線)들을 발견해야한다. 그것은 근대 이후의 불합리한 제도적 삶과 인간조건의 경험으로부터 창조된 문학작품의 인식구조를 이해한 것은 물론, 이들 작품의 비평을 통해 현시대의 삶에 일정한 의미와 질서를 부여하려고 노력하고 있는 시인들의 정신세계를 이해한 것이라 믿는다.

1. 순례자의 여정, 낙원을 향한 실낙원의 반어법

시인 도한호가 규정하는 '좋은 시절'이란 에덴동산에 대한 버금의미이다. 그의 시적 정신세계의 영역은 낙원원형의 모습이 중심에 놓여 있음을 본다. 그러나 그의 시집에 낙원은 비켜나 있다. 낙원 이전이거나 낙원 이후가 있을 뿐이다. 즉 '좋은 시절 이전'이거나 '좋은 시절 이후'로 간파되고 있다. 물론 그의 시력으로서의 '좋은 시절'이란 그의 세 번째 시집 제호임을 익히 아는 바이다. 그럼에도 묘하게 전해지는 여운은 중첩 은유의 알레고리를 유발시켜 그의 시적 기량을 증폭시키는 기제로 작용한다.

시인이 노래한 '좋은 시절 이전'은 낙원을 향한 소망이 가득한 구도의 과정으로 점철된다. 인간에게 소망이란 좋은 것, 즉 행복을 향한 여정이다. 무수한 고뇌와 격랑이 있을지라도 인내할 수 있는 시간성이다. 고도를 기다리는 지루한 시간 혹은 완성을 향한 부조화의 모습 그 자체가 행복한 '좋은 시절'로 인지된다. 뿐만 아니라 지금 여기, 현금의 삶이 담아내는 공간성에서 노래할 수 있는 간절함이 곧 소망인 것이다.

반면 '좋은 시절 이후'는 시인이 신앙인으로 살아온 삶의 완결편을 보는 듯하다. 기독교적 주요교리를 망라하고 있는 시편들은 그의 인생 도정을 간결하며 완곡하게 그리고 꼿꼿한 모습을 여실히 드러내 준다. '좋은 시절 이후'라는 어휘를 문자적으로만 해독하면, 낙원을 잃어버린 후의 광야생활을 연상케 한다. 한 번 경험한 낙원에 대한 그리움과 그것을 잃어버린 후회와 한탄이 깃들인 삶의 편린이 작품 곳곳에 스며있다. 또한 시인의 신앙적 역량은 절망의 한계상황을 극복하고 다시금 광야를 차근히 헤쳐 나가는 선지자적 기상이 도열되고 있다.

> 나무는 평생을 한 자리에서
> 철을 따라 옷을 갈아입고
> 보는 이에게 아름다움을 준다
>
> 새들에게 보금자리를 주며
> 짐승과 사람을 위해
> 과일과 열매를 맺고

피곤한 길손에게는 쉼터를 준다

나 또한 나무처럼 평생을
한 자리에 서 있었으나
내게 깃들인 것들에게
베푼 것이 없다

다만, 교훈 삼아 뜰에
나무를 가득 심었을 뿐

　　　　　　　　　　　　　　— 도한호, 「나무를 심으며」 전문

　나무를 닮은 시인, 나무처럼 살고자 하는 시인, 고요하고 맑고 푸른
기상을 품은이가 도한호님이다. 그의 시에는, 장점으로 일컬을 수 있
는 소월풍의 애상적 심상과 운율의 매끄러움이 살아 움직인다. 시의
행간에 깃들어 있는 평이하나 결코 단순하지 않은 정신적 결정체 들
이 옹이 박혀 있음도 소월적 시풍을 연상케 한다. 그것은 그의 오랜 시
작(詩作)의 자산으로 직접(集積)되어 있다고 평단된다.
　시인은 소박하나 건강한 '좋은 시절'을 구가하는 고백을 토로한다.
나무는 시인자신에 대한 표상이며, 시공간을 껴안고 있는 뭇사람들을
묘사한 삶의 한 단면이다. 시인은 신앙의 순결성뿐만 아니라 이타적
삶의 전형을 제시해 준다. 나무 없는 동산과 숲이 없듯, 사람 냄새 나
지 않는 삶의 여정 역시 존재할 수 없다. 나무는 세파에 시달려서 더욱
깊은 향내를 품어 안는다. 시인의 품도 그러하다.
　동한(冬寒)의 혹독함을 이겨 내는 정신력은 따스한 봄날에 대한 기
대와 소망이다. 시인은 한파와 같은 세상사 송사에 시달려도 봄소식

을 놓치지 않는다. "송사란 아침에는 이기고 저녁에는 지는 병정놀이 같은 것이려니와(「봄소식」, 중)"라고 잔잔하게 독백한다. 얽히고설킨 인연들의 신산한 송사(訟事)를 한낱 유아적 놀이로 명명해버리는, 이것은 삶의 역경을 이겨낼 수 있는 자만이 읊조릴 수 있는 방백(傍白)이다.

그러기에 시인은 다만 객지에 있는 '아이들'에게 "뜰의 봄소식'을 어찌 전할까 궁리하는 천진한 순례자이다. 시인이 전하고자하는 봄소식의 대상인 아이들은 단지 시인의 자녀들에게만 국한되는 게 아닐 터이다. 오랜 세월 동안 품어 안은 수많은 정신적 자녀들인 것이다. 신학대학에서 몸담은 시인의 제자들인 것이다. 스승으로, 종교적 지도자로서의 그의 인품이 봄뜨락 같은 포근함을 보여주는 한편, 나무이면서 나무를 심는 노동의 주역으로 살아가는 겸손한 자세를 보여준다.

'좋은 시절 이후'가 주는 언어적 중압감은 깊다. 계시, 광야에서, 삼위일체, 부활신앙, 구원, 나의 장례식 등등이 파장되는 아우라(Aura)는 곧 시인의 요체이다. 신앙인으로서 그가 경험한 영적 세계를 현상의 인식체계로 재해석한 그의 담론 형태는 지극히 담백하다. 그는 난해함을 거세해 버린 생 너머의 생을 시로 형상화시킨다. 이는 타국에서 부대낀 '잔'영감에 대한 반추적 시들에서 인상 깊게 형상화 된다. 여기의 삶(모국)이나 거기(타국, 이방인)의 삶이 동질성을 내포함을 잔잔히 그려낸 시들은 동화적 아름다움마저 풍긴다. 술에 일그러진 이국 영감 잔의 행태가 희화적이면서도 교훈성 짙게 읽힌다.

2. 나와 너의 암호, 모래와 사막의 관계성

김추인 시의 성채(城砦)는 나와 너의 이분법에서 튕겨져 나오는 숱한 암호들과의 역학관계로 쌓여 있다. 그의 성곽을 이루는 언어 무더기들은 천년의 세월을 이고 견딜 장력을 내재하고 있다. 옛것과 지금의 현상을 자유로이 오가는, 모래이면서 사막인 삶의 관계성을 조율한다. 그의 이번 시집의 구성은, 1부와 4부에서는 '너'의 삶을, 2부와 3부에서는 '나'의 삶이 조망되어 있다. 물론 이들의 경계는 단절이 아니며 소통과 안쓰러운 시선의 교융 관계망이다. 즉 나의 주체는 너로 대변되는 도시, 그리고 타자의 삶 속에 둘러 싸여 성찰된다.

시인에게 있어 도시는 안착할 수 없는 이소의 공간이며, 그럼에도 여전히 머물 수밖에 없는 여적의 장소이다. 도회의 삶은 비탈지고 기우뚱함으로 시인을 더욱 눈뜨게 하는 기폭제가 된다. 시인은 그 도회의 삶 속에 기거하며, 오랜 유적으로 적재된 도회가 낯설게 변화되어 가는 표면을 헤집고, 기리고차의 북소리를 재생시킨다. 기실 도회는 '돌 하나 건져 들'기만 해도 '물의 멀고 긴 유적'을 추적해 낼 수 있는 역사적 공간인 것이다. 그곳에서 시인은 도로를 질주하는 군상들에게서 신라 토우를 복원해 놓는다. 현재 진행형의 삶의 공간이 되어버린 도시에서 시인은 저 원형의 삶으로 서서히 전향 중임을 고백한다.

> 그 동그라미 속은
> 감로의 우물이 홀로 출렁이겠다
> 동그랗게 알을 부풀리는 것으로

제 사랑이 익는 것인 줄을 어찌 알아서
가을날 무거운 몸
봉지를 쓰고 기다리는 것이냐
둥근 우주를 붙들고 있는
나무의 손목

나도 막달, 배가 불러서는
가만히 마루 끝에 앉아 가을볕만 쐬고 있었지
작은 주먹이
툭 탁 탁
비밀한 벽을 쳐보는 그때

봄밤 아이 하나 꽃궁으로 들어간 후
동그라미는 자꾸 배가 불러 황홀한데
상념의 이파리들
울, 울, 울 구름 쪽으로 솟구쳐 오르는데

— 김추인, 「배」 전문

　시인이 내놓은 암호 풀기는 그리 복잡하지 않다. 아니 그 단순성 속에 감추인 의미망이 되레 깊다. 식물의 배와 동물의 배 사이의 가시적 상호성과 또 하나의 배가 지닌 불가시적 유추력은 시인의 천진한 상상력을 보여 주는 알레고리이다. 시를 향한 열정은 감로의 우물이기에 그 우물 안으로 기꺼이 걸어 들어간다. 사랑을 익히기 위해 가을날 갑갑한 봉지를 써야하는 수고로움도, '툭 탁 탁' 발길질하는 작은 생명의 신호음에 기꺼이 황홀함으로 봉인된다.
　시를 창출하기 위한 발긋거림이 사뭇 싱그럽다. 사내로 대변되는 시를 향한 열병, 그 사내를 끝내는 미행이라도 하여 염탐해낼 수밖에 없는 순정은 결국 수까치 한 마리로 하여금 삭정이 한 가지 입에 물고 와 기어이 봄집을 짓게 한다. 집은 사랑의 안착이며 새로운 출발이다. 시인의 고통이 우주의 비밀을 품어 안은 채 그 비밀과 맞닿는 경지에 이르렀음을 보여 준다. 시와의 지독한 연애와 그 시를 얻기 위한 문자적 배열 간의 치열한 산고를 시인은 충분히 역설한다. 온전히 시만을 사랑하는, 시를 이루고자 하는 그 진하디 진한 '프렌치 키스'를 느끼게 한다.

> 바람인 게지요
> 바람으로 해서 봉긋한 능선은 더욱 능선다워지고
> 그늘진 가슴 한쪽도 숨겼던 게지요
> 늦어서 온 바람 갈피갈피 사구를 품었던지
> 모래의 입에서 나온 사스락이는 언어들을 봐요
> 뭐라뭐라 속삭인 무늬들이 그냥 물결인데요
> — 김추인, 「사하라의 연인」 부분

시인은 기어이 사하라의 연인이 되어 버린다. 바람은 소망으로 전환되어 작은 모래 입자들을 불러들려 능선을 이루게 하고, 그 능선은 또 바람으로 인해 더욱 봉긋한 능선을 이루게 한다. 높아진 능선 아래엔 그늘이 생기고 비로소 가슴 한쪽 숨길 만한 공간이 마련되는 것이다. 그 공간, 메마른 사구에 떨구고 간 씨앗 몇 톨이 부리를 내려 척박한 사막을 오아시스로 만들어 버리는 사랑의 위대함을 노래한다. 그 사랑이 시를 향한 정염이기에 전갈을 품고 불개미마저 키울 수 있는 사막의 연인이 되는 것이다. 아프리카 북부의 대부분, 홍해 연안에서 대서양 해안까지 이르는 광활한 사막에 울려 퍼질 아리아를 상정하고 만다.

시인의 지독한 시적 정염은 단지 '나'의 개체에 갇힌 단절은 결코 아니다. 시집에 실린 첫 작품 「이소」에 등장하는 문(門)은 샛강처럼 손짓하는 통로이다. 그것은 이웃과 사회로 향한 소통의 문이다. 단지 표면적 현상으로의 소통이 아니라 이면적 삶의 가슴앓이까지 솎아 내고 있다. 사라진 유년의 아련한 방언들과 역사성의 무지함을 슬몃 야단치는 금동약사여래입상의 사연들까지 아우른다. 결국 시인이 애걸하는 시와의 연애, 구애 행위는 '너'를 위한 위안의 암호 해독이었던 것이다.

3. 물끄러미 바라보는 선명한 삽화들

시인은 꽃을 찍는 취미가 있었다. 그의 꽃은 곱게 채색된 가을 단풍잎도 포함되곤 했다. 그의 디지털 카메라에 담겨진 꽃들은 작고 앙징스런 미소로 보는 이들을 황홀케 하였다. 어찌나 사진들을 소중히 여기는지 감히 한 장 얻을 수조차 없었다. 그가 서울 살이를 위해 떠나간 후, 그의 앵글은 여전히 꽃을 담고 있을까 몹시 궁금하던 차였다.

길상호 시인의 시는 어느 것을 읽어도 잘 구도된 한 장의 사진을 보는 느낌이다. 채광과 명도가, 원근이 확실한 사진작가의 사진을 받아드는 기분이다. 때로 퇴색되어 빛바랜 사진조차 그 나름의 추억과 사연이 아련히 묻어나는 그런 시를 시인은 담아낼 줄 안다. 표정과 의미가 살아나는 시를 쓸 수 있는 여력은 그 스스로 겸허하게 자초하는 시작에서 연유됨을 짐작한다.

그의 시를 읽노라면 헤밍웨이의 노인과 바다의 마지막 부분이 환기된다. 사투 끝에 몰고 오는 한 마리 생선의 앙상한 뼈마디가 말이다. 그 한 컷의 선명함이 헤밍웨이다운 작품으로 각인시키기에 부족함이 없었다. 이제 길상호 시인도 불혹의 나이를 초입에 두고 있다. 세상을 더욱 관조할 수 있는 깊은 안목과 통찰이 더해질 것이라 기대된다.

> 물끄러미라는 말
> 한 꾸러미 너희들 딱딱한 입처럼 아무 소리도 없는 말
> 마른 지느러미처럼 어떤 방향으로도 몸을 틀 수 없는 말
> 그물에 걸리는 순간
> 물에서 끄집어 낸 순간
> 덕장의 장대에 걸려서도
> 물끄러미,
> 겨울바람 비늘 파고들면
> 내장도 빼버린 배 속 허기가 조금 느껴지는 말
> 아가미 꿰고 있는 새끼줄 때문에
> 너를 두고 바다로 되돌아간 그림자 때문에
> 보아도 아무것도 볼 수 없는 말
>
> — 길상호, 「물끄러미」 전문

언어의 유연성을 포착해 시로 형상해 낸 시인의 기량이 놀랍다. 밋밋하게 미끄러질 수 있는 단어와 그 의미를 붙들어 주목받게 한다. '물끄러미'는 거리를 두어야 볼 수 있는 상황이다. 한 방향을 지향하는 순한 말이다. 바보스런 표정의 어휘이다. 소리를 배제한 몸짓이다. 지독한 중독이다. 도무지 능동성이 배제된 행위이다. 내장조차 빼어버린 속없는 말이다. 책임을 전가할 수밖에 없는 불가항력적 말의 그물에

걸려든 인생을 채집해 놓은 말이다. 이 '물끄러미'는 시인의 표정이다. 시인의 현실이다. 그런데 이 거리감이, 약간의 무능력이 밉지가 않다. 너무 일찍 삶을 달관한 정신적 성숙이 스며있기 때문이다. 억지 부리지 않는 순응력 탓이다. 소금기 빠진 듯한 실체에 다시금 홀로 바다로 돌아 가버린 그림자에 초점이 맞춰진 회색빛 삽화이다.

> 마음이 가난한 나는
> 빗방울에도 텅텅텅 속을 들키고 마는 나는
>
> 뭐라도 하나 구걸해보려고
>
> 계절이 자주 오가는 길목에 앉아
> 기워만든 넝마를 뒤집어쓰고 앉아
>
> 부끄러운 손 벌리고 있던 것인데
>
> 깜박 잠이 든 사이
> 아무 기척도 없이 다가와 너는
> 깡통 가득 동그란 꽃잎을 던져 넣고 사라졌지
>
> 심장이 탕탕탕 망치질하는 봄
>
> 깡통처럼 찌그러진 얼굴 펼 수 없는 봄
>
> — 길상호, 「적선」 전문

비루한 정경마저 시인 길상호의 손끝에서 매만져지면 담담한 일화가 된다. 그 보다 근원적인 연유는 그의 구걸이 세상의 물화와는 거리가 있기 때문이다. 시를 향한 그다운 반어법으로 다가서는, 어느 봄날의 삽화가 오롯이 새겨진다. 그의 시편들을 살펴보면 시적 주체는 수동적으로 피사체가 능동이 되는 경우가 많음을 본다. 이 시의 주체 역시 시적 화자가 적선을 하는 게 아니라, '너'가 내게 다가와 적선을 하고 있는 것이다. 그러기에 시인은 그 적선 받음으로 인해 탕탕탕 망치질 당하는 봄으로 인해 깡통처럼 찌그러진 얼굴을 펼 수 없는 봄을 그리고 있다.

여기서 시가 시인에게 시를 적선하는 복 많은 시인을 본다. 이제 시인은 좀 더 적극적 자세로 나아갈 것이다. 빗방울에도 텅텅텅 속을 들키고 마는 시인은 깡통 가득 채워진 꽃잎 적선들로 인해 탕탕탕 심장이 망치질하는 충격을 체험하고 있다. 텅텅텅과 탕탕탕의 차이는 빈 깡통의 울림과 내용물이 가득 차 있는 것의 변화이다. 이제 남은 일은 그 스스로 얼굴을 펴고 봄을 보내고 여름을 맞이하면 될 일이다.

삶을 담아낸 수묵 시,
미래의 오늘을 그린 구상화

박해람『백리를 기다리는 말』, 김중일『내가 살아갈 사람』

1. 삶을 선(禪)하다

박해람 시인은 말(言, 언)을 길들여 백리를 갈 수 있는 말(馬, 마)을 얻는 자이다. 유형의 말(馬, 마)을 길들이기도 쉽지 않을 고된 작업을, 규정지을 수 없는 말(言, 언)을 부려 삶을 달리는 말(馬, 마)을 형상화하는 일은 시인이 선택한 업보(業報)이다. 그리하기에 시인은 기다림의 긴 호흡을 조율해낼 줄 아는 기량을 소유하고 있다. 단타적이며 일회적 행태에 길들여진 현대인에게 그의 시는 깊은 울림이다.

시인의 시에 나타난 시간의 호흡을 보자.

풀밭에서 너와 뒹굴 때 거기 연보라 꽃이라도 있어 몇 날 며칠 물이 들어 빠지지 않았으면 좋겠다.

꽃의 온 얼굴이 터져

훗날 아무리 빨아도 빠지지 않는 얼룩처럼 버리지도 못하고 그러
나 그 기억이 좋아 매일 입고 싶은

연보라 흑점 같이 그 어디쯤 그 언제쯤 영원히 그 자리에 남아 있
으면 좋겠다.

독과 같은 이빨 자국

보이지 않는 곳의 상처들은 다 독과 같은 이빨에 물린 것들이어
서 그때 한 번쯤 죽은 것들이어서

연보랏빛 문신같이 몸에 남아 있는 것들

안 보이는 곳의 흉터는
안 보이는 것이 와서 문 것.

－「흑점」전문

시집 첫머리 시 「흑점」에는 나선형 시간의 흐름이 들어 있다. '몇 날
며칠 물이 들어', '훗날', '그 언제쯤 영원히', '그때 한 번쯤' 등의 시간
어법이 한 과녁을 향해 날아간다. 그의 시간은 날카롭지 않고 둥글다.
그러나 목표점을 놓치는 법이 없다.

우리는 인생이라는 풀밭에 던져진 존재들이다. 그 존재들의 엉킬
때 거기 연보라 꽃이라도 있어 함께 물들어 빠지지 않으려면 '몇 날 며
칠'이라는 연속성이 필요하다. 그 몇날 며칠은 미확정된 시간이다. '훗
날'까지 연결 지어지는 꽃의 물들임이다. 그것은 '온 얼굴이 터'지도록
스며들어야 한다. 한 존재의 상징인 얼굴을 터트려 '몇 날 며칠'에 생
성된 꽃물은 '훗날' 얼룩으로 빛바래어 있다. 그러나 그 빛바랜 얼룩을

버리지 못함은 '그 기억이 좋'기 때문이다. 얼룩진 옷일지라도 매일 입고 싶은 인생이라는, 인연이라는 옷은 세월의 깊이가 더해진 기억들이다. 흑점같이 '그 언제쯤 영원'까지 있어주길 갈망한다. 환상적이며 낭만적으로 묘사된 꽃물은 후반부에 반전의 극치를 보여준다. '독과 같은 이빨 자국'으로 대치되기 때문이다. 이는 보이는 것과 보이지 않는 것의 차이를 극명히 한다. 보이는 것의 연보라 흑점이 아픔을 문 이빨자국으로 확정되고 있다. 생(生)에는 의지적 수취(收取)와 비의지적 수신(受信)이 있음을 시인은 설명한다. 의지적 수취(收取)는 좋은 기억의 꽃물이지만, 비의지적 수신(受信)은 '흉터'로 자리한다. '안 보이는 것이 와서 문 것', 그것은 운명이며, 비의지적 수신(受信)일 수밖에 없다.

박해람의 이번 시집에는 삶의 치기나 열정 대신에 시간의 틀을 여과시킨 혜안이 빛난다. 적막을 품으나 맑음이 있는 그의 삶을 적나라하게 열어 보인다.

울음으로 한 시절을 사는 존재가 있다고
오동나무는 장롱으로
굴참나무는 흔들려서 그 상상의 임신을 떨어뜨리는 여름
껍질에만 붙었다가 가는 손님이 있다고
다 털었으니 이제 가을이 깊어 가겠다고. 사라지겠다고

울음이 한 계절을 만들어 내고 있다
그 뒤이어 침묵이 또 한 계절을 어루만지며
나무에 빈 껍질이 굳건히 매달려 있다
이 몸의 껍질이 키운 울음이 여름 내내
숲을 흔들었다고

그 몸도 이제는 텅 비어 그늘에 떨어져 말라간다고.

　개미 떼가 텅 빈 울음의 집을 끌고 간다
　울음이 다 빠져나간 몸은 더 무거워졌다
　날개를 갖고 있던 울음 허공의 주소를 갖고 있던 울음이 다 빠져
나간 몸
　얼굴이 아니라 몸으로 우는 것들에겐
　그 흔적 또한 몸이라고

　울음소리는 그새
　저 먼 곳까지 날아가고 없다

　내 껍질에만 붙어 울던 한 울음이 있었다고
　이제 내 울음에는 날개가 없다고.

- 「울음」 전문

　'한 시절, 여름, 가을, 한 계절, 여름 내내, 이제는, 그새, 이제' 등의 시간의 경과를 담고 있는 이 시의 중심은 '울음'이다. 존재의 무게를 알리는 소리, 삶의 현장을 공표하는 기호로서의 소리, 울음. 그 울음이 시간과 결합하여 한 삶을 엮어 시 속에 녹아 있다. 우리는 모두 그 무언가에 붙어 사는 존재들이다. 이 울음의 주인공 역시, 오동나무와 굴참나무, 숲의 모든 나무들에 얹혀 살지만 자신의 운명을 충일하게 살아냄을 보여준다. 날개를 벗은 울음의 무게, 얼굴이 아니라 몸으로 우는 존재들에게는 흔적이 곧 몸임을 깨우치는 선적(禪的) 파장이다. 울음조차 날개에 기생하며 지내는 삶. 온갖 구별된 소리로 온갖 것에 기대어 사는 인간에 비해 단순하고도 동일한 단 하나의 울음소리, 그 울

음소리조차 날개에 두고 살다가 종래에는 그 마저 버리고 떠나는 비실존의 실존을 말하고 있다. 7 년을 움츠려 한 철 여름을 울리고 가는 매미조차 모든 것을 자연에 돌려놓고 사라진다. 누가 그 삶을 단명하다 할까. 열 달 동안 움츠렸다 태어나 칠 십여 생을 살다가는 인간의 순환과 견주게 되는 이유는 무얼까. 아마 그것은 존재의 무거움과 가벼움의 비중에서 벗어나, 주어진 삶의 순환 고리를 자연스런 삶의 고리에 순응하는 한 살이의 장렬함을 노래함이 아닐까 한다. 우리는 어떻게 울다 가야할까.

> 모든 관계는 선불의 셈 같다.
> 말을 지워서 종래에는 한 마디의 말도 갖고 있질 않다
> 뇌하를 따라 다정했던 말들이 지고
> 떫었던 말들에만 밑줄이 붉다
> 아픈 말이란 아픈 곳을 지나왔을 것이다
>
> ─「살구나무 달력」 부분

박해람 시인의 시에는 우주의 관계론이 망라되어 있다. 진리가 그러하듯 그는 참의 실체를 말(言)로써 다스린다. 지워서 소진된 말도 결국엔 말로 형상화될 수밖에 없는 시적 논리를 그는 곳곳에 풀어 놓는다. 위 「살구나무 달력」에서도 선적인 언어의 고리를 허투루 다루지 않는다. 그의 시적 논리는 모순의 진리를 내포한다. 즉 '달은 지금 어느 몸에다 맥박을 던져 놓고 조용히 부풀고 있나'라는 표현이라든가, '모든 떨어진 빈 나무에게는 바람이 없다'는 구절에서는 공(空)과 허(虛) 속에 가득 들어차 있는 만월과 바람(風, 풍)이 가득 차 있음을 느끼게 한다.

시인의 시집을 통해 균일한 기쁨을 얻을 수 있음은 그의 시적 자세가 퍽이나 진지하고, 멋스러움을 선사하기 때문이다. 조선 선비의 옛 향이 묻어나는 시어 선택과 정취가 시집 전편에 골고루 은둔한다. '안부를 처방하여 답신을 보낼 뿐이네'(「병서(病書)」)나 '간신히 귀로 마신 차 한 잔이'(「악필(惡筆)」), '「배꽃을 훌훌 불어 달을 본다」', '새벽 우물 물 마시러 마당에 나왔다가 한 참을 잡혀'등등의 행간에 묻어나는 맑은 기운은 한 여름 폭염을 녹이는 청량제이다. 어느 한 편에 치우지지 않는 숨결 고른 시어를 다라 거닐 수 있는 좋은 숲과 같은 시들을 선사한다. 학의 날개 짓 같은 합죽선에서 나오는 바람 한 줄기이다.

2. 고통을 밀어내는 힘

김중일 시인의 시집 밑면에 흐르는 온기는 '사람'이다. '사람'은 나의 키스의 시작이기도 하고, 내가 낳은 아이이며, 얼굴이 긴 여자이며, 시인의 애인, 내 무릎을 벤 너이며, 내가 훔쳐다 준 챙이 큰 모자를 쓰고 다니는 너이며, 안고 있던 별을 버린 나이며, 구부려 만든 반지 하나 끼워주는 너이며, 벼락같이 날 끌어안은 당신이며, 다리 저는 고양이에 불과한 나이며, 나를 떠밀고 가는 너이며, 너를 비켜 가는 나이다.

이렇듯 시인은 나와 너라는 사람이 맺어져 빚어지는 촘촘한 빗살무늬 같은 이야기를 풀어 놓는다. 그 사람들과의 양상은 나를 중심으로 너에게 그리고 우리의 실화로 확장되기도 하고 조밀해지기도 한다.

수많은 시간과 공간에서 부대끼며 호흡해 온 나이며, 너이며, 그리고, 그들을 담아낸 삼십 몇 년의 궤적이 담겨 있다.

말하지만 이 시집은 삼십 대를 넘긴 사람에게는 자신을 반추해 보는 지표이가 되고, 서른 즈음을 향해 가는 세대들에겐 삶에 대한 견학이 된다.

오늘 너는 비 오는 날씨야
구멍 뚫린 각획선 같은 너를 타고
맨발처럼 내팽개쳐진 우울로 노 저어 간다

－「삼십대」 1연

시인이 서 있는 이 시대 배경은 눈물의 날이다. 눈부신 경제를 이룬 시공간을 헤쳐 온 세대가 느끼는 현시점은 '비 오는' 정경이다. 발로 저어가는 배인 각획선을 타고 살아가는 세대, 맨발의 청춘을 여실히 보여준다. 그러나 이것은 결코 절망이 아니다. 비는 생명을, 구멍은 살아 낼 새로운 여백을, 우울은 심오한 예술의 심성을 키워 줄 자양분이기 때문이다. '삼십대'는 이십대와는 다른 색의, 다른 느낌의, 좀 더 웅숭깊은 심연을 담아낼 수 있는 시기이다. 인생이라는 고리 안에서 걸어 온 길이는 '약 두 뼘'이다. 아직 얼마나, 어디만큼 갈 수 있을지 미지의 영역을 노 저어가야 하는 무한의 여지를 남겨 놓은 시점이다. 청춘의 영역은 운명에 대해, 삶을 뒤흔드는 '만취한 신'에 대해 아직은 거리가 먼 때였다면, 이제 '삼십대'는 '만취한 신이 벗어놓은 신발'을 발견한다. 그처럼 이 시 전반에 흐르는 어조는, 운명이라는 '조타륜'에 대한 나의 관찰과 반응이 교차한다. 이 시의 화자는 운명에 일방적으로 휘감기지 않는다. 오히려 화자는 운명을 쓰다듬고, 바람으로, 새로, 나무로 환치되는 운명을 허공에 풀어 놓을 줄 안다. 손톱이 빠지는 상실이 있는 그 자리에 '백일홍'이 맺힘을 아는 때가 삼십대이다.

> 어제와 오늘과 내일과 너와 나의 불행이
> 평등해지길 기대하지 마라
> 그러나 끝끝내 평등해질 때까지
> 지금 이 시각의 날씨를 따라
> 얼음 냄새 진동하는 깊은 숲으로
> 왈칵 비처럼 쏟아져라
>
> — 「삼십대」 마지막 연

　운명에 순응할 줄 알지만, 과감히 그 운명을 냉각시켜 새로이 생명을 보듬을 비처럼 쏟아지길 희구하는 화자의 심성이 이 시에 담겨 있다. 시는 서른 즈음의 내면의 성찰을 통해, 전진하는 생의 여정을 담고 있다. 그의 관심은 '평등'이다. 경제적 가치를 뛰어 넘는 사람 사이의 평등한 세상, 그가 희구하는 삼십대의 자화상이다. 사십대가 결코 행하지 못할 용감성, '왈칵 비처럼 쏟아질' 용기를 지닌 마지막 청춘 세대, 삽십 대가 아름답다.

　『내가 살아갈 사람』은 개인과 사회의 두 영역을 구획한다. 나의 영역의 꼭짓점은 아버지에 대한 연민이며, 또 하나의 변곡점은 사회에 대한 책임이다. 시집을 찬찬히 읽노라면 아버지를 여읜 애틋함과, 피어나는 수많은 목숨들의 생매장에 대한 공분과 아픔과 처절함이 절절히 스며있다. 육십 대를 넘긴 부친을 떠나보낸 슬픔의 무게에 십대의 생목숨들이 수장되는 현실 앞에서 그가 부르는 애가로 시집은 채워져 있다. 비탄하나 흐트러짐 없고, 냉철하나 냉혈스럽지 않다.

　　　노력해도 못 잊을 날개는
　　　녹슨 물의 금고에 맡겨두고
　　　지구상에 가장 높은 바닷속을 나는 물고기를
　　　알아 그리고 대기의 파도 위에 그려진 그는
　　　푸른 새벽처럼 일렁이는 물고기 그림자를
　　　쫓는 육십 대 망명가 그를
　　　알아 그가 평생을 쫓은 지구상에 가장 깊은
　　　하늘 속을 헤엄치는 새를
　　　알아 노동의 기억으로 채워진 부레는
　　　녹슨 허공의 금고에 저당잡히고
　　　그날은 그물처럼 질긴 저녁이 내리다
　　　저녁은 전생에 물고기였던 그의 목숨을
　　　귀신처럼 알아채고 걸어가다
　　　전국적으로 무국적의 저녁이
　　　나지막이 울리는 비가
　　　내 정수리에 일렁이는 물고기 그림자
　　　한가운데로 깊숙이 드리우다

　　　　　　　　　　　　　　　－「물고기 그림자」 전문

　　부친의 임종, 육신을 벗은 육친을 물고기로 풀어 가장 높은 바다 속
으로 방생하며 엄숙한 비가를 시인은 부른다. 이생의 옷을 벗어 저승
의 물고기로 환생시키는 영면의 장면이 아름답다. 헤엄치지 않고 날
아다니는 물고기와 하늘 속을 헤엄치는 새의 기묘한 교차가 이승과
저승을 이미지화한다. 아버지에 대한 사부곡은 「상실의 의지」와 「노
래할 수 있다면」에 애잔한 악보로 채록되어 있다. 부친이 지고 걸은

삶의 족적에 대한 안쓰러움과 존경을 아끼지 않고 언표화한다. 부친을 잃은 상실의 노래는 그가 곧 그 자리를 대신해 살아가야 할 '사람'임을 자각하는 개인적 의무를 천명한다.

> 지구상의 모든 사람이 동시에 울음을 터뜨린다면
> 바다의 수위는 얼마나 올라갈까
> 세상의 어느 낮은 섬 외진 모서리부터 차례로 잠길까
> 선잠 위로 차오르는 바다의 수위가
> 구름까지 닿으면 구름이 철썩철썩 파도처럼 부서질까
> 필요 이상으로 구름은 또 얼마나 많이 피어나
> 지구를 빈틈없이 모두 뒤덮고도 남아 우주로 새어나갈까
> 난민촌 밥 짓는 연기처럼 모락모락 새어나갈까
> 우주 밖으로 백기처럼 휘날릴까
> 구겨진 백지처럼 버려질까
> 지구상의 사람 누구든 펑펑 울음을 터뜨리고야 말
> 방금도 일어난 잔혹하고 끔찍하며 슬픈 일이 우리 모두에게
> 단 한번만 공평히 동시에 일어난다면 어떨까
> 그러면 그 누구에 의해서든
> 두번 다시는 그런 일이 일어나지 않을 텐데
>
> ─「농담」 전문

믿지 못할 일을 당하면 사람들은 '농담'으로 여기려 한다. 그렇게 믿고 싶은 염원 때문이다. 우리는 함께 울었다. 온 나라가 아팠다. 지금도 끝나지 않은, 희미해지는 사실 때문에 아픈 오늘이다. 빅뱅 같은 참혹의 날이 차라리 농담이었기를 역설한다. '지구상의 사람들이 동시에 울음을 터트려 바다의 수위가 높아진다면' 가라앉은 배가 수면 위로 떠올라 채 찾지 못한 육신들을 찾을 수 있을까, 그날의 슬픔

이 부식될 수 있을까. 내가 아니고 너이기에 다행이라는 이기심을 내려놓게 하는, '공평히 동시에'라는 어휘가 남은 자들을 위로한다. '농담'은 삶을 이어나가는 활력이다. 가장 어이없는 빈 말이, 피할 수 없는 현실의 막힌 답답함을 푸는 열쇠인지도 모른다. 어차피 인생은 길 없는 길을 가는 구름이며 파도가 아니던가. 그러나 자연 속의 '사람'이기에 서로를 위로하고 아파하며 보듬는 존재로서 답 없는 '농담'을 건네고 있는 것이다.

세월호의 아픔과 상실을 걷어 낼 치유의 노래는 무엇일까. 남은 자들이 그들의 몫까지 살아내야 할 숙제가 아닐까한다. 시인 김중일의 가볍지 않은 약속은 '내가 살아갈 사람'으로 아프게 말을 건넨다. 농담 속의 진실로.

이 시대의 시정신 :
고독한 산책자, 행복한 자유인

김영승 『반성801』, 진이정 『거꾸러 선 꿈을 위하여』, 남진우 『숲에서 보낸 한철』

문학, 특히 시는 자본의 논리와는 거리가 먼 사유의 공간이다. 시는 권력의 장과는 멀리 떨어진 사유 체계이다. 더구나 힘의 지배 구조와는 더욱 관련이 없는, 즉 현실 구조에 잇대어서는 쓸모없음에 가까운 정신 활동이다. 이런 관점에서 문학은 쓸모없는 영역이라 고백 할 수 있다. 그러나 시정신은 역설의 관점을 내포한다. 바로 이 역설의 힘은 시의 무용성으로 하여금 시의 유용성을 잉태케 하는 것이다.

한 편의 시로는 길거리의 노숙자에게 따뜻한 잠자리 하나조차 제공하지 못한다. 그리고 시를 통해서는 출세를 한다거나 큰돈을 벌지도 못한다. 그러나 이 시적 무용성 때문에 시는 인간을 억압하지 않는다. 오히려 인간은 시적 세계를 통하여 억압하는 것과 억압당하는 것의 정체를 파악하고, 그 부정적 힘을 인지한다. 뿐만 아니라 그것은 인간으로 하여금 세계를 개조하여야 할 당위성을 인식하게 한다.

시는 감동을 발효시켜 혼의 울림을 인간에게 알려 주는 매개체이다. 한 편의 아름다운 시는 그것을 보듬는 자에게 깊은 안위를 준다.

그리고 시는 그 아름다움을 느끼지 못하는 자에게는 부끄러움을 일깨운다. 한 편의 침통한 시는 독자로 하여금 인간을 억압하고 소외시키는 것에 대하여 반성을 하도록 하는 장력을 내포한다.

인간은 시를 통해, 그것에서 얻은 감동의 물결로 인해, 자기와 다른 형태의 삼라만상의 기쁨과 슬픔과 고통을 확인한다. 그것이 자기의 것일 수도 있다는 것을 공감한다. 또한 시는 인간을 억압하지 않으므로, 그 원초적 느낌의 과정은 순수한 쾌락을 동반한다. 이 쾌락은 몽상의 깊은 사유에서 비롯되어 시적 반성을 통해 인간과 우주에 대한 총체적 융합에 이르게 하는 징검다리이다.

1. 부정적 힘의 인식과 저항의 당위성

마르쿠제는 그의 『미학적 차원』에서, 모더니즘 계열의 문학을 위한 예술 작품들이 보다 더 현실 개혁에 의미 있다고 주장하였다. 그것은 현대적 의미의 예술정신이란 혁명의 절박성을 더욱 강력하게 의식시키는 것들이라는 뜻이다. 이런 의미에서 오늘날의 시정신은 정치보다 더 근본적인 의식을 혁명화하기를 요구하는 정치성을 띠고 있다. 그것은 특정의 목적을 실천하려기보다는 끊임없는 부정을 통하여 영원히 살아 있는 의식과 이상을 추구한다. 그것은 정치적 혁명보다 더욱 급진적이고 철저한 이상주의이다.

그런데 이러한 의식의 혁명화와 부정적 이상은 이 지상의 삶에서는 완성되거나 완수되지 않는 과제이다. 이것은 오히려 수많은 시인과 예술가에게 새로운 시정신을 요구하는 요인이 된다. 문학과 예술은 현실 세계가 존재하는 한 반세계(反世界)로서의 존재 의미를 갖는다. 시정신은 그 반세계를 지향하며 그 세계의 모습을 구성해주는 역할을 한다. 그래서 시인은 근원적으로 이단자이며 한편 이상주의자일 수밖에 없는 부정적 존재자들이다.

> 옛날
> 한참 고고춤이 유행할 때
> 노랗게 물든 은행잎이 가지런히 깔린 어느 가을
> 인천의 신포동
> 저녁 5시 국기 하강식 때
> 남들은 국기를 향해 걸음을 멈췄는데
> 애국가 음악에 맞춰 유유히 고고춤을 추는 놈이 있었다
>
> 술에 취하여 혼죽사발 같은 눈을 뜨고
> 무아지경에서 춤을 추던
> 그 검은 시찌브 나팔바지 입은 녀석이
> 지금 생각해 보니 문득 聖者 같다
>   ― 김영승, 「반성 801」 전문

「계몽의 변증법」에서 호르크하이머와 아도르노는 2천년 이상 지속된 서구문명의 역사를 그들 나름으로 진단한 자들이다. 그 단정의 한 면이란 '근대의 계몽주의자들이 굳게 믿어 의심치 않았던 역사의 진보가 계몽된 시대로 자처하는 현대에 이르러 파시즘이라는 야만으로 귀착되었다'는 것이다.

아도르노는 더 나아가 「부정적 변증법」를 통해 실패에 직면한 서구

계몽의 역사를 계몽의 본래적인 이념으로 복원하려는 방법론을 담았다. 그것은 완전한 의미에서 실현할 수 있는 가능성을 보다 상세히 탐구하려는 시도였다. 그는 「계몽의 변증법」에서 자기 파괴적인 계몽으로부터 탈출할 수 있는 유일한 가능성을 '계몽의 자각'으로 보았다.

아도르노는 「부정적 변증법」에서 '사유의 자기반성'과 '자기비판의 정리(定理)'를 완성한다. 계몽의 자기각성과 사유의 자기반성은 따라서 파시즘의 역사적 출현에서 비롯되었다는 것이다. 이는 인류문명의 역사가 신화적인 야만상태로 퇴보하는 결과를 가져온 '계몽의 신화화'와 현실세계에서의 무력함을 드러낸 정신적 물화의 결과를 가져온 '정신의 절대화'에 대한 통찰이다.

우리의 근대화도 이에 버금한 전철을 보여주고 있음을 위 시는 드러낸다. 근대의 탈을 쓴 파시즘적 이데올로기를 인식할 수 있는 존재 가운데 시인을 열외 시킬 수 없다. 시인들은 현실의 부정적 힘을 인식하고 그 저항의 당위성을 노래한다. 군사 독재의 잔흔이 난무하던 그 시절 오후 다섯 시, 애국가가 울려 퍼지면 국기가 내려지던 대를 위 시는 반추한다. 그 때 모든 사람들은 하던 일을 멈추고 애국가가 흘러나오는 쪽으로 몸을 향해야만 했다.

거부할 수 없었던 애국애족의 숭고함을 시인은 통렬히 부정한다. 시인은 사유의 자기반성에 어울리는 노란 은행잎이 가지런히 깔린 가을 어느 날을 시적 배경으로 채택한 뒤, 애국가에 맞춰 고고춤을 추는 술 취한 성자를 출현시킨다. 맨 정신으로 거행하는 국가적 의식의 허례를 '술'이라는 몽상의 힘을 빌려 한 판 춤, 그것도 한 때 유행인 서양춤을 추고 있는 사내에게 초점을 맞춘다. 시대에 대한 시인의 불경은 억압에 대한 부정적 힘을 인식한 시정신의 소산인 것이다. 정신의 절대화에 대한 통찰을 얻은 자야 말로 성자라는 당위성을 여실히 드러낸다.

2. 공존을 향한 상상력과 대립의 일치

시란 본질적으로 새로운 이미지들에 대한 갈망이다. 그것은 인간의 정신을 특징짓는, 새로움에 대한 본질적 요구와 일치하는 것이다. 그러한 신성한 욕망은 몽상적 사유에서 해소될 수 있다. 바슐라르는 인간 사유를 과학주의와 신비주의라는 두 개의 극단적인 대립을 통해 구축하는 것으로 보았다. 그가 설파하는 신비주의는 '말로 표현할 수 없는 비밀스런 본질이 이 우주 안에 스며들어 있다'고 한다. 그와 대립되는 개념인 과학주의는 '언어와 개념으로 포착할 수 없는 것은 없다. 그리고 있다고 해도 그것은 무의미하다'고 보았다. 이 쌍개념은 오랜 세월 동안 사유의 지배권을 놓고 다투었다.

바슐라르의 과학철학은 '인식론적 단절'이라는 중요한 개념을 후대에 전해주었으며, 그의 '자연시학'은 상상력의 근원성과 절실성을 상기시킨다. 그에게 과학주의와 신비주의는 한 뿌리에서 갈라져 나온, 그러나 지금은 서로 반목하는 쌍둥이와 같다.

바슐라르는 모든 상상력의 원천을 네 원소에서 발견한다. 그것은 자연의 질료이며, 인간 존재의 뿌리가 자연에 있다는 것을 드러내 보여준다. 물·불·공기·흙이라는 자연의 질료는 스스로 자기운동하며 자연의 형상을 만들어낸다. 인간의 내적 원형이 네 원소이며, 자연의 질료 또한 네 원소이므로 이들 사이의 감응 · 상응이 자연과 인간 사이에는 울림이 형성된다는 것이다.

상상력은 자연과 인간의 소통의 매개물이다. 더 중요한 것은 이 상상력이 '대립의 일치'를 낳는다는 점이다. 물과 불처럼 아주 다른 것이 질료 변형의 상상력을 거쳐 서로 몸을 바꾸듯이, 대립하는 것은 보충하며 공존한다. 이것은 '차이' 대신에 '공존'을 사유하는 것이 필요함을 가능하게 한다. 영원히 만나지 못하는 차이도 아니고 모든 것을 하나로 묶어버리는 폐쇄적 동일성도 아닌, 대립하는 것의 공존을 상상하도록 한다. 이 상상의 근원인 네 원소는 '역전과 순환'을 통해 다른 것으로 변형된다.

무엇이 착함이고 무엇이 악함인가
어디선가 닭 우는 소리가 들려
나는 천수경을 외웠다
삼악도에 떨어지지 않게 해 주소서
훈제 통닭의 일생이여
나는 영원히 사랑이다
바퀴벌레조차도
자신을 사랑으로 의식한다
누가 손가락질하랴
난 어질지 않았다
나는 꿈을 밀수하러 부둣가를 서성거린다
낡은 비유만이 내게 허용되어 있어라
바람없는 바다의 돛배처럼
바다도 없이, 바다도 없이, 나는 항해한다
아버지 알고 보니 제가 주였나이다

나의 십자가는 정전되었다

심심산골의 푸른 구름을 부러워하지 않으리

망망한 저 바다의 물, 나는 그 맛을 아네

그 맛의 이름은 적멸이다 : 나는 적멸로 궁궐을 짓고 아예 들어앉
는다

나는 지옥을 믿어 : 쾌락과 나라는 존재를 믿듯이

저 저 미륵전이 내 의식의 그림자라니

그럼 나는 의식을 버리리라

미륵전이 갈 곳 알지 못해도

아버지, 저는 당신의 가스와 기름과 향로로 만들어졌나이다

하느님은 딴따라다

남사당 가락을 듣자마자 가출해버린 소녀의 후손?

할아버지는 그 소녀를 영영 이해하지 못한다

할아버지도 그 소녀 의식의 그림자이다

그림자와 의식은 동일하니?

그럼 나는 뭐니? 나는 아귀의 마음을 이해해

배가 고파

한강이 푸른 사파이어 같다는 자는

이 거대한 배고픔을 이해 못해

나는 하도 급해 불을 마셨다 : 다행히 비유적으로 뜨거웠다

나도 네게 비유로만 말하리라

달을 노래한다 : 구름에 달 가듯이 가는 나그네

이상형을, 나는 고슴도치 시절에 만난 적이 있다

시간 있으세요, 장미 한 송이의 욕정이랍니다

내 예쁜 가시를 보아주셔요

고드름의 일생은 내 적성에 맞아

아버지, 제가 주겠나이다: 제 십자가 때문에 열대우림이 잘리고 있
어요

나는 운수를 믿는다 바다 없이 항해할 때처럼

눈물도 없이 나는 운다 울었다
너무 팔아먹을 것이 없었으므로
거꾸러 선 꿈의 세상에서, 가끔 나는 바로 선다
깜박 꿈이란 걸 잊은 채 말이다
허나 고런 때래야
겨우 시가 되는 것이다
— 진이정, 「거꾸러 선 꿈을 위하여 1」 전문

모리스 블랑쇼는 예술가를 '죽음을 자기의 작품으로 만들고자 하는
자'라고 인식하였다. 그에 의하면 예술가가 지닌 죽음에 대한 시정신
은 '생경'한 것이 아닌 '필연'인 것이다. 죽음 앞에서 조차 시인의 정신
은 죽음을 통해 삶을 사는 자로서의 질적 전환을 이룬 사유 공간인 셈
이다.

인간에게 있어 가장 큰 상상력은 볼 수 없는 경계의 이면을 그려내
는 것이다. 오감의 세계를 벗어난 죽음의 경계 너머조차 언어로 형상
하고 그 공간을 구축해 내는 것이 시인의 상상력이다. 시인 진이정은
자신의 죽음에 직면하여 실존과 비실존의 경계를 넘나드는 상상의 극
치를 빚어낸 시인이다. 그는 삶과 죽음이라는 대척점을 뫼비우스의
띠처럼 하나의 일치점으로 풀어 놓는다.

위 시 진이정의 작품에서 엿 보듯 진정한 시정신의 발현은 죽음까
지도 향유할 수 있는 자세를 낳는다. 삶과 죽음의 공존을 통해 대립의
일치를 확립함으로 그 질적 차원을 높여 놓는 위대함을 지닌다. 죽음
이 과학적 차원에 대한 결과물이라면 그 죽음을 시로 승화시키는 시
정신은 신비주의의 양 날개이다.

진이정이 맞닥뜨린 죽음의 경계에서 가장 먼저 진술하는 인간 본성

으로의 대립은 '착함과 악함'이다. 자연적 요소로서의 대립은 '물과 불'이며, 종교적 대치점은 '기독교와 불교'이다. 인간 육체의 대립은 '정신과 몸'이며, 그 몸에 대한 대립은 '거꾸러와 바로'이다. 또한 우주적 관점에서의 대립은 '삶과 죽음', 즉 '소멸과 생성'의 공존이다.

시인은 우주 원료의 네 요소를 깊이 인식하고 그 근원적 요소로 환원되는 과정을 잘 그리고 있다. 물질적 질료를 용해시켜 죽음마저도 정신적 쾌락으로 승화시키는 그의 시정신은 시인이 지닌 특권 중의 하나를 충실히 이행하는 행위이다. 시인은 예술이라는 형식을 통해 죽음을 사유함으로써 예술적 감성의 드높은 성취를 이룬 자이다. 죽음 그 자체가 아니라, 예술 속에 감금된 죽음을 향유하고 있는 것이다.

진이정은 죽음을 확정지우는 병마를 통해 자신의 죽음을 선체험화한다. 그는 연작시 「거꾸러 선 꿈을 위하여」를 통하여 그 상상력의 공존을 확보한다. 그것은 삶과 죽음이라는 두 대립적 요소를 일치시킴으로 시정신의 새로운 소산을 유산으로 남긴 것이다.

3. 고독한 산책자, 행복한 자유인

시는 문학만을 위한 시가 아니고, 인간만을 위한 시는 더욱 아니다. 존재론적 차원에서는 무지와의 투쟁을 촉발하는 것이 시정신이며, 또한 의미론적 면에서는 인간의 꿈을 막아서는 불가능성과의 싸움에 도전하는 시정신이다. 시는 그것이 있다는 사실 그 자체만으로도 시를 이해하지 못하는 사람들이 있다는 것을 부끄럽게 만든다. 시는 무지를 추문으로 만드는 힘을 지닌다.

현대인은 치열한 삶의 궤도 속에 갇힌 자이다. 자본의 논리에 의식이 잠식된 일상인이다. 지배적 이데올로기의 뒤를 보지 못하는 갇힌 의식에 속한 자들이다. 시는 이러한 것들이 진실된 삶이 아니라 거짓된 삶이라는 것을 밝혀 주고 그것을 자각하게 한다.

시는 동시에 불가능성에 대한 도전이다. 삶 본래의 조건에 순응하는 동물과 다르게 인간은 유용하지 않은 것처럼 보이는 것을 꿈꿀 수 있다. 인간만이 고독을 즐길 수 있다. 고독은 누구나 즐겨하지 않는다. 그것은 유용한 것이 아니기 때문이다. 인간은 고독할 때, 고독의 산책로에 들어 설 때, 인간의 삶이 얼마나 억압된 삶인가를 극명하게 알게 된다.

어스름에 잠긴 숲
나무그늘 아래
달빛이 내 긴 속눈썹을 치켜올릴 때
아련히 멀어져가는 뿔피리소리

반짝이는 상형문자 별빛은 녹아내려 떡갈나무 밑
달팽이의 뿔에 이슬로 맺히고 메아리는
이름모를 꽃향기를 깊은 고요 속에 뿌린다
꿈결처럼 다가와 내 둘레에 원을 그리는 암사슴들

오래고 오랜 잠에서 깨어난 나는
발 아래 무르익은 포도를 짓이기며 춤추기 시작한다
바람은 푸른 갈기로 온몸을 어루만지며

황홀히 핏줄 속으로 스며드는 별
대낮처럼 밝아지는 나
나뭇잎마다 퉁겨오르는 새들의 지저귐 속에
그림자는 잠겨드는데

오 나는 마시리 온몸으로 넘쳐오르는 달빛을
대기 속에 녹아드는 내 살결을
활을 떠난 화살처럼 내 춤은 나를 벗어나 솟아오른다 그윽히
어둠을 들이쉬고 내쉬는 하늘 푸르름 속으로

내 숨결이 피워낸 꽃잎에 휘감겨
허공을 떠돌던 물방울과 물방울이 이루는 은밀한 떨림
부드러운 모래로부터 설레이는 잎사귀로부터
나는 다시 태어나련다 불꽃과 함께

지상의 모든 흐름이 멈춘 곳
내 욕망을 한가로이 흔들어줄 풀밭이 있다면
사랑하는 새들이 어깨 위에 팔 위에 내려 앉아
내게 긴 이야기를 속삭여주는 새벽까지 춤추리니

지속하라 나의 딸들이여 너희의 아름다움을
　　　　　　　　　— 남진우, 「숲에서 보낸 한철」 전문

　블레이크는 '시인이란 어떤 광경을 볼 때 창문을 따져 살피지 않듯이 육체의 눈을 따져 바라보지 않는다. 그것을 통해서 보는 것이지 그것을 가지고 보는 것은 아니다.'고 말한다. 숲으로 발걸음을 옮기는 자는 고독을 산책할 준비가 된 자이다. 숲에서 한 철을 보낼 수 있는 자는 행복한 자유인이다.

숲은 문학이고 시이다. 고독한 산책로에서 행복한 자유인이 될 수 있는 것이 문학이며 시이다. 숲으로 들어가는 자는 스승이기를 포기한, 다만 고독한 산책자이다. 이성의 객관적 진리를 찾는 자가 아니고, 감성에 정직한 정념의 추구자이다. 눈에 보이는 세계를 넘어서고 초월하여 보이지 않는 세계에서의 진정성을 포착하려 한다.

고독한 산책자만이 진정한 자유의 행복을 소유한다. 그것은 문학의 무용성을 추문으로 만드는 결과이기도 하다. 이러한 것이 전제될 수 있는 것은 몽상의 사유가 그들에겐 내재되어 있기 때문이다. 바슐라르의 전언처럼 몽상은 인간을 부드러운 휴면의 세계로 안내한다. 그 세계는 관조의 순간을 체험하도록 우릴 이끈다. 스스로 그 몽상의 숲으로 걸어들어 가는 것, 이것이 진정한 시정신이라 간파된다.

2부

삶의 화두를 수놓다

정끝별『와락』, 강희안『나탈리 망세의 첼로』, 윤종영『구두』

　입춘 넘긴 풍광은 바람이 먼저 알아본다. 가지 끝에 슬쩍슬쩍 물드는 초록 순(筍)하며, 언 땅 풀어 새벽안개 피어오르게 하는 그 밑둥이가 죄다 바람이 부린 솜씨란 걸 우린 안다. 바람은 자연만 물들이는 게 아니다. 가슴 한켠에 뾰족이 올라오는 춘심도 봄바람 탓이기 때문이다. 바람은 바램을 불러오고, 춘심은 시심에 와 닿아 온 세상을 환하게 일군다.

　시는 결코 절망일 수 없다. 시인이 아무리 시에 비수를 꽂는다 할지라도 그건 삶을 위한, 삶에 의한, 삶의 갈망임을 우리가 알기 때문이다. 시는 그들의 절규로 피어나는 순수의 꽃에서 피어나는 향기이다. 꽃샘바람이 지독할수록 꽃빛으로 인한 밝음이 천지를 뒤흔드는 이치이다.

1. 벼락 위에 얹힌 삶

　지난 해 연말에 상재된 정끝별의 시집『와락』은 긴 겨울을 지탱해 주는 봄바람이었다. 그의 높지 않은 시적 톤과 볼륨은 이미 봄빛을 머금고 있었다. 그 시의 동력 탓에 유난스런 추위도, 시끌한 경제난도 잠시 먼 나라의 한낱 기사거리로 전락시켜줄 뿐이었다.

　『와락』은 '갑자기 대들거나 잡아당기는 모양'을 담은 말이다. 그것은 인생이라는 거대 명제 속에 던져진 각자의 삶에 대응되는 표제어이기도 하고, 시간의 순차성에서 갑자기 비껴지는 운명의 단발마를 담아낸 말이기도 하다.

> 반 평도 채 못되는 네 살갗
> 차라리 빨려들고만 싶던
> 막막한 나라
>
> 영혼에 푸른 불꽃을 불어넣던
> 불후의 입술
> 천번을 내리치던 이 생의 벼락
>
> 헐거워지는 너의 팔 안에서
> 너로 가득 한 나는 텅빈,
>
> 허공을 키질하는 바야흐로 바람 한자락
>
> ―「와락」 전문

대표 시 「와락」은 나와 너의 줄다리기, 나와 인생과의 키질이다. 1연과 3연이 나와 너, 남과 여, 인간 대 인간의 관계성을 아우르는 연이라면, 2연과 4연은 인간 대 신, 인간 대 자연의 운명론을 담고 있다.

1연에서 시적 화자는 반 평도 못되는 상대의 살갗에 차라리 빨려들고 싶어 한다. 이는 나락에 대한 정면대응의 의지이다. 육체는 나락에 갇혀 있지 않다. 화자가 갇힌 나락은 심리적 거리에 기인한다. "벗어나기 어려운 절망적인 상황"이 만든 심리적 나락은 육체적 합일을 꾀하지만 그것은 오히려 깊은 절망임을 실감케 할 뿐이다.

화자는 2연에서 태초의 인간 창조를 극화한다. 영혼에 푸른 불꽃을 불어 넣던 불후의 입술을 지닌 자는 누구인가. 신이 내린 생의 벼락이야 말로 인생이라고 화자는 규정한다. 벼락은 극히 짧은 찰나, 즉 매우 빠름이란 뜻이다. 그리고 몹시 심하게 하는 꾸지람이나 나무람을 일컫기도 한다. 자연현상에 대한 설명으로는 공중의 전기와 땅 위의 물체에 흐르는 전기와의 사이에 방전 작용이다. 시인이 꾀하는 의미는 이 모두를 포괄하는 다의성이다. 천 번을 내리친 벼락으로 은유된 인생을 놓고 화자는 신에 맞서 키질하는 것이다.

인간이 인간에게 줄 수 있는, 얻을 수 있는 소득은 가득 찬 허공이다. 그러나 인간이 신에게서 받는 혜택은, 신이 인간에게 주는 은총은 바야흐로 바람 한자락이다. 이는 와락 덤비는 생의 벼락들을 시인이 어떻게 헤쳐 나가는 지를 보여 주는 일종의 답안이다.

여여(如如)라는 말/ 주문처럼 내 입에 붙어버린 여여/여여 되뇔 때마다/입안 저 속부터 무궁무진 울려나는/뱃속에서 주고받던 입말의 옹알이/저기 정한수 앞에 엎드린 엄마의 비나리/백수광부를

불렀던 공후인의 노랫가락/저기 저것, 삼신할미가 남기고 간 발자
국 소리/본래 여여 그대로 여여/그게 다 여자 입에 고여 있었다니/
몸 속을 가로지르는 최초의 강물처럼/바람에게 남긴 마지막 고수
레처럼/지금 여기의 여여 이 순간의 여여/ 한 눈사나이가 가고 한
눈사나이가 오는 사이/한 세기의 레일이 깔리고 묻히는 사이/여여
에 깃든 샹그릴라/아직 태어나지 않은 푸르스름한 내 아들/ 당신도
여여하신가요?

—「여여」부분

시인은 삶의 궤적을 시간 안에 배치하는 뛰어난 시적 조응력을 지
닌다. 정끝별의 삶의 방향성도 '여여'하다. '여여'란 평등하여 차별이
없는 모든 사물의 있는 그대로의 모습이란 뜻을 함축한다. 시인은 저
만년설을 상징하는 원초적 시간에서부터 아직 태어나지 않은 푸르스
름한 내 아들의 미래적 시간에 이르기까지 남과 여의 평등을 읊는다.

화자가 표방하는 '여여'의 세계에는 남자와 여자가 대립한다. 간 사
나이와 올 사나이가 좌표한다. 그 사나이들에 대응하는 엄마의 비나
리와 공후인의 노랫가락과 삼신할미의 발자국 소리가 현재 시인의 주
문이 되어 버린 여여에 새겨져 강물처럼 시간을 거슬러 전해지고 바
람에게 고수레를 던져 소망을 새긴다.

'정한수'는 '정화수'의 비속어이다. 엄마의 정화수에 깃든 비나리는
이른 새벽에 길은 우물물 앞에서 조왕에게 가족들의 평안을 빌면서
정성을 들이는 소망이다. 공후인은 고조선 때, 강을 건너다 빠져 죽은
남편백수광부를 부르며 노래를 부른 여인이 있었다. 이를 들은 곽리
자고라는 사람이 그의 아내 여옥에게 들려준다. 여옥이 공후(箜篌)를
연주하면서 곡조를 만들어 불렀다는 기록이다. 삼신할머니는 아기를

점지하고 산모와 산아(産兒)를 돌보는 세 신령을 일컫는 말이다.

시적 화자는 아빠의 정한수를, 공무도하가에 버금가는 사부곡(思婦曲)을, 아기를 점지해 줄 삼신할아버지의 도래를 꿈꾸는지 모른다. 이는 '아직 태어나지 않은 푸르스름한 내 아들'이라는 구절에서 심중을 내비치고 있다.

정끝별은 남과 여의 대립을 벗어난 상생을 길을 구가한다. 신과 인간의 대척을 넘어 순응과 조화의 면모를 나타낸다. 그가 내민 화두는 생이란 시간 안에서 피어나는 꽃이고(「꽃이 피는 시간」), 눈을 감고 기다리는 시간(「황금빛 키스」)이다. 그리하여 평화로운 여여의 세계관을 일굼이다.

『와락』은 생의 벼락을 여러 차례 동의반복(同意反復)한다. 눈 한 번 깜빡하는 일순(一瞬)과 숨 한 번 쉬는 일식(一息)과 일겁(一劫)으로 대변되는 순식간을 통해 시인은 벼락의 삶을 더욱 촘촘히 조망한다. 이는 우리의 삶이란 저녁과 아침 사이만큼의 찰나에 불과함을 간파하여 삶의 여여를 소유할 것을 제시하는 것이다.

그가 제시하는 삶의 여여란 인간애이며 사랑으로 현현한다.

누군가는 내게 품을 대주고/누군가는 내게 돈을 대주고/누군가는 내게 입술을 대주고/누군가는 내게 어깨를 대주고//
대준다는 것, 그것은/무작정 내 전부를 들이밀며/무주공산 떨고 있는 너의 가지 끝을 어루만져/더 높은 곳으로 너를 올려준다는 것/혈혈단신 땅에 묻힌 너의 부리 끝을 일깨우며/배를 대고 내려앉아 너를 기다려준다는 것//
논에 물을 대주듯/상처에 눈물을 대주듯/한 생을 뿌리고 거두어/벌린 입에/거룩한 밥이 되어준다는 것, 그것은//

사랑한다는 말 대신

—「세상의 등뼈」 전문

내게 품과 돈을 대주는 누군가는 부모 형제와 학연 지연의 총체적 표현일 것이다. 입술과 어깨를 대준다는 것은 한 가정으로 결속되는 사랑의 울타리를 얻는 과정일 터이다. 대준다는 것은 나와 너의 상생, 우리로 결속되는 대동의 사회성이다. 이는 '가지 끝'이나 '뿌리 끝'으로 표현되는 막다른 편협성을 보듬고 다독이는 전체성으로의 확산이며 궁극은 거룩한 밥으로 귀결되는 사랑의 다른 이름이다. 벼락 위에 얹힌 삶이 여여(如如)한 세계로 피어남을 목도한다.

2. 사이, 그 틈에 깃든 디지털적 삶

강희안의 시가 첼로를 연주한다. 그 사이 일상에 무디어진 숨결들이 삶을 직시하기 시작한다. 신과 권력과 학문과 성과 속에 속한 모든 현상들이 한데 엉기어 더 큰 혼돈으로 증폭된다. 강희안 시의 매력은 혼돈 속의 절제와 냉정함이다. 사유의 폭을 확장시킨 장본인이 사유 속에서 허우적거리는 군상들을 훔쳐보며 웃는 듯하다. 그는 숨어서 웃지 않는다. 활자화한 그는 무소부재로 부활하여 그의 시를 해독하려는 독자를 직시한다. 사이, 그 틈새에서 잉태되는 삶의 자력이 무엇인지 발견하였는가를.

피카소의 「아비뇽의 아가씨들」을 보면 커튼 사이로 몽마르뜨 언덕이 보입니다. 달빛 몇 낱으로 실족의 함정을 놓는 1차원 나라엔 하늘빛을 찾아나서는 속죄양의 무리가 풍금소리로 홍건히 깔려 있던 건가요? 낡아 삐걱대는 계단을 따라 피카소의 아뜰리에를 방문한 깊은 밤, 수모의 혀를 물고 터지려는 듯 무릎까지 가슴까지 흔들어대는 빛의 세계를 헤집어 들어갑니다. 벌거벗은 여인들이 무리를 이루어 육감적인 허리를 세울 때마다 누군가 지나가며 혼잣말로 중얼거립니다. "쯧쯔, 깨진 유리 파편이군. 아무도 들여다 볼 수 없겠어." 피카소가 잠시 이젤의 단을 낮추는 사이 매음굴보다 먼저 죄가 닿는 하늘을 화폭에 담고 싶지만, 대체 당신은 어떤 시간에 살을 섞는 것입니까.

　　　　　　　　　　　　　　　　　　　　—「파편의 빛」 앞 부분

피카소의 그림과 강희안의 시적 세계는 절묘한 조화를 이룬다. 그들은 필연적 시간과 공간을 거부하는데 동조한다. 먼저 '아비뇽의 아가씨들'이란 피카소의 그림을 보면, 절대적 시간 개념에 순응되어 있던 당시대 사람들의 시각엔 피카소의 그림이야말로 낯설기의 극치이다. 물리적 시간을 배격한 예술적 시각을 주창한 피카소의 파격만큼 강희안의 시적 표현도 모반(謀反)적이다.

'아비뇽의 아가씨들'은 입체파의 시작을 알리는 작품이며 추상화의 등장을 예고하는 작품이다. 이에 부응하듯 강희안의 시 역시 다양한 인식과 관점이 혼재되어 탄생한 작품이다. 전통적으로 여체는 균형과 비례 조화를 통해 인체의 아름다움을 강조한다. 남성의 시선을 감상자로 전제하여 여체의 관능미를 부여한다. 피카소의 그림분만 아니라 강희안 역시 그러한 관점을 무너뜨린다. 피카소가 기하학적 표현으로 각진 인체와 아프리카 조각들을 닮은 여인들의 얼굴로 화면을 채운 것이라면, 강희안은 부드럽고 섬세해야 할 여성성에 깨진 유리 파편을 대입시킴으로 혼돈스런 자화상을 덧입힌다.

피카소와 강희안의 사고는 각각 화면과 시에서 해체라는 방식으로 나타난다. 하나의 고정된 시점에서 사물을 파악하는 것이 전통적인 기법이라면 두 사람은 여러 시점에서 따로따로 인식된 부분들을 재조합하는 형태를 제시한다. 사물을 다양한 시점에서 관찰한다는 것은 시간이 소요되는 일이다. 그들의 작품에는 구석구석 마다 다른 시간이 흐르고 있는 것이다. 결국 그들의 작품엔 공간과 시간이 전부 해체되어 있다. 공간성에서는 서구와 비서구권을, 시간성에서는 서구의 문명화된 현대와 비서구권의 원시성이 공존하는 것이다.

예술 분야의 이러한 공간 해체는 기존의 시간과 공간의 개념을 해체시킨 물리학의 혁명과 동시에 일어난 사건이다. 아인슈타인이 발표한 상대성이론은 절대적인 세계관을 흔들어 놓았다. 그 동안의 세계는 절대공간과 절대시간의 개념으로 설명되었다. 하나의 원점을 가진 절대 좌표 안에서 하나의 시간이 흐른다는 이론이었다. 그러나 상대성 이론과 양자역학 등은 물리학 나아가 현대과학의 지형도뿐만 아니라 시인들의 시적 세계관까지 바꾼 것이다.

강희안은 모든 것의 척도가 되는 절대적인 시간과 공간이 존재하지 않는다는 것을 「파편의 빛」을 통해 강렬히 반항한다. 시대와 과학의 발전과 동반되어 나타나는 예술적 사유들이 사회적인 것들과 무관하지만 얼마나 리얼하게 그 시대를 닮아 있는지를 보여준다.

강희안은 모든 존재자들의 삶을 교향곡에 편입시켜 새로운 곡으로 변주한다. 「매미의 교향악」에서 시인은 G音과 A♭音 사이의 틈새를 우주로 확대한다. 두 반음 사이의 소리에서 성령의 바람과, 예수의 강림을 기대하는 성전의 소리를 매미의 한 살이를 통해 부각시킨다. 7일 주야로 완성되는 찰나적 삶의 허무를 시인은 툭 내뱉듯 형상화한다.

절대적 시간을 파괴한 강희안의 시세계는 해체적 시간을 재구성한다. 모든 현상을 인수분해 하듯 그는 시간을 잘게 부수어 1과 0이라는 두 극선에 올려놓는다. 1과 0의 간극으로 펼치는 삶을 그린다. 나비가 머물던 자리에 피어난 꽃잎이라든지, 그대가 앉았던 변기에 남아 있는 똥 덩어리 등은 기실 실존과 허무라는 무한대의 다른 이름인 것이다. 이 간극은 메울 수 없는 간극으로 치닫는데, 익명의 사이버 시대를 체험하는 현대인의 삶을 깊은 고독으로 내몰아 종국엔 교수대에 매달게 하고 만다.

> 허무는 지독히도 허문데/ 허물어 버린 그의 꼭지점인데/ 허문데 허무는 허물인데/허무가 허물을 헛물로 삼켜/시작의 바깥에 머물기 마련인데/허물이 허물을 허물다니⋯!/허무의 헛물을 허무는데/허물린 것이 시작의 착지점인데/허물이 허문데가 보이지 않는/허무가 종내는 시작에 앞섰는데/허무는 허물로 헛물린 몸이/이 세계의 안쪽을 점했다고/끝끝내 저 혼자라고 믿었단다/허무는 지독히도 허문데//허물로 덮인 소실점인데
>
> —「허무의 허물이」 전문

이 시는 꼭지점과 착지점을 양끝으로 하여 그 사이에 남게 되는 소실점이 주축이다. 이는 곧 사이와 틈새의 미학을 끝없이 반복 회전하여 원심과 구심을 분리한다. 사람과 사람 사이, 자연과 우주 사이, 남자와 여자 사이, 교수와 강사 사이, 남편과 아내 사이, 내 몸과 내 몸 사이, 이 모든 것의 실체는 진공적 허무로 채워져 있으며 그 궁극은 소실

점이라고 시인은 일갈한다. 닿을 수 없는 불가촉적, 지닐 수 없는 불가득적 실존의 허무가 허물이 되는 상황이 감정의 틈새에 자리한다.

3. 삶에 대한 예의

시를 통해 본 정끝별 시인의 음조가 단아한 여성적 톤이라면 강희안은 지적이면서도 여성 톤에 가까운 날카로운 음조를 지녔다. 반면 윤종영의 색조는 햄릿적 톤을 지닌 유순한 남성적 어조이다.

윤종영은 자신의 삶에 성실한, 고뇌하며 사색하는 남성성을 여과 없이 드러내는 시인이다. 헤프지 않고 가지런한 선비의 발걸음을 연상시킨다. 사회인으로, 남편으로, 어버이로 삶을 진지하게 걸어 나가는 모습이 그의 시편들에 조용조용한 그림자를 남긴다. 일상을 스케치하되 속되지 않게 표현한다. 진정성이 깃든 그의 시편들이기에 삶의 남루함 마저 가릴 만큼 예의를 갖춘 어조를 갖는다.

선배의 부친상 부고를 받고/대학병원 장례식장에 들렀다/짧은 슬픔의 인사를 나누고 들어선 접견실에는/몇몇 동창들이 찬 소주를 나누고 있었다/그 중 대부분은, 졸업 후 10여 년 만에 처음이었다/아주 드물게 몇몇은, 두 달 전 다른 상가에서 만났었다/그 때 받아둔 명함이 영정처럼 책상 서랍에 모셔져 있는 것이/잠깐, 기억났다 어설픈 웃음과 악수로 서로의 안부를 물었다/나이 마흔에 직장에서 밀리지 않고 /밥그릇을 꼬옥 붙들고 있다는 선배의 검정 색 양복에 /피곤한 일상이 땅콩 껍질처럼 묻어 있었다/고향에서 사업에 나섰다는 선배

는, /나이보다 많은 이력이 빼곡한 명함을/잔 돌리듯 건넸다 형식적
인 인사가 끝나자 /서로 할 말이 없었다/지나온 세월이 이승과 저승
의 거리만큼 멀었다/우리는 열심히 사느라 바빴다고 서로를 위로했
다/한 잔의 술과 한 점의 돼지 수육으로/위로가 상을 한 바퀴 돌았다
/상을 한 바퀴 돌 정도로 위로했으므로 우리는 열심히 산 것이다 /그
래서 나는 너에게 전화하지 못했고, 너도 너의 그도 나의 그도/책상
서랍 속의 명함으로 모셔질 뿐이다/문득, 영정의 사나이가 희미하게
웃고 있는 모습이/지쳐 흐느끼는 상주의 어깨 너머로 보였다//언제
한 번 연락해서 소주 한 잔 하자, 진짜, /자리를 털고 일어서며/우리
는 굳은 악수를 했고 각자의 구두를 찾아 신었다/다음은 또, 누구의
부음을 받고, 짧은 슬픔의 인사를 나누고/누군가의 명함을 주머니에
꽂고 /책상 서랍 속에 영정처럼 모셔져 있는/너의, 너의 그의, 나의,
나의 그의 얼굴을 떠올릴 것이다

— 「구두」 전문

시의 정황은 선배의 부친상을 조문하는 장소에서 느낀 단상이다.
전혀 새로울 것 없는 단조로운 일상을 소탈히 전달하는 과정이 길다.
일상의 진부함마저 진실되게 빚어내는 시인의 인격이 고스란히 배어
나는 시편이다.

윤종영의 시 「구두」는 살아 있는 자들의 존재감을 구두라는 단어에
귀결한다. 죽은 자는 결코 신지 않는 구두이다. 뒤축이 닳은 신발을 보
면 삶의 무게가 고스란히 읽힌다. 구두는 인간행보의 최종 의상이다.
그러한 구두를 통해 시인은 생과 사의 경계선을 '구두'라는 어휘에 삶
의 긴장감을 고스란히 담아낸다.

장례식장에서 망자에 대한 예의를 위해 사람들은 반드시 신을 벗고
조문한다. 그건 속된 바깥 세계와의 구별된 행위인 것이다. 이승의 신

발을 영원히 벗어 놓은 망자 앞에 역시 먼지 묻은 신발을 벗은 채 향을 피워 예를 다한다. 미소 짓고 있는 영정 속의 망자 앞에서 경건하지 않을 자는 아무도 없다. 윤종영이 초점화하는 삶의 태도가 바로 여기에 있는 것이다.

그는 대전의 한 종합병원 병실에서 나보다 한 시간 먼저 짐을 풀고 있었다. 다음 날 있을 코 수술 때문에 입원하러간 나는 수술의 공포와 걱정 때문에 얼굴이 잔뜩 일그러져 있었다. 어서 오세요, 흡사 방 주인처럼 반갑게 나를 맞이하는 장순길 씨, 그의 침대 기둥에는 그의 신상명세서가 간략하게 적혀 있었다. 휠체어를 성한 사람의 다리보다 더 자유롭게 놀리며 너그럽게 웃어주는 그는, 그러나 젖가슴 위쪽만 성한 장애를 갖고 있었다. 실직했던 10년 전, 막노동 현장에서 추락하는 바람에 척추를 다쳤다는 장순길 씨. 그는 나를 보고 위로했지만 나는 그에게 웃어줄 수 없었다. 정기검사 때문에 1년에 한 번, 입원한다는 그는 모든 간호원들의 친구였고 중상을 입고 실려온 환자들의 보호자였다.

일주일이면 아무 일 없이 퇴원하게 될 나는, 장순길 씨의 밝고 명랑한 웃음 때문에 미안했다. 그의 옆에서 사과를 깎아 내게 권하는 부인의 환한 손길 때문에 나는 그 날 밤 내내 부끄러웠다. 대전의 한 종합병원 병실에서 장순길 씨와 보냈던 일주일, 그는 내가 많이 잃어버리고 있던 것들을 찾게 해준 스승이었다. 우연히 만난 스승 덕분에 나는, 참, 많이, 행복할 수 있었다.

　　　　　　　　　　　　　　　　　　　－「장길순 氏」전문

위 시에 등장하는 '장길순'이라는 사나이를 우리는 장애인이라 부른다. 육신의 상태로 보면 그가 장애인에 틀림없지만 그는 화자를 부끄럽게 만든다. 그의 따뜻한 가슴으로, 넉넉한 배려로 그는 정상인들을 예우한다. 삶의 최소한 예절을 우리에게 안긴다. 그리하여 성한 육신 들을 수줍게 만든다. 그는 결코 동정을 유발하지 않는다. 윤종영의 시가 그러하다. 담담히 삶의 무늬를 채록하고 시에 번지도록 언어의 물감을 풀어 놓을 뿐이다. 언어가 지닌 속성을 굳이 포장하려 아니하고 가만 풀어 놓을 뿐이다. 언어와 언어가 부딪쳐 성스런 맑은 음향으로 울려 퍼지도록 바람을 조금 일으킬 뿐이다. 시인은 언어를 통해 삶에 대한 예우를 빚어낸다.

시간의 깊이,
생(生)을 편찬(編纂)하다

송수권 『통』, 문효치 『별박이자나방』, 도한호 『언어유희』

　　논어의 위정편에는 종심불유(從心不踰)라는 말이 있다. '마음이 하고 싶은 대로 따라가더라도 부딪치는 것이 없다'는 뜻이다. 공자님은 여기서 자신의 삶에 대해 "열다섯 살에 배움의 동기를 갖고, 서른에 제자리를 찾았으며, 마흔에는 갈 수 있는 길과 가지 못하는 길을 헤아렸다. 쉰 살에 하늘의 뜻을 깨달았고, 예순에는 어떤 말에도 마음을 상하지 않고 편히 듣게 되었으며, 일흔에는 마음이 하는 대로 두어도 부딪치는 것이 없었다. 吾十有五而志于學 三十而立, 四十而不惑 五十而知天命, 六十而耳順 七十而從心所欲 不踰矩" 라고 했다. 공자께서 종심이라 명명한 인생 70인 칠순(七旬)은 희수(稀壽) 그리고 고희(古稀)라고도 불린다. 고희는 두보의 시 '곡강(曲江)' 중에 나오는 "술빚은 가는 곳마다 흔하지만, 인생 칠십년은 예로부터 드물다"(酒債尋常行處有 人生七十古來稀)에서 유래한다. 옛 선인들에게 인생 70이란 퍽 귀한 축복이었음이 분명하다. 뿐만 아니라 인간의 수명이 아무리 연장되는 현대에 산다고 할지라도 칠십 생애는 그 중량감만으로도 오래

되고 드문 경사가 아닐 수 없다. 1940년생의 송수권 시인과 43년생을 문효치 시인, 그리고 이들보다 조금 앞 서 출생한 도한호 시인의 시집을 중심으로 그들 삶의 횟수를 체감하며 온 겨울을 감싸 안았다. 각 시집에는 동시대적이거나 앞선 세대 삶의 무게를 지닌 장인의 혼이 고스란히 스며있다. 치열한 시혼이 화수분처럼 고희를 넘긴 시인들의 시정신을 더욱 빛나게 한다.

1. 원형질에 대한 천착

고흥을 출신지로 둔 송수권 시인은 남도의 가락과 정한을 시에 현현시키며 자신의 시혼을 밝힌다. 브리태니크 백과사전에서도 그를 이르길 "전통 서정시에 역사성과 현장성을 접목한 시를 주로 썼다. 그의 시는 판소리의 맺고 풀림과 같이 한을 승화시키는 상승의 미학이 있다는 평을 받고 있다. 남도의 토속어가 가진 특유의 맛과 멋을 살리는 데 성공하였으며, 역사의식을 매개로 한 민족 재생의 의지를 담은 작품들도 많이 발표했다."라고 소개하고 있다.

먼 데서 날아와 과녁의 중심을 물고 흔드는 화살이여 / 주변 감각들은 / 나의 중심을 허물지 못하고 / 길들여진 습관적인 말들로는 / 소리와 냄새 맛의 원초적인 감각을 흔들지 못한다 // 비린내가 홍건한 포구의 불빛 속에서 / 황토흙을 태우는 그 모닥불의 연기 속에서 / 창호 문발을 치는 소슬한 대숲 바람 속에서 / 나는 봉인된 낱말들을 개봉한다 // 드팀전, 싸전, 잡살전, 다림방, 시계전, 어리전, 진전 / 마

른전, 군치리, 물집, 마전, 말감고……/

—「봉인된 말을 찾아서」 부분

등단 40년을 맞은 시인의 모국어 발굴은 현재 진행형이다. 감춰지고 잊힌 언어만이 아니라 봉인된 언어까지 찾아내는 시인의 토속어 사랑은 깊고 너르다. 근대화를 거쳐 세계화를 주창하는 시대의 중심에서 그가 살려내는 시어는 조국이 지니고 가야할 유전적 형질이 되고 있다. 고고학자가 유물 발굴의 현장에서 사명을 다하듯 봉인되어 함구된 언어를 그는 기어이 뜯어낸다. '먼데서 날아와 과녁의 중심을 물고 흔드는 화살'은 작금의 현실이다. 먼 데서 날아 온 화살이 상징하는 주체는 언어이다. 전 세계를 단일 언어로 규정해 본다면 단연 그 중심에는 영어이다. 영어가 유창하지 않으면 일류회사에 취업하기 힘든 외래어 만국의 시대에 처한 현실을 그는 그리 놀라지 않고 직시한다. 여기서 언어의 주체는 화살일까, 과녁일까. 문맥상으로 화살은 외래어, 과녁은 모국어로 짐작할 수 있다. 화살에는 방향성만이 존재하지만 과녁에는 시간과 공간이 공존하기 때문이다. 그리고 과녁은 중심과 주변을 모두 거느리기 때문이다. 무수히 뚫고 지나간 화살들은 중심을 통해 빠져나갔을 뿐이지만, 과녁은 그 상처들을 고스란히 지닌 채 기억을 소유하고 있는 것이다. 거기엔 소리와 냄새와 맛의 원초적인 감각이 배어 있기 때문이다. 언어란 시간이 쌓아 올린 결정체들이다. 시인의 고향 언저리 포구의 비린내가 스민 언어, 전라도 황토 흙을 태우는 후각을 담은 언어, 창호지 문발에 스미는 바라 소리까지 담은 청각의 언어들은 봉인 된지 오래였다. 이제 시인은 그 함구된 토속어를 기어이 끄집어내어 시의 제단에 진설한다.

왜 이리 좋으냐 / 소반 다듬이, 우리 탯말 / 개다리 모자 하나를 덧씌우니 / 개다리소반상이라는 눈물나는 말 / 쥐눈 콩을 널어놓고 썩은 콩 무른 콩을 골라내던 / 어머니의 손 / 그 쥐눈콩 콩나물국이 되면 술이 깬 아침은 / 어, 참 시원타는 말 / 아리고 쓰린 가슴 속창까지 뒤집어 흔드는 말 //시인이 된 지금도 쥐눈콩처럼 쥐눈을 뜨고 / 소반상 위에서 밤새워 쓴 시를 다듬이질하면 / 참새처럼 짹짹거리는 우리말 / 오리, 망아지, 토끼 하니까 되똥거리고 깡총거리며 / 잘도 뛰는 우리말 / 강아지하고 부르니까 목에 방울을 차고 달랑거리는 우리말 //잠, 잠, 잠하고 부르니까 정말 잠이 오는군요, 우리말 / 밤새도록 소반상에 흩어진 쥐눈콩을 세며 / 가갸거겨 뒷다리와 하니, 두니, 서니 숫자를 익혔던 / 어린시절 //가나다라 강낭콩 / 손님 온다 까치콩 / 하나, 둘 다섯 콩 / 홍부네 집 제비콩 / 우리 집 쥐눈 콩 // 소반 다듬이 우리말 왜 이리 좋으냐

—「소반다듬이」 전문

'소반다듬이'는 소반 위에 쌀 따위의 곡식을 펴 놓고 뉘나 모래 따위를 골라내는 행위를 일컫는다. 이 소반다듬이를 위해서는 소반이 필요하고, 그 소반 중의의 이름은 개다리소반이다. 소반의 종류는 산지, 형태, 용도 재질에 따라 수십 종으로 나누어지며 각기 명칭이 붙는데 특히 만들어지던 산지에 따라 그 지방 특유의 모양과 틀을 갖추고 있는데 그 중에서도 경상도 통영반, 전라도 나주반, 황해도 해주반, 평안도 안주반이 유명하다. 생김새에 따라 명칭이 붙여진 소반은 반면과 다리의 모양에 따라 다시 나누어지며 책상반, 원반, 반달상, 전골상, 열두모판, 여섯모판, 연잎판 등은 반면의 형태에 따른 것이고 다리의 모양에 따른 명칭은 개다리소반, 호족반, 죽절반, 외다리소반 등으로 불린다. 쓰임새에 따라서는 식반, 주안반, 번상, 제상, 교자상, 대궐반,

돌상, 약반, 춘반, 과반으로 나누어지고 그 밖에 다리의 높낮이에 따라 지칭된 독좌상, 고각반, 엄족반이 있다.

개다리소반은 주로 평민들이 사용한 소박한 도구며, 그 상다리 모양이 개의 뒷다리처럼 구부러진 작은 밥상이다. 그것은 이제 서구형 부엌살이에 밀려나 쓰임이 귀해진 물건이 되고 말았지만, 시인은 그 밥상 위에 쥐눈콩을 골라내던 옛정서를 환기시키며 어머니의 말, 탯말들을 오롯이 살려난다. 쥐눈콩은 '콩나물국'이 되어 참 가난한 시대를 겪은 어머니의 세대와 시인의 세대를 연대하고 있다. 또한 술에 찌든 듯 혼탁해진 현대인의 언어를 솎아내는 듯하다. 언어에도 썩은 말, 무른 말이 있기 때문이다. '소반다듬이' 위에 올려진 콩콩콩 살아나는 입말처럼, 우리가 우리말에 더욱 신명을 실어야 할 일이다. '왜 이리 좋으냐'며 흥겨워해야 한다. '하니, 두니, 서니'를 익혀 생의 기초를 다져왔듯이 이제부터라도 어미말의 질박한 아름다움을 더욱 찾아내어 입말로 살려내야 한다.

> 그래서 남도 사람 소리는 왱병 모가지 비트는 소리로 통성도 되고, 수리성이 됩니다. 또 이것을 시김새 소리라고도 합지요. 시김새 붙은 소리는 왱병 속에서 왔기에 소리 중에서도 땅을 밟는 뱃소리, 하다못해 한바탕 바가지로 설움을 떠내는 큰소리꾼도 되고 명창도 되는 것입지요.
>
> ―「왱병」 중 3연

도구는 맛을 담고, 맛은 기억으로 남아 존재한다. 고전소설 속에서나 나올 법한 기명(器名)이 이 시를 이끈다. 왱병이다. 이 병 하나에 오래된 생활 양태가 엮이어 나온다. 부뚜막에 놓여 가전 비법을 담아 혀끝을 오그라붙게 만드는 시큼한 미각을 깨운다. 봄 쭈꾸미와 가을 전어 풍미를 더할 뿐만 아니라, 삶의 골목 끝에서는 허공에 마지막 깍지손 없고 왱병 모가지 잡는 시늉하며 손무덤을 짓는 것이다. 병 하나가 온 삶을 같이 하고 있다. 그래서 남도 사람들의 삶은 발효의 삶이다. 발효는 민간의 육체를 치료하는 효소로 작용하였을 터이다. 중앙집권 체제의 통치 아래에서 변방에 위치한다는 것은 주변부의 삶을 뜻함이다. 그러나 변방이기에 중심이 아닌 주변부의 삶이기에 인간의 체취가 더욱 강하게 형성되었으리라 짐작한다. 그들의 삶은 혹 부박할지라도 풍류를 아는 자들이다. 풍류는 소리로 육화되어 통성, 수리성을 넘나든다. 땅을 밟는 뱃소리까지 가락으로 수용한다. 판소리가 발달하였고, 이 판소리는 동편제와 서편제로 나누어져 발전 되어 왔다. 웅장하고 그윽한 우조를 바탕으로 하는 판소리의 한 경향인 동편제는 운봉, 구례, 순창, 흥덕 등지와 같은 호남의 동쪽에서 발생하여, 조선 말기 판소리 명창 송흥록(宋興錄)의 법통을 이어받은 이들이다. 송만갑, 오태석, 이화중선, 박봉래, 김소희, 장월중선, 박봉술, 송순섭, 안숙선, 강정숙 등으로 일군을 이룬다. 이들 소리꾼의 정한에도 이 왱병의 소리가 깃들어 있어 여전히 이어져 내려간다.

　　때 거르지 말라고 올해도 때죽꽃이 피었어요 옷소매를 툭치고 떨어지는 꽃잎과 꽃잎 사이 미끄러지는 여보란 말, 사삭떠는 말이 아니어서 참 좋지요. 눈물나게 옆구리를 쿡 찌르는 말, 한 숟갈씩 떠먹고 싶은 말, 당신이란 말보다는 이무럽고 아슴하지 않아서 좋네요. 미운 정 고운 정 덕지덕지 때문어 지층처럼 쌓인 말, 채석강 절벽에 가서 절벽 끝 쳐다보고 그말 처음 들었지요. 고생대에서 중생대 백악기까지 더께더께 층을 이룬 말, 파도에 쓸리고 바람에 할퀸 흔적,

때죽나무 흰꽃들이 바다에 뛰어내리며 나를 불렀어요. 아이구머니,
저 백년 웬수, 암튼 다급한 목소리로 불러세웠지여. // 마른 염전에
핀 소금꽃같이 짜디짠, 흰죽에도 간을 치는

—「때죽꽃」전문

때죽꽃은 오월의 꽃이다. 봄이 농익어 초하로 진입하는 시기가 오
월이다. 그 오월에 하얗게 산야와 계곡에 무리지어 피어나는 순하고
여린 꽃이다. 줄기에서 조금 더 웃자라 피는 꽃은 마치 작은 종 같기
도 하다. 산들바람에 달랑이는 때죽나무 방울꽃에서 터져 나오는 사
랑하는 임을 부르는 말, '여보'는 '사삭떠는' 말 일 수 없다. 연초록빛
잎새에 가려 맑게 흔들리는 음률과 같은 대명사다. 시인은 이를 '눈물
나게 옆구리를 쿡 찌르는 말, 한 숟갈씩 떠먹이고 싶은 말'이라고 한
다. '당신'이란 말보다는 이무럽고 아슴하지 않아서 좋다고 한다. 지
아비와 지어미의 정한을 떠올리게 하는 호칭 하나가 배고픔을 달래
주는 꽃잎 사이에 피어올라 한 삶의 정경을 노래해 준다. 부부란 채석
강 지층처럼 미운 정 고운 정을 쌓아 가는 관계임을 '때죽꽃'에서 들
려준다.

2. 삶을 도감(圖鑑)하다

문효치 시인은 제1시집 [연기 속에 서서], 제2시집 [무령왕의 나무
새], 제3시집 [백제의 달은 강물에 내려 출렁거리고], 제4시집 [백제 가

는 길], 제5시집 [바다의 문], 제6시집 [선유도를 바라보며], 제7시집 [남내리 엽서], 제8시집 [계백의 칼], 제9시집 [왕인의 수염], 제10시집 [七支刀]를 출간하였고, [별박이자나방]는 11번 째 시집이다. 문 시인은 1966년 한국일보와 서울신문 신춘문예 당선이래로 반세기 동안 그가 쌓아 온 시력의 범주는 가히 우주적임을 11번째 시집에서 웅변하다. 그러나 그 울림은 자연을 거스르지 않고, 인간을 모독하지 않고, 따뜻한 연서로 독자에게 다가 온다.

이번에 상재된 시들은 총 69편이다. 이 중 1부와 2부에 실린 39 편의 시들은 곤충에 관한 시들로 나비에 관한 시편이 11, 벌레 7, 잠자리 3, 기타 곤충이 18 편이다. 3부는 식물에 관련된 시들로 꽃에 관한 시가 13, 기타가 7편이다. 시집의 4부에는 동식물에 관한 것으로 묶여 있다. 한 달여 동안 시집을 품어 읽으며, 자연도감을 면밀히 살펴보았다. 알지 못했던, 이름을 몰랐던 뭇 생명체가 그 스스로의 아름다움을 지닌 채, 우주 공간 안에 함께 숨 쉬고 노래하며 제 몸짓과 빛을 보여주고 있음을 시인은 보여 준다.

날개를 접어요 / 너무 많이 올라왔어요 / 저 푸르름이 너무 깊어 / 몸서리치게 슬픈 곳// 아래로 아래로 떨어지는 것이 어지럽고 역겨워 / 위로 위로 치솟았더니 // 높은 곳과 깊은 곳은 모두 푸르러 / 하나로 잇대어 있는 걸 / 왜 몰랐을까요// 날개에 물드는 짙은 푸르름 / 나는 이제 /하늘로 떨어질까요 /바다로 솟아오를까요
　　　　　　　　　　　　　　　　　　—「산푸른부전나비」 전문

산은 수직의 공간으로 시간을 저장한다. 뭇 생명을 깃들게 하고, 그들의 부침(浮沈)을 관용한다. 산이 푸르다는 것은 정지된 바다의 이명

(異名)이다. 하늘을 향해 흐르는 물, 그것이 산의 또 다른 이름이다. 푸르다는 것은 산과 바다 그리고 하늘에 대한 통용어이기 때문이다. 산과 바다를 온 몸으로 지닌 '산푸른부전나비'의 자태는 화려하지 않다. 담백한 아름다움으로 무용(舞踊)한다. 그 담백함은 절제의 미(美)로 날아오르되 날개를 접을 줄 아는 슬기를 노래한다.

　명명(命名)한다는 것은 존재를 인정함이다. 존재된다는 것은 그 이름의 의미를 되새기게 한다. 시인의 호명은 의미가 깊다. 거기엔 깊은 성찰이 깃들어 가슴을 울리고 삶을 조명케 한다. 시인은 무명의 生에 온기를 새겨주는 사명자이다.

　　4월의 해 한 점 / 떨어져 내려온다 // 떨어진 자리는 / 늘 아프다 //
　　아픔 한 점 /팔랑팔랑 날다가 // 머리, 창공에 부딪는다 / 눈에 번쩍
　　번개 드는 날 / 떡갈나무 어린잎 밑에 / 알 하나 낳고// 또다시 팔랑팔
　　랑 날다가 / 가뭇없이 가버리는 그대
　　　　　　　　　　　　　　　　　　　　　　　　　—「멧팔랑나비」 전문

시 「멧팔랑나비」는 담백한 아름다움으로 가슴을 적신다. 추락(墜落)의 상처를 툴툴 털어버림도 무겁지 않다. 그렇다고 마냥 가볍지도 않다. 팔랑 거리는 날갯짓 다음에 머리를 창공에 부딪치기 때문이다. 창공, 그것은 한 없이 비어 있는 공간이지만 결코 만만한 허공이 아님을 우리는 안다. 부딪침이 없인 깨어짐도 없다. 목숨이 목숨을 낳는다는 것이야 말로 번개 드는 일이 아닐 수 없다. 삶의 덧없음을 비애(悲哀)하지 않고 다만 충실할 수 있음은 지선(至善)이다. 충일한 생(生)은 가뭇없이 가버리는 삶이 결코 아님을 우리는 안다.

바닷가에 서면 / 바위들 억장 무너지는 소리 // 침묵으로 억년 / 눈 감아도 억년…… // 그러나가 바위들 자지러지는 소리
— 「나문재」 전문

단순함은 웅장하다. 3연 5행 43자의 시엔 수억 년의 세월이 담겨있다. 그 숱한 억년의 세월 속에 켜켜이 쌓인 함성을 바위가 토해 낸다. 침묵의 세월 억년을 풀어 놓는 순간의 증언자는 하늘도 바람도 갈매기도 아니다. 바닷가 식물 '나문재'이다. 나문재는 서해안 개벌이나 모래밭에서 흔히 볼 수 있는 식물이다. 잎이 솔잎처럼 좁고 가늘어서 '갯솔나무'라고도 불린다. 이 식물에는 유래가 있다. 옛날 바닷가 사람들은 늘 이 나물만 반찬으로 먹었다고 한다. 날마다 이것만 먹으려니 맛이 없어 늘 밥상 위에 남는 채소라 하여 '남은채'라고 불려졌다. 그 이름의 변형이 '나문재'이다. 그 남은채의 식감엔 바위들 자지러지는 함성이 고스란히 담겨 있다.

불면의 밤 / 뼛속으로는 / 뜨신 달이 들어오고 // 여기 체액을 섞어 / 허공에 환장할 그림을 그리는 것 // 유난히 암내도 많은 / 남의
— 「각시붓꽃」 전문

각시와 붓의 합성어로 된 이름, 사오월 산야에 수줍게 피어나는 꽃이다. 130여 종의 붓꽃 가운데 시인의 시선을 사로잡은 각시붓꽃, 각시가 붓을 잡은 뜻이 가상한 연유라고 본다. 각시붓꽃은 작고 아담하다. 조선여인의 체형이다. 봄밤, 잠 못드는 신열의 밤은 고독의 밤이다. 달마저 달귀진 환상의 밤에 그려내는 그림, 무한의 허공에 그려내

는 희열에는 참한 여인의 체향(體香)이 묻어난다. 내 각시 아닌 남의 각시이기에 밤은 불면을 불러들인다. 「각시붓꽃」은 상상력이 빚어내는 에로티즘erotismo을 담고 있다. 시인의 에로티즘은 무죄이다.

> 잡힐 듯 잡힐 듯 빠져나가는 놈들 / 헛손질만 반나절쯤 해대면서 / 점점 강심으로 들어가다가 // 물속 웅덩이를 헛디디고 / 엎어지고 말았다 // 코로 입으로 흙탕물이 들어왔다 / 허우적거리며 기어나와 / 물먹은 몸으로 집에 왔을 때 / ― 송사리가 너 잡았구나 // 여섯 살/ 생애 첫 싸움은 KO 패 / 그 맛은 흙탕물, 그 물맛이었다
>
> ―「송사리」 부분

시인의 자연에 대한 애정은 노년의 결과물만이 아니다. 시인이기 이전, 아니 이미 시인이었던 유년부터 그 연민은 담겨있다. 생의 첫 완패를 여섯 살짜리에게 물맛보인 송사리, 물맛을 톡톡히 알게 한 그 경험은, 세상을 만만히 볼 수 없는 혜안을 선물한다. 세상사는 흙탕물 속 허우적거림이다. 인생이란 잡힐 듯 잡히지 않는 거라는 걸 일찍이 간파해버린 소년은 그때부터 시이지 않았을까. 송사리에 잡힌 소년, 강심江心을 알기 위해선 웅덩이부터 알아야 하고 흙탕물 맛도 보아야 하는 법이다.

> 꽃은 / 사라지기 위해서 핀다 / 잠시 하늘의 한 모서리를 반짝 밝히다가 / 꽃 진 자리는 / 진한 고독이 들어차는 공터가 된다 // 그 공터 위에 섬진강 회오리가 분다 / 달그늘 속의 비명처럼 / 뿜어내는 휘파람 소리 // 소름 돋는 슬픔이 자지러지다가 / 숨 막히는 아픔으로, 푸른 멍 같은 / 열매가 달린다 // 시고 덟은 세상의 맛 미처 삭히기도 전에 / 열매는 목이 잘린다 // 술 냄새 가득한 / 세상은 미치광이

// 목잘린 열매들이 / 우르르 속 좁은 무덤 속으로 뛰어든다
ㅡ「풋매실」전문

풋이라는 접두사엔 늘 애잔함이, 애처러움이, 그리고 싱그러움이 묻어난다. 인간의 욕망은 싱그러움을, 순결을 독식하려는 본능을 숨기지 않는다. 취기 없는 세상은 뭇 중생들에겐 너무 삭막하여, 세상엔 하많은 술이 넘쳐난다. 술병 속에 담긴 푸른 매실의 안쓰러움이 시인의 가슴을 적셔 송가를 부르게 한다. 사라지기 위해 피는 꽃, 그 공허의 고독을 채우는 푸른 멍이 뭇 세상을 위로 하는 환각의 물로 거듭난다. 완숙의 과실엔 단단함이 없기에 술로 담을 수 없다. 본디 술이란 정련된 독기가 아니던가. 그 독기 속엔 고독과 비명과 소름 돋는 슬픔과 푸른 멍이 버무려져 익어야 된다. 덜 익은 제 몸 바쳐, 풋매실은 생의 환처에 신음하는 중생을 구하려 우르르 무덤 속으로 투하한다. 연약한 자가 견뎌야 하는 순장(殉葬)이다. 청매실주 병뚜껑을 열 때면 섬진강 회오리바람 소리가 달그늘 속 비명이 들리는 지 귀 기울여 볼 일이다.

모진 상처가 덧난 것일까 / 혹 달린 허리가 휜 낙타였네 / 소소초 씹다가 다친 혀에서 / 독오른 통증이 전신으로 저려왔네 / 몸부림치며 버둥거렸지만 / 그럴 때마다 모래가 튀어 눈 코를 막았네 / 얼굴도 모르는 아비의 피가 / 몸속을 흐를 때마다 / 들쑤시는 고통에 소스라치고
ㅡ「낙타의 초상」일부

소소초는 몽골 사막의 식물이다. 척박한 사막을 건너는 낙타의 먹

이이다. 줄기의 가시가 입 안의 혀를 찌르면, 입에 고인 그 액을 마셔 가며 갈증과 허기를 견디게 한다는 콩과에 속한 식물이다. 제 상처를 찔러 목숨을 이어가는 비의(悲意), 아비의 얼굴을 모른 채, 그 아비의 닮은 눈으로 앞길을 바라보며 모래 언덕을 걸어가야 하는 낙타의 숙명을 우리는 공감한다. 제 몫의 무게만이 아니고, 타인의 짐을 떠안아야 한다는 아이러니도 우린 안다. 사막만이 낙타의 존재를 빛나게 한다는 것도 우린 아프게 긍정한다. 웅웅웅 온통 울음으로 가득 차 있는 사막을 떠날 수 없는 낙타처럼 모든 생(生)은 저만의 곡절(曲折)을 지닌 채 모래 언덕을 건너는 것이다.

3. 별그대 – 생生의 밀도를 고백하며

도한호 시인의 시에는 동화적 감성이 그득하다. 시를 애써 독해하지 않아도 슬몃 가슴이 따스해지는 묘법이 있다. 투명히 제 몸 다 비춰주는 계곡 속 열목어를 감상하는 것처럼 자연스럽다. 한 평생의 삶을 담담히 정리해주는 시편들 속엔 여전히 꿈을 품은 소년의 호기심과 진정성이 깃들어 있다. 정갈한 로맨스와 순정이 숨어 있다. 그의 시편들엔 삶의 궤적이 정리되어 있다. 그도 역시 삶의 굴곡은 지니고 있을 터이지만, 시로 형상화된 그의 여로는 아름답다. 시인을 마주 대해본 이들은 느낀다. 그의 언사는 언제나 부드럽고 단아하다는 걸, 다변이 아니라는 걸, 그러나 그의 귀는 언제나 열려 있다는 걸, 크지 않은 눈빛엔 언제나 예지력으로 가득 차 있음을.

(1) 점성(占星)과 아가시아별 이야기를 들은 후로부터 나는 내가 카시오페아나 혹은 카시오페아가 속한 은하계의 어떤 성단(星團)에서 지구로 왔다고 생각하기 시작했다.// 카시오페아는 언제인가 내가 돌아갈 본향이며 거기에는 나의 집과 본래의 가족이 있을 것이다. 나는 괴로운 일이 있을 때마다 밤하늘을 쳐다보며 마음을 달랬다. // 지구에서 수억 광년 떨어진 은하계의 시간은 혹성 지구의 시간과는 달라서 지구에서의 60년 도는 100년이 그곳에서는 불과 일이분이나 길어야 두어 시간에 불과할 것이다. // 그렇다면 내가 지구에서 한 100년을 살다가 돌아간다 해도 그곳에서는 기껏해야 한 두 시간 경과했을 것이므로 그곳의 아내가 나를 맞으며 오늘은 좀 늦었어요, 하는 정도일 것이다.

―「나의 별」 앞부분

초등학교 2학년 때, 할머니에게서 '저모숭이별'과 '아까시별'을 깨우친 시인은 줄곧 별을 가슴에 지닌 채 산다. '저모숭이별'은 황소자리 별인 목우성, 즉 플레이아데스이다. 점성占星이라고도 불리는 그 별을 예전 사람들은 좀생이별로 불렀다. '좀생이별'은 구약성경에서는 昴星으로 불린다. 그 때부터 시인은 자신의 전생이 '아까시별'로 부리리던 카시오페아 속한 어느 은하계 사람으로 생각하였다고 고백한다. 시인은 곧 별에서 온 그대인 셈이다. 시인은 삶의 묘수가 얽힐 때, 아마 시인은 뜨락에 내려가서 가슴 속 별을 열고 밤하늘의 별과 눈 맞춤을 하였을 것이다. 별은 품은 시인과 시인의 전생이 깃든 카시오페아 은하계, 그 곳은 변함없이 밤하늘을 수놓고 시인을 굽어보고 있다. 돌아 갈 별을 품은 시인은 행복하다.

빨간 겹꽃을 피우는 봉숭아씨앗을 심고 / 싹이 날 때부터 복합비

료를 듬뿍듬뿍 주었더니 / 초여름에 벌써 키가 내 허리만큼 자랐다 / 나는 올 여름에는 전에 없이 실한 꽃을 보려니 / 하고 기대했으나, 살구나무 그늘 밑에 늦게 옮겨 심고 거름도 하지 않은 난쟁이 봉숭아 / 보다 꽃이 시원치 않았다. 이것이 근본에 / 관한 문제인지 방법에 관한 문제인지 / 또는 경험에 속하는 것인지는 모르겠으나 / 철따라 피고 지는 들꽃을 보는 일부터 / 얼굴 가려 인사하는 일에 이르기까지 / 세상에 쉬운 일이 없다. 축복한다는 것이 / 저주가 되어버려서 눈앞에 다가온 샬롬을 / 놓쳐버린 주의 종이 어디 한 둘인가

— 「샬롬샬롬」 전문

시의 얼개는 영양분을 듬뿍 준 꽃과 주지 않은 꽃, 풍성한 꽃이 필거라 기대한 꽃과 기대하지 않은 꽃의 대비이다. 이는 시인에게 자연과 인공에 대한 자성의 계기가 된다. 그건 자연스레 종교의 관점으로 전이된다. 평생을 신학자로 종교적 지도자로 지낸 시인에게 자연의 이치는 곧 종교적 시선과 맞물린다. 그에게 종교는 삶을 규정하는 잣대이기 때문이다. 종교를 삶에 적용하는 문제를 진지하게 고민하는 어쩔 수 없는 목자(牧者)이다. 자연스레 꽃 피우는 아름다움이 최선임을 아는 시인은 종교 역시 그러하길 고민한다. 근본과 방법, 그리고 경험적으로 완성되어야 함을 피력한다. 종교의 지나친 축복권을 그는 염려한다. 과욕이 저주임을 그는 경계한다. 특히 주의 종들에게 넌지시 훈시한다. 키만 웃자라는 겹봉숭아꽃 꼴 되지 말라고. '샬롬'이 품고 있는 평화라는 의미의 인사말이 제구실을 해야 한다고,

쌍계사 황 보살을 만난 일은 없지만 / 그가 가군 채전菜田 밭을 보면 / 그의 수행修行과 규모를 알 수 있다 / 영조 임금 때의 모진 여름 가뭄에도 / 물이 마르지 않았다는 마을 우물도 / 물길이 끊어진 모진

가뭄인데, 그의/ 채전 밭의 가지와 토란은 싱싱했다./ 밤마다 은하수 별들이 무리지어 내려와/ 가지 밭과 알토란에 물 한 바가지씩을/ 부어주고 가지 않은 바에야 올 여름의 / 농사는 순전히 보살님의 극진한 정성/ 때문이리라. 바로 그것이 부족한 나는/ 막중한 진리를 품에 안고서도 잘 길러서/ 건네받은 애물 춘검마저 죽여내고 있으니

　　　　　　　　　　　　　　　　　　　　　　　—「춘검春檢」 전문

　시인의 인식의 지평은 드넓다. 그는 별에서 느끼는 전생론을 가슴에 품고, 기독교 목자로서의 목회신학에 대해 고민하고, 이름은 다를지언정 진리를 실현하는 타종교에 대한 긍정과 존경도 감추지 않는다. 이 시는 진리와 선에 이르는 궁극은 하나라는 걸 포용하는 그다운 시선을 보게 한다. 극심한 가뭄에도 가지랑 토란을 틈실히 살찌우는 황보살 채전에 대한 경탄은 수행자의 본연을 살피게 한다. 삶은 종교를 담는 그릇을 익히 아는 시인이기에 황보살의 수행에 대한 찬탄이 고귀하다. 타종교를 존중하는 상생의식과 겸허히 자신을 들여다보는 하심(下心)이 멋진 화합을 이룬다.

　서악西嶽 선도산 솔바람 속에 태어나 / 빈강성 주하현 목단강가에서 유년시절을 / 산우리의 산과 들에서 소년시절을 / 선비의 고장 영주에서 학창시절을 보내다. // 오정梧井에서 시성들과 노닐고 / 삼성동三省洞에서 사는 법 깨닫고 / 목동牧洞에서 목양의 꿈 키우다. // 수유리水踰里 산세 좋은 고을에서 / 가정 이루고 두 아이 얻어 / 선화동宣化洞에 와서 밝은 생애 펼치다. // 공도리公道里 삼년동안 추포가 읊조리다가 / 하기下旗 동산에 돌아와 기를 꽂았으나 / 이제 노은老隱에서 조용히 엎드려 지내려 한다. 거기에는 언제나 흰 구름 떠 있겠지.

　　　　　　　　　　　　　　　　　　　　　　　—「자서전」 전문

공자께서 이르시길 "詩 三百 思無邪"라 하셨다. 이러한 선인의 말씀을 실천 이들 중 한 사람이 도한호 시인이다. 그의 시「자서전」에는 담백한 한 생이 응결되었음을 본다. 그의 자서전은 곧 그의 삶의 편력이다. 대륙을 오가며, 지경(地境)을 넘나들며 일상을 꾸려온 시인의 노후가 안온하게 느껴진다. 아마도 그가 읊은 삼백 편 이상의 시향(詩香) 덕분이리라. 언제나 흰 구름 떠 있을 노은(老隱)의 삶에서 더 깊은 시간의 향기가 시화(詩話)되길 사모하며 나지막하게 안부를 전해 올린다. 샬롬.

시의 사원을 거닐며

정채원『슬픈 갈릴레이의 마을』, 장만호『무서운 속도』,
김성규『너는 잘못 날아왔다』

시인이 건네는 언어에는 온 세상을 평안으로 물들이는 사원의 종소리가 들리곤 한다. 시의 언어로 이루어진 사원의 뒤뜰에는 비상의 날개를 잃은 채 신음하는 새들의 깃털이 무심히 날리기도 한다. 이처럼 다층성을 함유한 시인의 언어는 그 진동의 광대함으로 인해 언어의 숲속에 거대한 사원을 홀로 남기지 않는다. 즉자적 시각과 단층적 해독에서 벗어나 새롭고 신비한 언어의 굴레에 갇히길 기꺼이 희망하는 독자들은 시인이 건네는 사유의 사슬에 기꺼이 사로잡히길 열망한다.

시대가 혼란스럽건 평화롭건 인간에겐 절대자 또는 그 무엇을 통하여 위로를 길어내려는 욕망이 내재되어 있다. 종교와는 다른 그러나 절대적 마력을 지닌 특별한 존재자인 시인이 지닌 열망의 진폭은 웅숭한 사유의 사원을 건축한다. 때로 독자는 그 시의 사원에 기대어 종교의 잣대로는 금그을 수 없는 삶의 진실과 오독을 공감하고 그 고통의 대열에 동참하려는 자세를 취하려든다.

시가 이루는 언어의 사원에 새겨질 경구를 위해 시인들은 우주와 존재를 더욱 신비하게 채색하고 암호화한다. 뿐만 아니라 그들은 그

주술적 해석에 묶여 허우적거리며 고통스러워하는 독자의 몸부림까지도 이미 사랑하는 자들이다. 상처는 상처로 기쁨은 기쁨으로 상호 호환되는 대칭적 줄다리기에서 시인은 독자의 난독증을 안타까워하며 연민의 시선을 던지지만 짐짓 시치밀 떼고 있는 올림포스의 신들의 딸과 같은 이들이 시인이다. 언어의 의미를 신탁받고자 찾아드는 이들이 미궁을 빠져 나갈 수 있는 실타래 하나를 건네 주며 은총을 눈감아 주는 자이기도 하다.

1. 언어의 사원과 삶의 박물관

어머니, 저는 오늘도 돌아요/압력 밥솥의 추처럼/
얼음판 위를 헐떡이는 팽이처럼/터질 듯한 마음의 골목골목/
팽글팽글 돌아요, 돌아야 쓰러지지 않아요/당신의 경전을 맴돌면서/
저는 의심하고 또 의심해요/더 이상 의심할 수 없을 때까지/
서쪽으로 서족으로 계속 가면, 어머니/신대륙을 찾을 수 있을까요/
얕은 곳 너머 갑자기 희망이 깊어지는 곳/그러나 희망봉 근처엔
죽음의 이빨/
백상어가 헤엄쳐 다닌다지요/가장 안전한 곳은 가장 위험한 곳/
상식의 말뚝에 한쪽 발을 묶고/나머지 한 발로 절뚝절뚝/
기상부터 취침까지/일상의 풀밭을 뱅글뱅글 돌아요/
소등 뒤에도 전갈자리 사수자리 돌고 돌다/아주 돌아 버려요/
아니, 저는 더 이상 돌지 않아요/그래도,
그래도 지구는 돌지요
                                    ─「슬픈 갈릴레이의 마을」 전문

시인 정채원이 신탁해 준 화자가 바라보는 일상의 비밀들을 따라가 노라면 검은 너울 속으로 빨려드는 원심력을 갖게 된다. 돌아야만 제 기능을 다하는 압력 밥솥처럼, 얼음판 위를 돌아가는 팽이의 한 점은 검은 색으로 응집된다. 희망이 깊어지는 희망봉마저 죽음의 이빨로 헤엄쳐 다닌다. 불을 꺼버린—소등— 뒤의 어둠과 돌고 도는 지구의 내심도 분명 검은 색의 카오스를 상징하고 있음이다.

갈릴레이 마을이 슬픈 까닭은 무엇일까? 과학으로 밝혀낸 물리적 현상에 대한 시적 현상의 가속도로 인한 슬픔으로 판독할 수 있지 않을까 싶다. 희망봉과 신대륙의 확장 이후 여전히 인간은 절망에 발목 잡히고 회전의 어지럼중에서 뒤뚱이며 제 몸을 추스르기 위해 그 상식의 내심에 발뚝 박아야만 중심 잡을 수 있는 현상이 슬픔인 까닭이다.

그가 제시하는 신탁은 지구라는 끊임없이 돌고 돌아야 하는 '슬픈 마을'에 대한 전언이다. 지구의 생로병사에 대한 운명이다. 무의미한 일상에 대한 도발과 실패에 대한 아픈 보고서이다. 무수한 일상들의 삶을 집대성한 전집 같은, 혹은 인류의 박물관처럼 시인은 인류의 현상을 신화의 사원을 넘나들며 신비화함으로 독자를 흡인한다. 진정 시인은 언어박물관의 문사로 환생하여 독자 앞에 현현한다.

나는 대도시 R에서 다다와 함께 야반도주했다. 3년 전 크리스마스 무렵이었다 기계처럼 잘 짜 맞추어진 모든 것의 면상에 변기를 집어 던져야 무병장수한다는 점쟁이의 말을 듣고 난 직후였다—중략— 생선 가게 주인이 기계보다 능숙한 솜씨로 꽁치 배를 다고 굵은 소금을 뿌려 검은 비닐봉지에 넣어 주었다
　　—중략—

나는 닥치는 대로 집어 던진다 한번은 샤워를 하다 말고 넥타이를
매고 계단을 내려가는 나체에게 바가지를 집어 던진 적도 있다 —중
략— 어느 틈에 기계처럼 밥상머리에서 신문을 읽거나 배가 고프지
도 부르지도 않다는 얼굴로 물끄러미 TV를 건너다보는 다다, 그러
나 다다 면상에까지 펄펄 끓는 국그릇을 집어 던지지는 못했다 몇 년
새 다다각시가 다 되어 버린 내가 다다기계 앞을 떠억 가로막아서고
있었던 것이다 다다

—「다다각시」 부분

한 때 젊음의 문예사조였던 '다다'를 끌어들인 시인의 일상은 그러
나 도발의 불발 앞에 멈춤을 보여 준다. 모든 것의 면상에 변기를 던지
라는 점쟁이의 예언은 현대판 갈릴레이의 빗나간 진실이다. 기존의
질서에 대한 모반은 관성의 법칙에 의해 더 큰 파장을 몰고 오는 현상
으로 포착될 뿐이다.

우리는 너무나 많은 기계들에 의해 지배당한다. 24시간 돌아가는
주유소, 정확하게 찍혀 나오는 기계 속의 호두과자, TV가 전해주는 전
자파로 인해 기계적으로 일상화되어 가는 군상들의 모습이다. 감정의
상실과 소통의 단절이 부르는 무감동에 맞서는 펄펄 끓는 국물은 그
나마 위안이 되고 만다.

삶이 밋밋하건 어떠하건 인간은 여전히 죽음의 그림자를 등에 지고
산다. 떳떳치 못한 야반도주. 크리스마스 무렵의 계절적 냉기가 내뿜
는 검은 기운. 꽁치의 배를 갈라 염장시키는 일상의 잔인성의 상징과
그 주검을 간단하게 쓸어 담아 버리는 검은 비닐봉지. 이처럼 삶과 주
검의 덤덤함을 시인은 담담하게 습윤한다.

죽음은 사랑과 증오 사이의 간극에 위치한다. 우리들의 사제는 「변

검쇼」에서 삶의 애착과 변절들에 대한 모습을 증언한다. 석민이와 명호, 그리고 영섭의 모습 바꾸기는 죽은 나무뿌리에서 연두 새순을 돋게 하는 지체 1급 정운재 노인으로 환생한다. 그것은 불가능에 대한 가능성의 걸작품으로의 환치이다. 그것은 언어로 재현되는 변화무쌍한 신화의 세계이다. 시의 세계는 올림포스 신전의 신들의 무대를 재현하는 언어의 사원임을 실감케 한다.

오늘날 우리는 그 신들의 모습을 박물관에 소장된 여러 흔적에서 더듬어 만난다. 박물관을 지킴이는 저 신화시대 무사이 자매라는 것을 독자는 이미 안다. 정채원의 시집이 구축하는 언어의 사원에도 거대한 신화와 인간의 꿈을 소장한 다양한 소장품들이 언어 유산이, 인간 정신이 소중하게 전시되어 있다. 무한한 파장의 회전을 슬몃 멈추고서 말이다.

2. 푸른 빛 사원, 그 신탁의 물기

시의 사원에 제 몸을 온전히 들여 놓기 전에는 자못 여러 차례 사원 주위를 맴돌 게 된다. 처음엔 호기심으로, 그 다음엔 망설임으로, 그러다 거항할 수 없는 휘말림의 영역권에 들어서게 되면 겸허한 발걸음으로 사원의 안 뜰을 조용히 응시하게 된다. 시의 사원에서 전이되는 섬광들은 사원에 서 있는 자들을 때로 옥죄고 두렵게 한다. 「무서운 속도」라는 시의 사원을 탐사할 때도 그러하다. 속도에 민감하지 못한, 여전히 아날로그적 사유의 경계선을 허물어야 할 방법에 미숙한 탓이다. 그러나 겸손한 자에게 사원의 사제는 관용의 손길을 내미는 법이다. 지레 겁먹은 자세로 조용히 들어선 이방인에게 초록 물살로 부드럽게 다가와 주는 은총이 있다. 인생의 방랑과 허기가 위로받고 젊음의 치기가 용서되는, 맑은 기운이 온 우주에 번지는 그런 사원을 발견한 잔잔한 축복이 거기 있다.

그대가 사랑을 잃었다 한다, 후두둑/ 바람이 들창을 넘는가 모퉁이 술집/ 빗방울 밀려와 어깨를 치는데/ 그대 웃음이 흠집 많은 탁자 같다, 이슬 맺힌/ 술잔을 매만지거나 청어의 살을 바르며,/ 그대를 가려줄 우산이 나에겐 없다/ 처음 그대가 청어를 제일 좋아한다 했다/ 깊은 바다의 푸른 지느러미…/ 그러나 푸르던 추억 지나간 자리, 드러나니/ 이 남루한 등뼈/ 창 아래 바랜 벽지 젖어/ 오랜 이름들 잉크 자국으로 번지는 것을 본다/ 흔적이 상처가 되는 것을 본다/ 흐린 불빛들이 몸을 뒤척이는 이 저녁,/ 이운 하늘 아래로는 물의 그물들,/ 그대와 나에겐 푸른 지느러미가 없다/ 한세상 유영할 추억의 힘이 없다/ 그러나 그대 우리가 산다는 것이 이렇듯 가시 많아/ 제 몸 찔러오는 것이라도/ 때로 상처가 힘이 될 수 있다면,/ 억만 장 깊은 물속 아픔을 헤치며/ 맨살의 힘, 남루한 등뼈나마/ 한 길 가야만 하리라//
저기,/ 물 밀어 가는 청어 두 마리

― 「청어(青魚)」 전문

나는 서사시의 시간 속에 사는 자 모든 좋은 일들은 과거에만 일어났지 산빛이 아름다운 강기슭에서 나는 태어났으니 이 지하 신전의 기둥 아래 금니를 드러내며 웃는 그대여, 그대 역시 그곳에서 태어났거나 혹은 빛났을지도 모른다

나는 비둘기들의 아버지 한낮의 광장을 건너가는 자 내가 걸어갈

때 사람들은 물처럼 갈라지고 비둘기들은 날개를 접고 공손히 머리
를 조아리며 걷는다 먹어도 먹어도, 꾸르륵 소리를 내는 저 폭식의
비둘기들 그러니 나에게 한 잔의 술을 다오 내 휘파람으로 창공의
큰개자리를 움직여보리라 난폭한 개가 짖을 때 비둘기들은 일제히
날아 오르리
　－중략－ 나는 한사코 부정할 것이니, 제발, 그러나 아들아, 너를
비웃은 자들을 기억해두어라 영원회귀의 삶이 완성되는 날, 나는 무
덤에서 일어난 것과 같이 지하에서 올라가 그들을 심판하리라 그때
까지는, 너를 부정하고 부정할 것이니, 그런데 얘야, 너는 어떻게 나
를 알아볼 수 있겠니

－「지하 신전」 부분

　제 상처의 거품을 걸러내어 빛나는 속살의 결정체로 거듭나는 진
주인양 장만호 시인이 세우는 시의 사원에는 광휘가 인다. 그의 광휘
는 물빛 닮은 푸른빛이다. 희망의 빛이다. 사랑을 잃어버린 극한의 절
망에서도, 바람이 들창을 넘어와 빗물이 어깨마저 젖게 하는 허름한
술집에서도 비록 흠집 많은 웃음일지라도 절망을 딛는 웃음으로 서
로의 상처를 보듬는 '나'와 '그대'에겐 여전히 챙겨야 할 희망의 물감
이 있다.
　생의 물여울에 휘둘리는 그들에게 제 자신의 살을 발리우는 청어의
푸른 빛, 깊은 바다의 푸른 지느러미는 차라리 심연의 굴곡을 물리치
는 지순한 저항이다. 비록 지나가 버린 푸르던 추억의 자리언만 청색
잉크 빛으로 그들의 추억은 푸르게 번지는 게 아니던가. 한세상 유영
할 힘마저 없는, 상실한 푸른 지느러미일지언정 '나'와 '그대'는 물 밀
어 생을 헤쳐 나가는 푸른빛의 역동이다.

그래서 장만호의 시는 푸르다. 나무이며, 그 나무를 살리는 물기이다. 그는 그의 사원을 기웃거리는 나그네 일지라도 박대하는 법이 없다. 기어이 성실하고도 친절한 눈빛으로 삶의 위로와 잠언을 적어주는 사제인 것이다. 사제의 위로는 '물밀어 가는 청어 두 마리'를 통해 사랑을 잃어버린 '그대'에게 기꺼이 사랑의 현현을 시각화 시켜준다.

시의 사원에서 우리가 발견하는 궁극적 신탁은 영원회귀가 아니던가. 시의 사제는 지하신전에서 조차 당당한 아름다움으로 완전한 삶을 독촉한다. 그는 부정의 부정을 거듭하며 지하신전의 순례자들에게 영원회귀의 소생을 일깨운다. 무엇을 위한 무엇에 의한 영원회귀인지를 사제는 묻는다. 그리고 답한다. 그건 푸른 희망의 빛, 순한 물의 빛임을 확인한다.

푸르다는 것은 굳이 희망의 빛, 구원의 빛이어야만 할까라고 시인은 되묻는다. 그의 푸른빛은 「비석」에서는 망자의 빛으로 반전된다. 표정 없는 비석에 드리운 푸른빛이 망자의 얼굴로 자리바꿈된 것이다. 그렇다. 영원회귀라는 것은 주검마저 빛으로 회귀시키는 일임을 깨우친다.

산자와 죽은 자와의 조우가 이뤄지는 공간이 신전이듯 장만호의 사원에도 영혼과 영혼이 마주하고 외심과 내심이 엇물리는 신비한 공간으로 자리한다. 그는 죽은 친구의 영혼을 물낯의 수련으로 만나게 한다. 그는 신비의 경계를 확장시켜 뭍별과 물별이 만나는 장면을 악어의 실눈처럼 푸른 실눈―「악어」―으로 훔쳐보고 있는 것이다.

3. 이뷔코스의 두루미떼

장판을 들춰보니 벌레들이 기어나온다
마디를 웅크렸다, 폈다 천장으로
낄낄거리며 기어올라가는 벌레들
—「사람이라고 말할 수 없는」 부분

허우적거리다 트랙터에 눌렸을 두더지
불룩한 주머니 속에서 오물이 흘러나오듯
굶주림은 검은 가죽을 뚫고
창자와 뒤섞여 냄새를 풍긴다
두더지의 몸에 활짝 꽃을 피운다
웬 꿀단지야,
웅웅 거리며 파리떼가 몰려오리라
꿀맛 나는 피를 허겁지겁 빨아먹을 파리떼
—「꿀단지」 부분

국을 끓일 때마다 냄비 속에서 찍찍
새끼쥐들이 우는 소리
—「버섯이 물고 가는 쥐떼들」 부분

구물거리는 이불 위에서 며칠 째 부패하는 음식물들
개미들이 기어와 새카맣게 접시를 덮는다
—「5월에, 5월에 뻐꾸기가 울었다」 부분

벌레들이 달라붙은 유리창을 보며 병실 벽을 두드린다
진흙처럼 뭉개진 손바닥,
저것들이 나를 찾아 기어올 것이다
나를 갉아먹으며

살아 꿈틀거리게 만드는 그 무엇

　　　　　　　　　　－「손바닥 속의 항해」부분

　　김성규 시인의 『너는 잘못 날아왔다』는 체코의 천재 작가 프란츠 카프카의 「변신」을 연상시키기도 하고, 오비디우스의 『변신 이야기』를 생각하게 한다. 김성규의 시집에서 거듭 등장하는 벌레들의 꼬물거림을 한참 들여다보았다. 시인 김성규가 만난 삶의 지경들을 공유한 적 없는, 가히 짐작하기 어려운 불경스런 참배자로서는 그 벌레들과의 교감을 어떻게 타전해야 할지 당황스럽다. 지독히 몰입된 사랑과 철저히 비하된 오기로도 해독되기 힘든 깊은 외마디가 그의 시적 사원 도처에 자리하고 있기 때문이다.

　　그의 사원에서 내지르는 숱한 벌레들의 전언은 자못 너무나 진지하여 그 진실에 대한 구원을 내려놓은 채 그저 물끄러미 바라봐주어야 한다. 그의 시어들이 차려 놓은 시적 사원의 헌물엔 유독 피 냄새 진한 제물이 여전히 생피를 흘리고 있음도 발견하게 된다. 그 선뜩한 현장에 함께 다가가지 못한 그 긴장감이 그의 사원의 한 특장임을 부인치 못하는 것이다. 그 당연한 낯설기함을 대하며 '이비코스와 두루미 떼'가 날아드는 것을 본다.

　　19세기 미국 작가 토마스 벌핀치의 『그리스 로마 신화』에 나오는 이뷔코스는 신들에게 경건하고 믿음이 깊은 시인이다. 이뷔코스는 코린토스 지협에서 열리는 이륜차 경기와 음악 경연에 참가하려고 길을 떠난다. 그는 일찍이 예술의 신 아폴론으로부터 노래하는 솜씨와 향내나는 시인의 입술을 선물받은 자였다.

　　그런 그가 포세이돈의 거룩한 숲으로 들어섰을 때 아무런 인적은 없었지만 두루미 떼들이 그와 같은 방향으로 날아가고 있었다. 그는 두루미 떼를 올려다보며 말 걸기를 시도한다. 두루미 떼를 친구로 부르며 덕담을 나눌 줄 아는 자였다. 불행하게도 이뷔코스는 숲 한가운데서 강도를 만나 죽음을 맞이하게 된다. 아무도 그의 죽음을 봐주는 이 없는 그 현장에 있는 건 오직 두루미 떼 뿐이었다. 마지막 숨을 거두며 그는 두루미 떼에게 자신의 억울함을 전해달라며 하소연한 채 숨을 거두었다.

이뷔코스를 초청한 코린토스의 친구에 의해 그의 시신은 수습되었지만 암살자를 목격한 사람은 없었다. 그가 관람하려 했던 이륜차 경기와 음악 경연은 예정대로 원형극장에서 개최된다. 수많은 군중이 경기에 몰입하고 있을 때, 그 경기장 하늘 위로 한 무리의 두루미 떼들이 날아든다. 그 때 수많은 군중들 속에서 소리치는 자가 나타난다. "이뷔코스의 두루미 떼들이다"라고. 그 현장에 함께 한 자만이 그 두루미 떼를 알아보는 것이다. 사건을 은폐하려는 자들의 입장에서 그 두루미 떼들은 분명 '잘못 날아 온' 새 떼들이다.

김성규의 시집 제목은 『너는 잘못 날아왔다』이다. 이 '너'를 이뷔코스의 두루미 떼로 환치시키면 지나친 오독일까. 시편들 면면에서 전언되는 당황스런 생의 이면의 측면에서 곁눈질 해보면 김성규는 세상을 향해 날아드는 두루미일지도 모를 일이다.

시의 잉태와 부활 그리고

이사라 『가족 박물관』, 조용미 『나의 별서에 핀 앵두나무는』,
문혜진 『검은 표범 여인』

벚꽃의 현란한 난무는 사월의 황풍도 어쩌지 못한다. 뭇 대지의 정령들로 가득 찬 우듬지들의 봄 기지개는 새순을 피워낸다. 제 몸에 돋은 연한 살빛의 꽃 이파리들을 미련 없이 훌훌 날려 보내는 자연의 질서는 또 얼마나 잔혹한가. 자연의 질서에 기대어 혹은 반항하며 일궈나가는 인간 삶의 대략 앞에서 시적 소산물이 주는 신선한 양식마저 없다면 이 찬란한 봄은 더없이 경망스러웠을 터이다.

혼곤한 삶의 무게를 짐스럽지 않게 독자들 가슴에 살포시 얹어 놓으려는 이사라의 시집 『가족 박물관』과 봄의 정기 가득한 대지를 두 발로 헤치며 얻게 되는 시적 충만을 안겨주는 조용미의 『나의 별서에 핀 앵두나무는』, 그리고 나른한 춘곤증을 일갈 떨치게 한 문혜진의 『검은 표범 여인』으로 인해 이 봄은 아지랑이 핀 너른 들녘에 차린 성찬이었다.

1. 도회적 인간에 대한 따스한 시선 그 너머

이사라의 시편들은 「겨울, 박물관」에서 시작하여 「첫 은유」에 이르는 관계성과 그 사이 숨 쉬고 있는 삼라(森羅)의 존재론을 시추(詩追)한다. 생명을 정지시킨 겨울이라는 공간을 박물관으로 복원시킨 시인은 사라진 시간성마저 되살려 놓는다. 시인의 '첫 은유'는 시간의 역주행을 따라 '새싹 문방구'에 이르러 존재와 사물과 인식의 첫 꼭지를 복원시키는 힘을 잉태한다.

> 박물관은 너무 무거워라
>
> 과거를 사는 사람은 박물관에 잠기고
> 미래를 사는 아기는 유모차를 타고 박물관에서 잠든다
>
> 언제일까
> 우리가 박물관을
> 오늘이라고 부를 날은
>
> 햇살 가벼운 겨울
> 시간이 박물관 안에서 먼저 기다린다
>
> — 「겨울, 박물관」 전문

박물관은 도회적 혹은 지성의 산물로 환유된다. 그것은 문명의 과정이며 지적 소산의 기록과 보존의 법칙을 담고 있다. 인간이었음을 인간의 발자취를 더듬어 문화적 진화를 표본화하는 거대 집적물이 박

물관이라는 것을 시인은 유추한다. 시인은 그의 삶의 중심과 주변을 아우르며 그들의 궤적을 카메라 앵글에 담아내듯 활자로 인쇄하여 그 모든 기록을 시적 박물관에 나열하고 있음을 보여준다.

시인은 구조물인 박물관을 삶의 정체성을 담아내는 공간으로 현현 시킨다. 과거와 미래를 교착시키는 공간으로의 역사성은 무거울 수밖 에 없다. 그 거대한 시간의 일직선이 뫼비우스의 띠처럼 엉겨드는 운 명을 시인은 예의 주시한다. 시간과 공간을 박제시킨 박물관에서 미 래를 내대보는 모순 법칙은 삶을 관통한 자만이 주시할 수 있는 방법 론이기도 한 것이다.

'무겁'고 '잠기'고 '잠드'는 겨울은 과거 시제이다. 시간과 공간의 과 거형은 사라짐의 대표성이지만 시인은 그 사라짐의 흔적을 통하여 새 로운 '미래를 사는 아기'를 잉태하여 '오늘'이라는 현재형으로 겨울을 부활시키고 있다. 뿐만 아니라 기다림의 성찰을 일깨우고 있다.

> 한동안 두꺼운 동굴에서 살았었나봐요
> 영미다리 건너 상왕십리동 710번지
> 노벨극장 지나 우물터 지나
> 동굴
> 지금은 동사무소 기록에서도 지워졌는데
> 아직도 부르는 소리 들리고
> 내 안의 나를 만나고
> 네 안의 너를 만나는
> 텅 빈 주소
>
> 집의 엄마들이
> 부엌의 몸의 닦고 또 닦는 밤

밤이 부드러웠던 집
엄마들 냄새에 익어가던 텃밭도
쓰러졌다가 벌떡 일어나던 그 달콤한 공터도
동굴 속에서 걸어다니는
기억의 소리
— 「동굴—오래된 미래 2」 부분

이사라의 이번 시집은 과거시제가 많이 등장한다. 위의 시 「동굴—오래된 미래 2」에서 만 살펴보아도 '살았었나봐요'로 종결되는 첫 번째 행을 위시하여 '지워졌는데' '부드러웠던' '익어가던' '일어나던' 따위의 시어들이 중추적 역할을 하고 있다. 그것은 회상을 불러일으키는 효과를 야기한다. 시적상황에서 소급된 지향점은 원형적인 것, 즉 '동굴'의 공간으로 이어져 있다.

동굴은 박물관의 원시형태로 간주해 볼 수 있다. 시인은 도회적 과거형을 통해 오래된 미래를 재생해 낸다. 미래는 과거의 연속성이고 과거는 미래의 진원지이기 때문이다. '동굴' 이미지는 시간을 박제시킨 박물관의 원시적 형태와 다름 아니다. 원시성은 시간과 시간 공간과 공간의 혼융을 야기하는 '동굴'로 확장되어 환기된다.

오래된 다리와 옛 주소, 극장과 우물터, 아득한 소리와 소리들, 부르는 소리들이 동굴 저 끝에 아득히 남아 있어 다시금 동굴을 살아있는 현장으로 일깨우는 환각을 불러일으킨다. 그 시원은 모성적 테두리로 다가선다. 집과 엄마, 부엌과 텃밭의 엄마 냄새, '쓰러졌다가 벌떡 일어나'던 '그 달콤한 공간'은 분명 유희적 유년의 공간이다. 그 기억의 소리들은 '동굴 속에서 걸어다니'는 현재형의 소리로 되살아난다.

선사시대의 엄마들을, 그들의 삶의 흔적을 만날 수 있는 공간으로의 박물관의 초기 형태는 동굴이 아니었을까. 시인이 표출하는 인간 삶의 원형은 「두 개의 구멍─오래된 미래5」에서는 보다 더 극명하다. '나무 그늘마저 폭염에 짧아진 날'에 화자는 '아이'와 함께 쪼그리고 앉아 사라진 개미를 찾는다. 개미가 사라진 지표의 따뜻한 구멍을 통해 '엄마'를 발견한다. 그것은 곧 묵언의 탯줄을 끌어내어 붕긋한 무덤으로 전이된 '자궁'을 환치시킨다. 어김없이 시인이 가시화한 자궁은 오래된 미래로의 연결성이기도 하다.

시인은 이번 시집 전체를 통해 '나', 곧 여성성으로 대변되는 '엄마, 여인, 그녀, 할머니, 함승현 옷 수선집의 그녀, 몽골 여신, 퀼트 여인'으로 잉태되어 세대 간의 연결과 나와 이웃과의 연민들을 시간성과 공간성을 합일시켜 거대 구멍, 화석화된 자궁 이미지의 박물관으로 부활되고 있다.

2. 소요유(逍遙遊)적 시의 잉태와 부활

조용미 시의 내구성은 소요유에 미친다. 끝임 없이 어딘가를 헤매는 그의 시적 여정은 지침이 없다. 목적성이 있는 행보가 아닌 자연을 벗 삼아 하릴없이 길을 나서는 소요이다. '구름 저편'으로 '자미원'으로 '만일암터'로 '흑산 가는 길'로 '징소리'를 따라서 '다랑쉬'를 오르고 '별서에 핀 앵두나무' 곁으로 '안개 속 풍경' 속으로 '나무 사이에 소리가 있'는 곳으로 '고흐의 저녁 산책길'로 남녘의 '두륜산'으로 하염없이 떠돈다.

시인의 소요는 시를 통해 궁극적 자유와 자유의 절대적 경지를 보여 주려는 시도임을 여일히 드러내준다. 『나의 별서에 핀 앵두나무는』에서 시인은 생명의 물리적 보존이나 생물학적 보존과 인정뿐만 아니라 시적 세계로의 승화를 향기롭게 흩날리며 떠돈다. 그의 떠돔은 한 마리 나비의 팔랑임처럼 아름답고 지침이 없다. 나비의 춤 동작은 동작 그 자체가 목적이기도 한 황홀함이다.

현산면 백포리, 여기까지 왔다 윤두서고택 용마루에 기러기 한 마리 오래 앉아 있다 기러기는 움직이지 않음으로 자기 존재를 드러내는 저 방식이 불편하다

망부산이 멀리 바라보이는 이곳 바다 내음이 인다 오갈피나무 검은 열매를 헛바닥에 물이 들도록 따 먹었다 모래가 살결보다 고운 송평에서, 꽃이 지나간 자리 같은 작은 새 발자국 따라 멀리 가 본다 막다른 길에 바다가 서 있다
당두리 갈대숲이나 연구리의 살구나무 한 그루 노하리의 가지 부러진 노송이 새겨져 있는 내 몸은 티베트 사자의 서처럼 단번에 읽을 수는 없는 책과 같아서 다만 어란, 가학리, 금쇄동 하고 낮게 불러 보는 지명들 다 끌어안고 다니며 길을 잃는다

나를 뚫고 지나가는 풍경들이 또 나를 앓고 있는 길 위, 몸에 미열이 인다 어불도 앞 책바위에 와 나는 내 안의 길을 다 쏟아놓는다 풍경들은 나를 잘 읽지 못한다
— 「구름저편에」 전문

「구름 저편에」는 한 편의 자연 다큐멘터리다. 다큐멘터리 속 영상은 다양한 장면을 연속적으로 펼쳐 보인다. 고택 용마루에서 앉아 오

래 움직이지 못하는 한 마리 기러기에 앵글이 맞춰진다. 초점은 기러기의 존재 방식이 불편함을 응시하게 한다. 시인의 앵글은 기러기의 부자유를 향해 불편함을 비추고 있는 것이다. 자유로이 '현산면 백포리 까지' 온 화자와 오랜 세월 한곳에 붙박여 있는 기러기의 대립이 자유와 속박을 대비시켜 표현한다.

망부산이 멀리 보이는 송평에서 화자는 새 발자국을 따라 가본다. 창공 어디론가 비상하여 떠나버린 새에 대해서 화자는 불편해 하지 않는다. 오히려 그 발자국을 추종한다. 그것은 화자가 아직도 어디론가 가야할 길이 있음을 보여준다. 막다른 길에서 바다가 길을 막아서지만, 닫힌 공간을, 막힌 길을 박차고 새는 날아간다. 길을 만들어 떠나는 새의 비상처럼 시적 화자도 끝없는 자유를 갈구한다.

시인의 여정은 당두리 갈대숲을 지나 연구리의 살구나무 한 그루에 이르고, 노하리의 가지 부러진 노송은 화자의 몸에 새겨져 다만 가야할 지명들을 읊조리게 하며 길을 잃게 만든다. 시인은 무수한 지명들을 품어 안으며 그 길들을 떠돈다. 그러나 시적 화자의 몸부림은 가야할 곳을 가지 못하는 부자유함에 길을 잃고 만다. 이 막힘의 궁국에서 시인은 시적 사유의 틀을 마련하고 새로운 길 찾기를 모색해 낸다. 그것은 비상의 창공, 자유의 광활함이다. 그것은 시적 잉태요 부활의 찬연한 몸짓으로 표기된다.

시인은 길의 존재성을 전제하고 있다. 길을 모든 있음(有)의 근원으로 상정하고 그 위를 끊임없이 소요한다. 때로 길을 잃고 미열을 앓을지라도 시인은 대단한 낙천주의적 세계관을 그의 시편들에 넉넉히 풀어 놓아 새로운 길을 독려한다.

나비보다 더 아름다운 옥색긴꼬리산누에나방을 처음 만나던 날, 맥문동 보랏빛 꽃이 어지러이 피어 있던 대낮 난데없이 날아와 오른쪽 가슴 위에 철썩 내려앉아 옷의 장식핀처럼 붙어 있던 매미를 떠올렸다.

　폭염의 밤 불빛을 향해 날아든 나방은 새처럼 큰 날개를 펴고 앉아 긴 꼬리모양돌기와 밝은 옥색 날개를 펼치고 어두운 창에 등불을 켜놓은 듯 붙어 있었다//
　눈 밝은 이 있어 날개의 앞 가두리에 있는 짙은 붉은 색의 테두리를 보고야 만다면 누구라도 잠시 영혼을 팔듯 나방의 몸을 입으려 들지 않을까 싶은 눈부신 곡옥빛 날개는 온통 백색 인편으로 덮여 있었다//
　―중략―
　그 때 매미가 내 몸을 잠시 깃들었다 날아단 후부터 눈이 자주 흐릿해지고 어두운 곳을 찾아 쓰러져 잠을 청하고 싶었다 잠 속에 커다란 날개를 가진 옥색 나방이 날아와 머물다 간 흔적도 있었다.//
　옥색긴꼬리산누에나방을 보지 못했다 아직도 곡옥처럼 웅크리고 오래 몸속에 들어앉아 있다 백색 인편이 혈관을 흘러 다니고 있나 보다 글자들이 백합 향기처럼 뿌옇다
　　　　―「옥색긴꼬리산누에나방의 날개를 만지다」 부분

　이 시의 대상은 모두 날아다닌다. 나비, 나방, 새, 매미, 이를 통하여 시인은 세상의 모든 존재가 부분이고 찰나라는 것을 드러낸다. 나비는 그 이름값만으로도 아름다운 상상을 자극하는 존재다. 그러나 시인이 발견한 '옥색긴꼬리산누에나방'은 그 나비보다 더 아름답다 명명함으로 그 또한 찰나임을 증명하고 있다. 화자에 몸에 잠시 깃들다 가버린 매미 역시 찰나적 존재를 표방하고, 그 아름다움의 존재적 대상

을 시인은 '보지 못했다'고 고백한다.

　1연에서 화자는 옥색긴꼬리산누에나방과의 조우를 '나비보다 더 아름다운 옥색긴꼬리산누에나방'이라 설명한다. 그러나 6연에 이르러서는 '만난'것과 '보지 못함'의 차이를 만들고 만다. 1연에서 '옥색긴꼬리산누에나방'이라는 대상과의 상면은 '매미'라는 또 다른 사물로 시야를 가리고 만다. 이것은 나방은 나비의 부분이고, '보지 못함'의 근원과 시각적 '봄'의 세계는 찰나에 불과하다는 것을 깨우치게 한다. 만남보다 더 오래 내 몸의 혈관을 흘러 다니게 하는 근원은 '보지 못함'에 대한 애련을 아로 새기는 백합향기만큼의 기억을 내포한 글자와 같은 것이다. 글자- 시(詩)- 그것은 내면의 세계를 더듬는 새로운 소요(逍遙)의 경지다.

3. 도회를 긴장시키는 밀림의 전사

　보르헤스(Jorge Luis Borges)는 『상상동물 이야기』를 통해 일상의 평면경을 새로운 사물의 형태로 그려 볼 수 있는 상상력이라는 거울을 우리에게 선사한다. 문혜진의 『검은 표범 여인』이 그러하다. 현대적이며 도회적 일상에 물든 독자들을 밀림의 야생이라는 볼록 거울로 삶을 확대시켜 버린다. 문혜진의 상상력은 도회의 가꾸어진 공원을 벗어나 밀림의 원시성으로, 강한 야생의 박력으로 독자를 긴장시킨다. 때로 그의 의식을 따라가노라면 후미진 삶의 오목렌즈를 들여다보며 화들짝 놀라 뒷걸음질 치게 만든다.

시인의 도발성은 일상의 평온과 삶의 권태를 견줄 틈새 없이 시공을 열어 나간다. 후련하게 깨쳐내는 그의 일격은 통쾌를 넘어서 섬뜩함을 쥐어 준다. 경고다. 자연의 신비를 파괴한 인간에 대한, 문명에 대한 전사적 선전포고이다. 그의 전투적 복장은 '검은 표범 여인'이다. 그를 지지하는 투사들은 '북극 흰 올빼미, 홍어, 악어, 표범, 코요테, 흑등고래, 백상아리, 호랑이, 가물치, 민달팽이, 검독수리'들이다. 이들은 도회적 일상에 진한 공포감을 안겨 준다. 그 공포감이 주는 메시지는 야생적 생명의 싱싱한 생명성이다.

> 시베리아 아 ─ 긴 폭설을 뚫고 지나가는 육중한 열차 타이가 숲에서 필요한 건 한 개비의 성냥과 총알 한 방, 나에게 필요한 건 창백한 러시아 영계의 불타는 계곡주 지루함에 불지르는 네버 엔딩 스토리 놀고 있네 더 취하기 전에 썰 좀 풀어 봐! //
>
> 동대문운동장 세르게이라는 고려인의 술집, 너는 홀린 눈빛으로 보드카에 양고기 꼬치를 씹으며 눈을 잘 마주치지 못한 채 자주 중얼거리며 손톱을 물어뜯었지 무엇인가에 사로잡혀 자신을 돌보지 않는 삶이 네가 진짜 원하던 인생이었다고, 매혹의 대가는 그토록 쓰고 달콤하며 그 발자국 끝에는 정말 살아 움직이는 호랑이가 있었다고, 푸카초바인지 조까부까인지의 노래를 따라 부르다 오랜 유배 생활에 폭삭 삭아 내린 이 사이로 담배를 끼워 물고 도넛을 만드는 묘기의 달인.
>
> ─ 『시베리아의 밤』 2연, 마지막 연

시인은 이 시를 통해 동물들의 수난과 인간 수난의 유사성을 강렬히 대비해 보여 준다. 인간들의 손에 의해 멸종되어가는 시베리아의 호랑이 왕대(王大)를 카메라에 만이라도 담아 보려는 노력을 우롱하는 밀림의 왕자. 카메라 렌즈를 주저 없이 내리치는 왕대의 거침없음에서 쾌감을 뿌린다. 절대 공포와 위엄 앞에 심장이 찢어질 것 같은 통쾌가 아닌가.

고려인은 대한제국의 희생자들로서 얻은 대명사이다. 러시아로, 중앙 아시아로, 시베리아 고원으로 떠돌던 역사의 희생자들이다. 역사의 회귀성 덕분에 고국을 밟은 그들의 삶은 또 다른 이방인이다. 동물과 자연이 공존하던 시가 파괴 된 것처럼 동족으로의 동질감이 유리되어 버린 역사의 흔적을 보여준다.

인간의 손에 의해 자청된 왕대(王大) 호랑이의 멸종과 그 실존이라도 기록하려는 의지 사이의 긴장감은 시적 성찰로 독자의 가슴을 지핀다. 시는 시종 육중한 열차 바퀴의 중압감으로 시베리아 대륙을 도회적 인간들에게 각인시킨다. 그것은 삶의 치열함을 잃어버린 도시인들의 자화상을 보여 줌이다. 그것은 정체성이 모호한 고려인 세르게이의 삶을 통해 더욱 깊게 새겨진다. 무언가에 사로잡혀 자신을 돌보지 않는 삶이 진짜 원하는 인생이라고 노래하는 고려인의 뒤틀린 삶은 역사성 앞에 무력한 인간의 단면일 뿐이다.

시인은 동물의 강한 카리스마와 인간의 나약함을 극명하게 그린다. 그러한 이유가 시적 화자로 하여금 더욱 강렬한 원시성에 대한 희구를 도처에 드러내는 촉매가 되는 까닭이기도 하다.

청담동 표범약국에는 표범약사가 있지/ 멸종된 줄로만 알았던 표범약사가/하얀 가운을 입고 인터넷을 하다가/귀찮은 듯 안약을 카운터에 슬쩍 밀어 주지//
호랑이 연고도 팔고/무당거미의 독이 든 마취제도 팔지만/새끼

표범 침으로 만든 구강 청결제라든가/호피로 만든 무좀 양말 따위는
팔지 않아//

　인간의 육체를 포장해 온 무수한 환상을 제거하고/오로지 생물학
적으로만 본다면/ 인간은 맹수의 공격 본능으로 학살을 일삼고/모피
를 찬양하며/발정제를 사러 약국에 가지//

　이 겨울 다국적 패션거리에는/베링해 섬 출신의 북극여우 털로
만든 재킷이 있고/덫에 걸리면 다리를 자르고 도망간다는/ 밍크쥐의
가죽을 수백 개 이어 만든 코트가 있지/내가 만약 난파선의 선원으
로/ 북극여우의 섬에서 겨울을 보내게 된다면/ 내 격랑을 팽팽하게
껴안은/ 이 무용한 거죽으로 깃발이라도 만들어 흔들어야 하나//

　물어 버리기 위해/이빨을 아끼는 것이 s아니라/이빨이 없어서/물
지 못하는 것이라고/청담동 표범 약사는/밤이면 긴 혀로 유리창을
핥으며/우아하게 내리는 눈을 바라본다.

-『표범약국』전문

　문화의 대표거리 청담동에 약국이 있다. 약사는 표범약사이다. 화
자는 희귀동물 표범이 살아 있음에 경이로움을 부여한다. 이어 시는
하얀 가운을 입고 인터넷을 하는 표범약사를 보여준다. 현대적 물질
문명이 양산시키는 기이한 현상들을 날카롭게 드러낸다. 시인의 의중
은 그 자신 문화와 현대성에 대한 우문에 있다. '호랑이 연고와 무당거
미의 독이 든 마취제, 새끼 표범의 침으로 만든 구강 청결제와 호피로
만든 무좀 양말' 따위를 들어 현대성에도 여전히 군림하는 원시성을
환기시킨다.

　인간의 피부를 보호하고 위장하기 위해 수많은 동물의 가죽이 유통
되고 패션화된다. 인간의 가죽이야 말로 얼마나 무용(無用)한 것인가
를 시사한다. 그 우둔한 인간에 대한 항거를 시인은 북극여우의 섬에

서 무용(無用)한 깃발을 만들어 흔들어 보이고자 한다. 그 무용한 가죽은 동물의 가죽이 아니라 어쩌면 인간의 나약한 무용하기 짝 없는 인간 그 자신의 가죽이란 걸 깨우친다.

동물의 이빨은 절대적이다. 그에 비해 인간의 이빨은 무력할 뿐이다. 그러나 동물적 강인한 이빨들마저 현대라는 연대기 안에서는 힘을 잃어 버렸다. 자연 마저 사파리라는 인공 자연에 의해 사육되는 동물들에게는 더 이상 강한 이빨이 필요 없기 때문이다. 잃어버린 이빨은 더 이상의 강건함을 요구하지 않는 현대의 무력함의 상징이다.

문혜진은 야성을 불러일으키는 신비함으로 시를 움직인다. 그가 응집해 오는 시의 진원지는 '시베리아, 나이아가라'로 대변되는 대자연이다. 그는 분장으로 가득한 도회의 위증을 위악을 허위를 차가운 메스로 도려내어 시상(詩想) 위에 되새겨 놓는다. 그는 그의 시에 대한 오독할지 모르는 독자에게 일대 전투를 걸어온다. 그것은 건강한 원시성을 잃어버린 현대인들에 못함에 대한 선전포고이며 경계령이기 때문이다.

시적 가역성(translatability)에 대한 통찰

박강 『박카스 만세』, 고명자 『술병들의 묘지』, 이정란 『눈사람 라라』,

한 편의 시를 읽는 다는 것은 쓰기의 상상력보다 읽기의 상상력을 통한 의례를 집도하는 일과도 같다. 한권의 시집을 감상한다는 것은 한 사람의 삶을 함께 받아들이는 일이 된다. 그것은 타인의 삶을 자기화하는, 그 사람의 언어를 내 것으로 언어화하는 몰입이다. 그러기에 시집 속을 열어보노라면 목마름이 깊어진다. 잘 해석해 내지 못하는 것에 대한 아득함, 또는 도저히 해갈할 방도가 없는 막막한 그리움 때문이다. 그 목마름의 실체에 대한 탐구가 시집 탐독에 대한 통과의례이기도 하다.

1. 시대(時代)에 대한 앵포르멜

박강 시인은 2007년 『문학사상』 신인상을 받으며 등단한 시인이다. 등단 이후 꾸준한 관심과 사랑을 받아 온 그의 시들이 첫 시집으로 상장되었다. 혹자는 그의 시를 '젊은이의 피를 끓게 하는'시라 일컬었다. 분명 그의 시는 젊음과 지성을 겸비한 시이다. 시적 저널리즘이 강한 시집이다. 고도의 게임과 같은 긴장감이 젊은 세대를 열광하게 하는 시적 요소로 작용한다. 조강석 평론가의 작품 해설에 따르면 '현실의 심리적 구조물과 을의 노래'이다. 작금의 사회적 현상 용어인 갑과 을의 대립을 선명히 보여 주는 시편들을 담고 있다. 인생을 허투루 보지 않는 고뇌하는 지성의 항변을 응축하여 담고 있다. 그러나 그의 항변은 혁명적이거나 전투적이 아닌 시적 위트와 연민을 내재화한 언어의 숨결을 살려 낸다.

> 이제 밤이면 우리는/입술을 꼭 깨물어야 할지 모른다/혀끝은 소주로 타고/양손은 백기를 펄럭일 태세/자정이면 좀 급하니까/자정이면 눈 위에 서서/맨발로 걸어야 할 때가 다가오니까///손쓸 새 없이 날들은 지나간다/어떤 식의 공포가/어떤 류의 익살이 공원에 가득한지/곧 졸업이라고? 나라면/동물원의 자판기는 믿지 않을 거야/남은 동전에 깔깔대지 않을 거라구/우리랑 상관없이 내리는/눈, 눈, 저 눈을 넌 맛본 적 있어?// 입이라도 잔뜩 벌리자/밤새워 우린 우걱우걱 눈을 삼켜야 해/눈사람처럼 머리만 자꾸 커 가겠지/그만큼 속은/더 차가워질지 모르지만, 아 유 레디?
>
> — 「펭귄」 전문

'이제 밤이면' 이라는 假定의 시대를 시인은 헤쳐 나간다. 침묵한 채 백기를 들어야 하는 시대에 갇혀 있지만 자정이라는 어느 한계점에 이르면 맨발로 兀進할 준비를 마친 상태다. 손쓸 사이 없이 지나가버리는 시간이기에 恐怖와 익살은 우리들 생을 公園化하는지도 모른다. 공원은 내 것이 아닌 공유된 공간이다. 우리에 갇힌 동물은 차라리 낫다. 걸어 다닐 최소한의 자유는 주어지기 때문이다. 동물원의 자판기는 공포와 익살의 대상이다. 스스로 파는 행위를 하는 기계가 스스로 팔 수 없는 아이러니를 공유한다. 외부에서 동전이 입력되어야 물건을 내어주는 자판기를 시인은 관찰한다. '나라면'하고 가정하며 꼼짝없는 기계를 조롱한다. 누군가 미처 챙겨 가지 못한 '남은 동전'에 '깔깔' 대는 자판기가 아님을 스스로 위로하는 펭귄이다. 재화와는 거리가 먼 자연의 눈을 맛보는 펭귄은 움직일 수 있는 생명체다. 혹한의 계절에 무리의 체온을 함께 나누며 자연의 가혹함을 이겨내는 펭귄은, 한 덩어리 눈사람으로 착각될지 모른다. 그러나 그 시린 눈을 우적우적 삼키는 펭귄은 生의 週期를 향해 걸어갈 발걸음을 곧 뗄 것이다.

우리는 다 안다. 저들이 대학 안에 갇혀 있어야 하는 젊은이들이라는 것을, 달러를 해외로 송금해야 하는 시린 가슴을 지닌 이 시대의 가장들이라는 것을 우린 안다. 날개를 가졌으나 날지 못하는, 지독한 부성애로 자리를 박차지 못하는, 펭귄의 습성을 우리는 안다. 밤이 오고, 그 밤을 침묵으로 일관해야 하고, 타는 침묵을 소주로 달래야 하는, 이제 곧 모든 걸 포기할 시점을 카운트 다운하는 이 시대의 사회적 현상을 우리는 공감한다. 졸업을 유예해 보건만 손쓸 새 없이 지나가 버리는 시간 안에서 다가오는 불안은 공포로 확산되는 젊은이들의 현실을 시인은 직시한다. 그 상황을 도피하려는 비겁함을 물리치는 決意로 '입이라도 잔뜩 벌려, 눈'을 삼킨다. 눈사람처럼 머리만 커지고, 비례하여 더욱 차가워지는 속을 인식한 채, 시인은 독촉한다. 날아 보자고, 동물원을 벗어나 보자고, 자판기 앞을 벗어나 보자고 외친다.

1. 風磬 안 세상은 / 닦지 않고 그냥 며칠 놓아 둔/ 녹차 잔 같았다, 건드리면 천년을 / 쪽빛 해안의 물결 따라 가만히 흔들려 왔다//원통보전 문설주에 기대어 / 밤이면 물고기의 짤막한 말씀을 듣곤 했다 / 별꽃 무늬 잠장뒤로 길게 펼쳐진 / 은하수의 길을 따라 / 물병이며 천칭이며 별자리 궤도를 사경한 적이 있었다

2. 노송 가지에 걸터앉아 잠시 / 숨죽였던 불씨가 / 천지를 일제히 밝히고 일어나 소리 지르며 / 어획하는 이 밤, 불바다의 휘젓는 팔뚝이 / 펼쳐 둔 후릿그물을 거세게 걷어 올리고 있다/ 한 방울 씩 거품을 밀어 올리며 / 돌탑 하나 쌓아온 물고기의 / 호흡이 거칠다, 아가미가 가쁜 숨을 몰아쉬며 파닥댄다

3 무너져 내린 절터 담벼락 / 목어의 뼈를 추스르는 사람들이 있었다

－「落山」 전문

한 폭의 그림이 선연히 눈에 마음에 들어오게 하는 시이다. (1.)의 첫 연은 바람에 흔들리는 풍경 속은 녹차 잔에 직유되어 있다. 바람에 흔들리는 찻잔은 오래 된 차향기를 뿌려 줄 것 같은 詩香이다. 시인은 그 찻잔 안에 동해의 푸른 바다가 천 년 동안 담겨 흔들려 왔음을 일깨운다. 신라 천 년의 혼을 담은 풍경이, 뭇 중생의 염을 담은 소리 울림이, 녹빛 찻잔으로의 절묘한 대비를 둘이 아닌 하나의 이미지로 형상하는 놀라운 시적 功力이다. (1.)의 두 번째 연은 관세음보살을 모신 원통보전 문설주를 앞세운다. 圓通은 지혜로써 깨달음에 이르게 한다는 의미이다. 일상의 번잡함에서 벗어난 밤이라야 물고기의 짧은 법문을 들을 수 있고, 그러한 곳이 낙산 원통보전의 비밀이며 경건의 아름다움이다. 그러한 원통보전을 둘러치고 있는 담장은 곧 은하길이며, 지혜를 사모하는 이들을 별자리 궤도를 사경하도록 이끈다. 기실

사경의 의미가 애매하다. 목을 비틀어 기울도록 한다는 의미인지, 불교적 해석으로 보아 후세에 전하거나 축복을 받기위하여 경문을 베끼는 일인지 구분이 안 된다. 風磬처럼 왜 명확하게 하지 않았을까. 아마 그 모두를 담고 싶어서였을 것이다. (2.)는 2005년 낙산사를 소실시킨 화재 현장으로 우리를 이끈다. 장엄한 불길이 오래된 사찰을 집어삼키는 현장은 그물에 걸려 거친 호흡을 토해내는 물고기에 빗대어 마치 하나의 생명체가 소멸되는 듯한 공포와 긴장을 유발한다. 물고기가 쌓아올린 돌탑이 허물어진 낙산, 곧 거대한 산이 무너져 내린 것이다. (3.)은 화마 후의 현장이다. 그래도 그곳엔 절터가 있고 담벼락이 있고 목어의 뼈를 추스르는 사람들이 있음을 상기시킴으로 낙산의 의미가 새롭게 거듭남을, 그 정신적 가치의 재건을 다시금 중생의 염원으로 이루어져야 함을 역설한다.

시인의 抒情은 시대를 진단하는 청진기이다. 시인은 坌氣를 감지하여 예방하고 경고한다. 시인은 매스미디어 특히 광고와 영화, 가요의 秘意를 놓치지 않는다. 「우루사를 먹는 밤」에 우루사의 성분을 분해한다. 「쨍하고 해 뜰 날」에 김수영의 시를 리콜한다. 「봄날은 간다」에서는 한 '빵 봉지 속에선 겨울 잠자던 곰팡이가 깨어나고 변성하는 목소리로 꽃봉오리가 마른기침을 뱉던 날들 부화를 꿈꾼 새들에게 우리는 어쩌면 변덕스러운 몰아닥칠'거라며 노래한다. 「오디션」은 부활의 대중가요 「슬픈 사슴」을 비유로 연예인을 통한 신분 상승을 꿈꾸는 청춘들의 몸부림을 형상화하고 있다. 시인이 이번 시집을 통해 독자에게 주는 상징은 이 시대에 불필요하게 확장된 인식과 포화된 지식에 대한 유희들이다. 벨로시랩터는 공룡의 이름이며, 히스테리아 시베리아나는 무라카미 하루키의 소설로 이끌어 준다. 누아르는 홍콩영화를 빗대어 우리 현실을 풍자하고 있으며, 렉터 박사의 처방전은 토마스 해라손의 영화 한니발과 관련된다. 주치의 가세는 반 고흐의 초상에 나오는 인물이며, 헬리코박터 파이노리는 위장 내에 서식하는 한국인에게 많은 균의 이름이다. 이누이트는 날고기를 먹는 종족의 이름이고, 베이루트는 레바론의 수도이며, 앵포르멜은 서정적 추상회화이다.

2. 삶을 열반화 시킨 꽃들 이야기

2005년 『시와정신』에서 「새벽의 幻」외 4편으로 등단한 고명자 시인이, '한권의 사람이기까지/ 한권의 시집이기까지// 눈물이/ 지상에서 가장 맛있는 음식이라고/ 고백할 때까지// 나는/ 여기 있었으나/ 단한 번도 그 한가운데 머문 적 없었다'고 말문을 열며 시집 『술병들의 묘지』를 세상에 내놓았다. 고명자 시인, 그의 시집을 손에서 내려놓았어도 가슴에선 내려놓을 수 없다. 시인으로 등단하기 전에 이미 시인이었다는 이름을 얻은 그의 시력은 가볍지 않다. 물 흐르듯 가슴을 적시고 영혼을 씻긴다. 그의 시집을 읽노라면 산사 내음이 묻어나는 정갈한 나물 밥상을 대하는 기분이다. 넘치지 않으나 모자람도 없다. 그의 밥상을 꼭꼭 씹노라면 보살의 덕행을, 부처의 엷은 미소를 훔칠수 있다.

　　살얼음 우수처럼 깔린 우수 무렵이었지요 도려내도 열길 스무

길 다시 자라는 것은 관념만이 아니었습니다 무릎으로 기어서라도 한줌의 땅에 푸른 깃발을 꽂고 싶었습니다 이월의 모퉁이에서 외줄기 뿌리를 내리고 꽃대 끝에 아기별 무리 내려오는 날 기다렸습니다 차가운 땅에 등대고 누워 한 동이 눈물 쏟아 부은 까닭은 순한 밤별로 나앉고 싶었기 때문입니다 소꿉친구 같이 다정한 이름 지천에 깔려 서럽습니다 밤하늘에 그려 넣은 사자자리 전갈자리 무더기로 내려와 봄 언덕이 흔들리면 가슴 절절한 이가 와서 안부를 묻겠지요

— 「냉이꽃」 전문

냉이는 봄을 열어주는, 여심을 열어주는 꽃이다. 냉이의 여심은 노소를 초월한다. 이른 봄, 나물바구니를 들고 나서는 백발의 노파조차 아름답게 보이게 한다. 냉이는 평등의 꽃이다. 겨울을 씻겨주는 꽃이다. 겨울살림 궁기를 달래주는 밥이다. 살아야하는 힘을 실어 주는 생명력이다. 냉이는 낮은 곳에서 푸른 깃발을 꽂아 높은 곳의 별을 마주하는 당당함으로 피어 있다. 낮엔 지상의 꽃으로 밤엔 별을 담은 꽃으로 차가운 대지를 감싸 안는다. 차가움으로 더욱 진한 향기를 뿜어낸다. 절대 포기할 줄 모르는 강인함이다. 무릎으로 길지라도 뿌리만큼은 외줄기이다. 속으로 옹골진 기백이다. 소란스럽지 않으나 침묵하지도 않는다. 살얼음 낀 대지에 그리움 풀어 놓고, 다정한 안부 전해 주는 꽃이다. 그의 향기는 달콤하지만은 않다. 매운 맛으로 톡 쏜다. 시인의 해법도 다정하며 매섭다. '소꿉친구같이 다정한 이름 지천에 깔려 서럽'다고 항명한다. 독특함을 추구하는 시대, 연예만능의 시대에 보편성은 몰개성으로 홀대 받는다. 보통시대의 실존들은 그리움의 대상이지만 또한 소외의 대상이기도 한 것이다. 그러나 그

소외의 언저리에 머물기에 봄 언덕의 흔들림에 민감할 수 있고 가슴 절절한 이를 사무치게 기다릴 수 있게 된다. 냉이는 그런 민초들의 자화상이다.

> 놀리지 마라/시시해서 콧구멍 판다/뚜껑 열리면 알지/나도 나를 못 믿어/겨울 내내 바닥을 긴다/내 머리위로 발자국 무수히 지나갔다/붉은 멍 뭇 별처럼 돋아/나, 웃는다/쥐뿔 없는 형용사지만/나, 그래서 산다/유엔 성냥 통 속 같은/한 묶음 적의/허리 좀 숙여줄래/지난 봄 들판 내가 다 질렀다
>
> ─「코딱지 꽃」전문

'놀라지 마라'고 선포하기에 잔뜩 긴장하고 말았다. 그런데 기껏 '시시해서 콧구멍 판다'고 변명한다. 이게 다가 아니다. 그 다음 행의 점층법이 더욱 절정을 이룬다. '뚜껑 열리면 알지, 나도 나를 못 믿어'라며 으름장이다. 이어진 하강법은 이 시의 중추이다. '겨울 내내 바닥을 긴'단다. 직전의 으름장과 허세는 다 어디다 숨겨두고 바닥을 기는 것일까. 뿐만 아니라 '머리 위로 발자국 무수히 지난 갔'다고 한다. '붉은 멍 뭇별처럼 돋'았는데 '나, 웃는'단다. 이것은 지독한 열반이다. 명사, 즉 이름씨이지 못한, '쥐뿔 없는 형용'지만 '나, 그래서 산'다고 설법한다. 때론 주연보다 조연이 더욱 빛나는 법이며 극을 살린다. 열반에 이르는 길은 뜨거운 정열이, 용맹정진이 있어야 한다. 평화를 표명하는 유엔은 불화의 잠재적 전장이다. 유엔 성냥통에 갇힌 불씨는 평화와 안전 그리고 세계 권익을 포장한 평화 기구의 은유적 축소판이다. 그러기에 '한 묶음의 적의'들이 들어 있는지 모른다. 이쯤해서 시인의 일갈이 선명하다. '허리 좀 숙여'달라고 주문한다. 두 번의 긴장은 없지

만 반전은 여전하다. 그건 귀엣말을 하려는 신호였다. '지난 봄 들판 내가 다 질렀다'고 의뭉스럽게 선언한다. 한 사람의 개체가 우주의 중심이며 평화이며 꽃의 화신이기도 하기 때문이다. 모든 것이 소멸된 터 위에 피어나는 노란 꽃물이 눈에 선히 그려진다. 하, 코딱지도 꽃이 된다. 일상의 하찮음을 꽃으로 피어 올리는 성찰이다. 시인이기에 가능한 통찰이다. 실은 동음이의어이다. 육체적 코딱지와 봄 들판 곱게 수놓는 노란 꽃의 '코딱지꽃'의 相應에 시적 기지가 피어난다. 개체에서 민중으로 나아가 세계적 시민의식으로까지 확산 되는 경구로 남는다. 콧구멍 파기도 수행의 한 도구가 되는 성찰을 안겨 준다.

> 누가 또 발목을 접고 앉아 / 넋두리를 풀고 갔나 / 제 속 다 비우고 떠났나//꽃도 아닌 것이 / 꽃같이 피어서는// 어디서부터 생각을 놓쳤나 / 골똘히 늙어간다//너의 낯빛 너무 매워서 / 엎질러진 맹물처럼 / 나는 운다//슬픔 없는 / 내 노래를 바칠게 / 그만, 잊어라//구름 비켜난 폐허에 / 처박힌 꽃모가지 / 허리를 펴려고 / 눈 부릅떴다 / 닫힌 말문의 안쪽 아직 뜨겁다
>
> ─「파꽃」 전문

위 시 「파꽃」에서 시인은 '제 속 다 비우고 떠난' 비움의 미학을 맵게 토해 낸다. 그리고 '골똘히 늙어 가는' 인생 여정의 단면을 '닫힌 말문의 안쪽 아직 뜨겁다'며 삶의 절창으로 승화시킨다. 주목받지 못하는 꽃일수록 더 옹골찬 그 무엇을 지닌다. 파꽃 또한 그렇다. '꽃도 아닌 것이 꽃같이 피'어난다. 파는 식문화에서 뺄 수 없는 향채이다. 매운 맛과 달리 독성이라곤 전혀 없는 대부분 물로 이루어진 순한 식물이다. 그 파꽃 물의 매운 성분이 되레 눈물 흘리게 한다. 그 눈 따갑도

록 아픈 매움은 맹물처럼 천진함에 대한 슬픔인지 모른다. 시인은 폐허에 피어나 처박힌 꽃모가지 같은 지독한 생의 상처를 지닌 이웃들의 아픔을 시로 형상화하고 있는 것이다.

꽃이라 불러야하는 거니/바람도 한 점 없는데/어쩌자고 마음이 흔들리니//구름은 수천 평 감자밭을 떠메고/조용 조용 언덕 너머로 가는데/아슴아슴 따라가 보는데//잃어버린 호미자루처럼/어린 날, 어디에다 흘리고 왔나/지독히 쓸쓸한 냄새 때문에/꽃아 꽃아 불러도/목소리는 안으로만 휘감긴다//흙속에선 감자가 굵어가고/나 희끗희끗 나이를 먹네/감자꽃 수천 평/흐드러졌다는 말은 틀린 말/그냥 희끗희끗할 뿐이네

—「감자꽃」전문

감자는 그 생명력으로 충분히 아름답다. 뿌리 자체만으로도 아름답다. 그 미적 관점은 인간을 이롭게 하는 데 초점이 있다. 소박하나 소중한 일상의 양식에 대한 찬불이다. 한 인간이 감자꽃처럼만 늙어 갈 수만 있어도 아름답다. 그냥 희끗희끗할 수만 있어도 제 몫의 삶을 충실히 반영하고 있는 것이다. 너무 푸르게 사라짐도 아니고 아주 오래 화농되지 않은 그냥 희끗희끗한 삶이기에 지독히 쓸쓸한 것을 삭여낼 수 있는 힘인 것이다. 구름을 닮은 꽃, 이름을 불러도 목소리가 안으로 휘감기게 하는 꽃, 감자 꽃은 생의 본질을 일깨운다.

시인은 꽃에 대한 성찰이 각별하다. 앞서 냉이와 코딱지꽃에서도 드러나듯 시인은 결코 화려한 꽃에 대한 단상이 없다. 그의 관심은 평범한, 우리와 함께 시달리고 짓밟혀도 해맑게 일어서는 식물들에 대한 애정과 연민을 이끌어 낸다. 그가 주목하는 꽃들의 일관성은 실용

성에 기반한다. 그리고 단단하고 질긴 생명력을 지닌 식물들이다. 그들은 매운 향기를 지니거나 아린 속성까지 닮아 있다. 모두 식용 할 수 있는 꽃들이다. 시인은 독성이 없다. 인간을 살리고 궁핍과 환희를 함께 공유하고 위로하는 위로자임을 표명한다. 평범함으로 삶을 열반한다.

3. 상상력의 충돌과 언어의 環

대개의 언어는 순환적 의미로 생성과 소멸의 법칙에 준해 있기 마련이다. 이것은 전통적 독법의 무난한 한 가지 형태이기도 하다. 1999년 월간 『심상』을 통해 등단한 이정란 시인은 이러한 언어적 일반화를 거부한다. 이미 여러 권의 시집을 출간한 중견 시인의 시적 낯설기는 그만의 독특함을 경향화한다. 그의 시집에는 유쾌한 이미지적 텍스트가 충만한 시집으로 구성되어 있다. 생득의 시를 넘어선 언어적 지성을 유감없이 발휘하는 시편들로 구성되어 상상력의 확장과 수렴을 내포한다. 시인은 "나를 지나가지 않으면 내가 되지 않고 시를 떠나지 않으면 시가 되지 않는 역설의 지점에서 강한 전류를 발산하는 미지에 홀린 시 밖의 시가 되기'이라며 시집의 문을 연다. 그가 말하듯 역설의 지점에서 출발하여 강한 전류를 발산하는 미지에 홀린 시들의 향연이 펼쳐진다.

빛들이 다시 빛이 되기 위하여/재구성되는 저녁 분위기에 동참한다//기다렸다는 듯/새들이 공기 알갱이 속에서 새어나와 날개를 찾아 단다/부스러진 햇살조각들은/일찍 문 닫은 갤러리 유리문 앞에서 없는 귓바퀴를 만지고 있다//나는 직립을 버리고 그림자를 뒤적인다,달의 생각이 명료해질 때까지//방금 뒤집힌 모래시계 안에서 사막이 깊어지고 있다/사막은 이 저녁에 닿기 위해 건너야 했던/나와 당신/그 속으로 손을 찔러 넣으면 따뜻하고 말랑한/심장이 만져진다//새들이 날개를 떼어버리고 내일의 공기 속으로 들어간다/단풍잎 같은 달이 뜬다

―「재구성되는 저녁」 전문

빛은 낮의 빛과 밤의 빛으로 크게 이분화 된다. 이 빛들은 시간을 내포하고 우주적 질서를 환기시킨다. 시인의 빛에 대한 환기는 일몰 후의 빛의 빛을 구성해 낸다. 공기 속에 내장된 새로운 빛 속에서 새들이 새어나온다. 이 새들의 이미지는 밤의 활력이며 에너지이다. 부스러진 햇살 조각들은 도심 건물에 반사되는 또 다른 빛의 구성이다. '나'는 직립을 버려야만 달의 생각에 닿을 수 있다. 달에 비친 나의 그림자는 어두운 빛의 새로운 구성인 것이다. 시인은 밤과 낮의 교차를 시간을 담아 옮기는 모래시계로 비유한다. 사막의 깊어짐은 어둠의 깊이이다. 어둠은 시각을 몰수하고 다만 감각을 남겨 놓는다. 그리하여 '나'와 '당신'의 거리까지 가려버려 '그 속으로 손을 찔러 넣어'야 따뜻하고 말랑한 심장을 확인하도록 한다. 시각에서 촉각으로의 전이는 빛의 재구성이 주는 새로운 경험이다. '단풍잎 같은'달은 도시의 화려한 네온 사인으로 구성되는 저녁의 빛이다. 자연의 빛과 인위의 빛이 교차하는 빛의 재구성이 흥미롭다.

그림자의

검은 안경을 벗긴다

거울을 접어 책갈피에 넣는다

너의 이름을 벙어리로 만든다

한쪽 팔을 빌려 베고 잠으로 변장한다

누군가 던진 강물 한 덩어리 받아 삼킨다

내 코가 부서지고 네 웃음이 뜨거워진다

녹아내리는 지붕을 둘둘 말아

촛불을 켠다 새가 녹는다

기도하는 별의

손바닥이 갈라진다

손금을 뜯어 실타래를 만든다

실타래를 타고 눈사람이 전송된다

바람에 날리는 책장을 당신이 눈사람으로 누른다

어깨 위에서 은사시나무 싹이 돋는다

언제 생겼는지 모르는 상처 난 별빛

왼쪽 어깨에서 오른쪽 어깨로 옮겨 간다

녹고 있는 새의 가슴에서 깃털이 쏟아진다

안녕, 라라!

어두워지지 않는 저녁을 빌려 줘

물렁물렁한 발자국 밑으로는 길이 자라지 않아

　　　　　　　　　　　　　　 —「눈사람 라라」 전문

　눈사람 하나 서 있다. 시인이 시의 배열을 눈사람으로 형상화한 것이다. 언어적 즐거움에 앞서 시각적 유희를 선물한다. 언어화된 눈사람의 표정은 알 수 없다. 언어의 해독을 통해 독자는 눈사람의 의미와 표정을 들여다 볼 수 있게 된다. 시인은 '그림자의 검은 안경'을 벗겨낸다. 그림자의 검은 안경을 벗겨내도 그림자는 밝아지지 않기에 '거울을 접어 책갈피'에 넣어 버린다. 항변을 차단해버리려 '너의 이름을 벙어리'로 만들어 버린다. '누군가 던진 강물 한덩어리'조차 거부하지 않고 받아 삼킨다. 그런 순응의 힘은 웃음에서 연유된다. 그는 햇살에 제 몸이 녹아내리는 순명에 저항하지 않는다. 그 사라짐을 경쾌히 수용하며 작별을 말하는 '안녕, 라라'는 벙어리에게 건네는 母語이다. 태아의 첫 울음의 톤은 '라'음인 것이다. '물렁물렁한 발자국'은 순환되는 물의 다른 이름이다. 눈이 된 사람과 사람이 된 눈의 교차점이 모호하지만 결코 슬픈 서정은 아니다.

> 늘 읽는다/그러지 않으면 불안e에게 내가 읽힌다, 내다 버리면 어떻게 알았는지 이튿날 우체부에게 문자가 온다, 빠른 등기 불안f를 세 시에 배달 예정이니 안심하십시오
>
> — 「불안e라는 책을」 1연

전자식 시대에 대한 이미지를 형상화 한 시이다. 전자책 이북(e-book)을 시적 소재로 끌어와 시대적 한 현상을 시에 조우시킨다. 지식을 탐하지 않으면 도태되는 듯 하는 현대인의 불안을 시적 질료로 녹여 내고 있다. 알라딘의 램프처럼 한 번의 문지름으로 즉각 나타나는 지니처럼 한 떼의 글자들이 쏟아져 나오는 이북(e-book)의 실상과 허상을 절묘하게 포착한다. 생각의 경건한 勞役없이 쉽게 얻어 오는 문자의 조합은 '모음을 따먹'어 버리고 '내 머리에서 배설'되어 버리고, '부란부란, 울음'이 번식할 뿐이다. '부란부란'은 불안이라는 모국어를 파괴한 변종 문자의 한 예이다.

이정란 시인의 시집 『눈사람 라라』는 여러 모로 주목 받는 시집이

다. 이미지가 감각과의 상응에서 그 낯설음의 잡음을 극복하고 시적 상상력의 진수를 보여준다는 평단의 설을 충분히 확인해 주는 시적 발라드가 살아 있다.

역사성과 현존성의 시를 읽다

홍신선『사람이 사람에게』, 노창수『붉은 서재』

1. 존재의 의미와 값, 그리고 시의 격

시력 쉰 돌을 품은 홍시선 시인의 시선집『사람이 사람에게』는 그 자체가 개인 시역사의 산물이다. 이를 통해 시인으로 살아 온 반세기의 총합을 담아내며, 그의 시의 현존 가치와 의미를 깨닫게 한다. 허투루지 않게 살아 온 삶의 궤적이 촘촘히 담긴 시집을 통해, 한국 시단의 반세기를 아울러 엿 볼 수 있으며, 어떻게 살아야 하는 가의 명제를 던져 놓는다.

총 7부로 엮어진 이번 시선집에서 시인이 설명한 주제는 이렇다. 시의 격조(1부), 자양분으로의 종교(2부), 청춘의 고뇌와 환희(3부), 역사의 시적 프리즘(4부), 인연의 울타리(5부), 종교적 성찰의 심화(6부), 기억 속 문학초상(7부)이다.

시선집『사람이 사람에게』에는 여름의 열기는 슬몃 비켜서 있다. 다만 봄과 가을과 겨울의 메타포가 그득한 그의 작품들엔 시인이 지키려 애쓴 삶의 품새들이 오롯하다. 자기를 잃어버린 몰자아(沒自我), 몰항거(沒抗拒)의 시대에 나지막한 음색으로, 그러나 질긴 호소력을 지닌 시의 격을 품고 '사람'을 살려내고 있다. 시와 삶이 편중되어 함몰되지 아니한 유기적 관계성을 보여준다.

> 동네 이면도로 움푹 팬 웅덩이 빗물에
> 웬 자동차 엔진 기름 한 방울
> 누가 유실한 수급(首級)처럼 달랑 목 위만 내놓은 채 떴다.
> 둘레의 곁물 튕겨 내 가며
> 둥글게 안으로 안으로만 몸통 똘똘 말고
> 무릎 껴안은 그는
> 쉽게 저를 해체하거나
> 그 무엇에도 함부로 뒤섞이지 않는다,
> 다만 몇 됫박 햇볕에
> 갓 지은 절처럼
> 살 깊이 내장된 휘황한 단청들을 내보일 뿐.
>
> 그런 기름 한 방울 만드느라
> 제 삶을 오로지 탕진했던 사람이 있다.
>   ―「시인의 초상―굴원(屈原)에게」 전문

이 시는 시인으로서의 극명한 역사적 자기 정체성을 보여준다. 굴원(屈原)이라는 이름이 갖는 역사적 묵시성과 시인이라는 직함으로 살아가는 현존의 자화상을 대비 시킨다. 굴원(屈原)과 시적 화자, 물과 기름, 유용(有用)의 기름과 무용(無用)의 시 등등으로 구축된 이미지를 통해 서술성을 확대한다.

해방 한 해 전에 출생한 시인은 우리 현대사를 오롯이 겪은 세대이다. 육이오와 사일구, 오일육 등의 굴곡진 정치 사회 변혁의 역사를 목도하였다. 민주화의 여정도 만만치 아니한 현실 속에서 시인으로 감당해야 했을 그의 압박감은 결코 작지 않았을 터이다. 그러나 그의 시는 그런 격랑을 격하게 다루지 않았다. 유순한 안목과 심성으로 그는 역사와 현실을 다루고 있다. 이번 시선집 전편을 두루 살펴보았을 때, 시인의 메타포에 심겨진 여름은 동적이지 않았다. 그 대신 한 여름의 열기를 인내한 선비의 자세만이 그려져 있다. 시인은 내적 성찰의 프리즘을 통해 현실을 조명하여 왔음을 보여준다. 시적 알레고리를 통용하여 현대 역사의 탁류를 헤쳐 온 비결을 밝히고 있다.

오늘날 대부분의 도로는 자동차에 전복되고 말았다. 보행도로의 크기에 비해 그 양적 팽창은 비교할 수 없는 상황이다. 문명의 이기가 보여주는 속도성과 편리함을 지닌 당대의 현상 속에서 시는 시인의 존재와 의미에 대해 반문하게 한다.

이면도로는 차도와 보도가 구분되지 않은 좁은 길이다. 그곳 움푹 패인 웅덩이에 버려진 기름 한 방울, 그 무용의 기름방울에서 시인은 적장의 잘린 목을 본다. 그것은 분명 패배이다. 수급(首級)은 싸움터에서 베어 얻은 적군의 머리이다. 옛 전쟁은 이들을 전리품으로 내 거는 것이 일반적이다. 장대나 성곽에 걸리지도 못하고 작은 웅덩이에 버려진 적군의 머리는 비참한 현실을 극대화 한다.

그러나 시의 반전은 아름답다. 물과 섞이지 않는 기름, 그것은 시인의 자존심이다. 폐유일지언정 해체하지 아니한다. 나아가 갓 지은 절(寺)을 세우고, 휘황한 단청까지 칠해 놓는다. 진흙 속 연꽃의 현현인 것이다. 무용(無用)의 삶을 불용(不用)으로 인식하여 유용(有用)으로 이끌어 내는 존재, 그가 시인이다.

시인은 굴원을 매개로 중취독성(衆醉獨醒)을 표명한다. 모두 취하여 있는데 홀로 깨어 있는 삶을 시인의 초상으로 품고 있음이다. 세상의 모든 사람들이 불의와 부정을 저지르고 있을 지라도 그 가운데 그 혼자만이라도 깨끗한 삶을 살고자 하는 염원을 노래한다.

> 어느덧 아내와도 헤어지는 연습을 한다
> 하루에도 몇 차례씩
> 마음에서 등을 떼면
> 척추골 사이로 허전히 빠져나가는
> 애증의 물 잦는 소리.
>
> 아내여
> 병 깊은 아내여
> 우리에게 지난 시간은 무엇이었는가
> 혹은 칠월 하늘 구름섬에 한눈팔고
> 혹은 쓰린 상처 입고 서로 식은 혀로 핧아 주기
> 아니다 야윈 등 긁고 이빨로 새치 끊어 주기
> 그렇게 삶의 질퍽이는 갯고랑에서
> 긴긴 해를 인내하며 키워 온
> 가을 푸른 햇볕 속 담홍의 핵과(核果)들로 매달린
> 그 지난 시간들은
> 도대체 이름이 무엇이었는가.
> ― 「어느덧 아내와도 헤어지는 연습을」 1, 2 연

모든 존재는 시간의 끈 위에 놓여 있다. 시간의 깊이는 존재의 질량을 가늠케 한다. 아내라는 이름이 갖는 무게, 그것은 시간의 계량기에

서 어떤 눈금보다 특별하다. 더욱이 죽음 앞에선 아내의 이름값은 시인의 인생질곡의 한 축을 이루는 최대의 무게이다. 화자는 병든 아내를 통해 자신의 생을 되짚어 보고 있다. 부부로서 함께한 은애와 애증을 교차시키며 슬픔의 극대화를 거부한다. 인생의 전 과정이 연습의 연속이 듯, 시인은 죽음으로 헤어져야 하는 운명도 연습으로 수용하고 있다.

가정을 이루는 최초의 단위인 부부는 존재의 화합과 대립의 표본이다. '마음에서 등을 떼면 척추골 사이로 허전히 빠져 나가는' 애증의 소리를 듣기도 하지만, '야윈 등 긁고 이빨로 새치 끊어'주는 사이가 부부관계이다. 각자의 생의 무게를 가장 가까이 마주보고 있는 반려자의 죽음 앞에서 화자는 시간의 의미를 캐묻는다. 그 질문들은 슬픔을 배제하고 두려움을 물리친다.

그것은 시인의 시에 목격되는 장점이기도 하다. 그의 모든 시에는 중용 정신이 녹아 있다. 난해한 기교 부리지 아니하고, 진지한 어조를 잘 녹여 낸다. 그러기에 그의 시는 한 여름의 열정보다는 가을의 푸른 이성이 성취하는 담홍의 핵과를 거둬들인다. 그 성취에 들뜨지 아니한다. 그렇게 거둬들인 시간들의 이름값을 되묻는다. 끊임없이 존재에 대해 예(禮)를 갖추려는 시인의 의지가 작용하기 때문이다.

홍신선 시인의 시어가 갖는 매력은 토속적이다. 특히 시인이 엮어들이는 식물의 이름들은 우리네 산야와 고향의 채취를 지닌 옛스런 식물들이다. 냉이꽃, 산락한 코스모스, 산소국(山小菊), 석산꽃, 청매꽃, 매화, 자운영, 제비꽃, 박태기나무, 방가치풀, 방동사니풀, 쑥부쟁이꽃, 소태나무, 박송, 낙락송, 상수리나무 등이 시어로 사용된다. 시인이 부여하는 존재의 의미와 값은 소박하지만 충일한 생명력에 있다. 특히 시인이 주목하는 것은 작은 씨앗이다. 「오래된 미래」에 중심인 채송화, 그 채송화의 '바늘귀만한 씨앗'의 가치를 시인은 놓치지 않는다. 「마음經 13」에서 그린 '꼭꼭 다문 채송화의 검은 씨앗들 속에 핵'은 시인이 값 매기는 기준점이다. 그것은 그의 절창 「가을 맨드라미」에서도 화룡점정으로 스며있다. 맨드라미는 본디 토종이 아니지만, 향토적 서정성을 잘 살려낸다. 이국적 정서마저 오래된 그리움과 삶의 의미로 환원해 내는 것은 시인이 가꾼 시적 역량이 머금고 있는 격조 때문이다.

> 근본 한미한
> 선비는 다만 적막할 따름이다
>
> 이따금 무료를 간 보느니
>
> 간 여름내
> 드높이 간두에 돋우었던 생각의 화염을
> 속으로 속으로만 낮춰 끄고 있노니
>
> 유배 나가듯
> 병마에 구참(久參)들 하나둘 자리 뜨는
> 텅 빈
> 가을날
>
> — 「가을 맨드라미」 전문

맨드라미는 붉은 빛을 지닌 꽃이나 화려하지 않다. 꽃잎도 하늘거리지 않고 도톰하며, 마치 닭의 벼슬을 닮은 모양으로 '계관화'라고도 불린다. 한 여름 칠팔월이 개화기인 꽃을 시인은 가을에야 조우함으로 색다른 시적 분위기를 연출한다. 그 가을에 핀 맨드라미의 메타포는 '구참(久參)'이라는 시어와 만나 절창을 이룬다. '구참'이란 오랜 수행을 한 스님을 뜻하는 불교 용어이다. 홑잎 꽃이 아닌 여러 겹이 모여 꽃을 이루는 맨드라미와 오랜 수행으로 다져지는 스님들이 지니는 묵직한 존재감이 두 시어의 격을 높이고 있다.

이 시의 진가는 지극히 작은 점(點)에서 시작하여 우주의 면(面)으로 확대되는 점층법에 있다. 맨드라미 씨가 그 점에 있고, 우주의 텅 빈 가을이 면으로 확산되어 은은한 수사법으로 이어진다. 시에서 응축을 이룰 때, 대부분 시가 단단해 지는 효과를 얻기 마련이다. 그러나 이 시는 확산을 이루어 시적 묘미를 증폭시킨다. 광활한 가을날에 하나 둘 사라지는 노스님들의 빈자리와 청명한 가을 하늘이 확연히 대비됨으로, 계절을 비켜 피어난 이색 꽃 맨드라미와 스님의 열반이 결탁하여 절창이 되기 때문이다.

시인은 각 존재가 지니는 의미와 값을 놓치지 아니하고 시적 분위기를 고조시켜 격조 있는 시풍을 지닌 일품 시를 탄생시킨 것이다.

2. 자토의 빗살무늬에 새겨진 황홀한 시혼

김억(1896~?)은 시의 존재 유형을 세 가지로 나누었다. 즉 "제일의 시가는 시혼의 황홀이 시인 자신의 맘에 있어, 시인 자신만이 느낄 수 있고 표현은 할 수 없는 심금의 시가"라고 하였다. 그리고 "제이의 시가는 심금의 시가가 문자와 언어의 약속 많은 형식을 밟아 표현된 문자의 시가"라고 밝히었다. 또 "제삼의 시가는 문자의 시가를 일반 독자가 완상하며 각자의 의미를 붙이는 현실의 시가'라고 말하였다.

노창수 시인은 일곱 번째 시집『붉은 서재에서』의 서문에 '시의 장엄'을 말하며, 자신은 아직도 옹알이 중이라 하였다. 등단 마흔 세 해를 넘긴 시인의 열망과 겸허를 대하며 김억의 시론이 생각났다. 시인은 '시혼의 황홀'을 바탕으로 하고, '문자의 시가'를 통해 독자를 향한 '완상의 시가' 정신을 두루 이루고 있음을 보여주었기 때문이다.

멍든 가슴을 움켜쥐고
오랜 길을 애둘러 간다

태운 밤을 지새우면
그대 눈썹 더 깊이 울고

이별의 불길 명징하게
젖은 비에 푸시시 꺼지는
오랜 참나무 붓 하나

열반으로 불러야 할 노래
지상에 시가 까맣다

그대 정수리로
뽑아낸 숯
진저리 그 영혼의 사리.

─「숯」전문

이 시의 구조는 '멍−붓−시−숯'이라는 시어 배열과 '길−밤−비', '가슴−눈썹−정수리', '불길−열반−사리'로 연결된다. 시는 숯으로 의미가 이동됨을 알 수 있다. 시적 동어반복인 '시'와 '숯'은 '길−밤−비'라는 자연현상과 '가슴−눈썹−정수리'라는 인간의 정신세계와 조우함으로 '불길−열반−사리'로 합일된다.

검은 탄소의 결정체 '숯'은 '황홀한 시혼'을 지닌 시를 환유한다. 숯의 어원은 순수하고 힘이 좋다는 뜻이다. 참 숯을 위해서는 오랜 시간 제 몸을 태우고 태워 제 몸에 멍을 들이는 작업이다. 실한 참나무가 검은 숯이 되기는 생살의 아픔이 불길 속에 튀어야 한다. 그것은 열반이기에 영혼의 사리로 우리 곁에 돌아온다. 불길을 통과하여야 수습되는 사리, 죽어야 살아나는 숯의 운명, 제 몸을 산화시켜야만 습(濕)을 견딜 수 있는 숯이 된다.

숯은 다이아몬드와 동일 기호이다. 다른 모양의 같은 속성, 그 결정체는 귀하다. 결정체는 단단하다. 참나무 붓과 참 숯, 그 역시 동일 속성이다. 숯이 물리적 세상을 정화 시키는 표상이라면 붓은 영혼을 순수의 세계로 이끄는 강력한 힘이기 때문이다.

노창수 시인의 시혼을 대변하는 숯, 그의 시가 생명력 있는 이유이다. 정염을 태워버릴 뿐만 아니라, 제 스스로 멍을 지워 습(濕)의 사바(娑婆)에서 시의 장엄을 견지(堅持)하려 불길을 피하지 않는다.

햇볕 사리 뿌려진 도요지로 가는 길/자잘한 도팍 튀는 비포장도로에/
비만아처럼 뚱그적거리는 차를 세운다/무너진 가마터가 좋은지/
억새풀이 풀석풀석 웃고 있다

조선의 길목엔 분청사기와 명문이/횡단의 발굴담만큼 깊숙이 묻어나고/ 절간 옆에 연기 지펴 밥을 짓는 날/너는 상앗빛 알몸인 채/ 무등산 기우는 늦가을 자락에 가리워/어느 석별의 교단에서처럼/ 지금 야트막하게 앓고 있다

진산 북쪽의 능선 구비에 눕혀져/골짝 깊은 퇴적구 소망에다/ 연속 연화양 蓮花樣/귀얄기법 따라 붓날을 굽히는 아침/ 앳된 소녀들에게 청자 기하학을 가르치던/마지막 도요지에 너를 생각한다

오늘 분청 매병梅甁 한 개를 사 들고/너의 발밑 백토를 나도 딛는다/ 사기장이 유약 바른 손을 비벼대다/기꺼이 받아줄 태토胎土를 기다리며/ 너의 생각이 피처럼 흘린/내 우주를 희게 감는다

머언 15세기 짐작도 못했던/밀교密敎 같은 자토의 빗살무늬에 빠져/ 너의 갈빛살 같은 울음 그치게 하고/너의 핏빛살 같은 웃음을 잦아지게 하고/ 가로 세로를 그으며/뽀얗고 둥그스름한 네 입술을 읊는다

청자靑瓷 매병에 담을 너의 눈물이/비로소 내 젊음에 닿으니 곱구나/ 너의 무한 값을 풀면서 내게 던진/타원형의 휘인 들국화 웃음/ 날아갈 듯 가냘프게 큰 측정치의 교실에/ 분필처럼 길어난 너의 촉루/ 햇볕 사리알 반사로 다시 곱구나
                    ―「도요지에서 너를 생각한다」 전문

노창수 시인이 보듬어 안는 시의 매력은 역사의 재해석과 재생산에

있다. 폐허 속에 놓인 역사의 현장에서 자성의 노래를 들려준다. 그의 노래는 비탄과 자조가 아닌, 건강한 의지와 격려로 역사적 문화 계승을 선도한다. 조선의 분청사기를 거슬러 고려의 청자매병까지 아우르는 역사 지경을 넓히는 시인의 안목이 깊다. 현재성은 역사의 연장선이기에, 어제의 문화를 소중히 복원해야 할 소명을 위무慰撫하며 일깨운다.

역사의 현장은 도요지, 그 곳에 이르는 길은 문명의 시선에서 벗어난 비포장도로이다. 무너진 가마터를 조롱하는 억새풀의 웃음이 애련히 햇볕에 빛난다. 시인은 햇볕을 사리로 표현한다. 첫 째 연에서뿐 아니라 마지막 연에서도 수미쌍관법으로 햇볕을 사리舍利로 살려낸다.

시인이 햇볕을 사리로 거듭 강조함에는 귀한 전통문화의 복원과 계승에 대한 희구를 담고 있다. 무너진 도요지에서 그가 내민 희망의 메시지는 '백토, 태토와 자토', 그리고 '앳된 소녀들'에게서 읽혀진다. 흙은 어머니다, 생명의 근원이다. 그 모성성의 연장인 '앳된 소녀들'이야말로 신선한 미래의 주역들이기에 든든하다. 그네들은 무한 값을 빚어 낼 희망의 보루이다. 그들의 '들국화 웃음'이야 말로 순수 예술 문화의 '햇볕 사리알'임을 시인은 강조한다.

흙과 불과 바람, 그리고 섬세한 손길로 빚어지는 자기瓷器는 유려히 지켜야 할 우리의 문화유산이다. 남녘 도요지가 지니는 상징성은 숱한 피흘림의 상처이다. 임진왜란의 상흔이, 그때 끌려간 도공들의 눈물이, 현대판 한일문제 '소녀상' 할머니들의 아픔이 이 시에 중첩되는 건 우연이 아니다. 그 상처를 그치게 하고픈 시인의 도타운 마음인 것이다. '가냘픈 측정치의 교실'에서 '분필'길이 만큼의 싹일지라도 시인은 바로 그 교실에 희망을 걸고 있다.

새벽을 연습하며/ 연대의 아픔을 지우던/약수터 지나 너덜겅이 있다/
부르지 않아야 할 노래로/ 서석대의 목쉰 저녁을 읊고/게양대마다 걸리던 총성이/ 금남로의 느끼운 강물로 부활하여/너와 나의 빈 가슴을 훑고 갔다/ 쫓기는 골목길의 긴 햇빛처럼

이십 년 동안이었다/마른 그루터기 끼름한 봄물 적시는 소리/
이제사 만장처럼 구름 몇 점 울지만/책 팔고 시계 팔아 술 마시며/
베토벤 운명같이 피를 남겼던 시절/ 그 시절 무등이 내 살던 해남에/
생을 흥정하러 왔었다

한때는 총탄 박힌 어깨를 꿰매고/식지 않을 뜨거운 산수오거리를 헤매이다가/ 농장다리 여인숙으로 절뚝이다가/숨 막히게 읽던 혁명 한 권을 버리고/ 오늘 화순 능주에서 총 맞은 김씨를/느닷없이 만나/ 오월의 무등에게 되레 욕을 먹는다/왜 기억병을 지우는가.
— 「오월 무등산에서」 전문

서석대, 금남로, 산수오거리, 농장다리 여인숙, 화순 능주, 이런 지명들에선 붉은 빛이 서린다. 오래전 한 때는 금기어였던, 그래서 지금도 슬며시 목 메여오는 땅 이름들이다. 작금의 무등은 푸른데, 그 땅은 푸름으로 가려지지 않는다. 오월의 무등은 되레 욕을 먹인다. 기억하라고, 노래하라고 주문한다. 여전히 그 땅엔 '너덜겅'이 있고, 부르지 않아야 할 노래를 목이 쉬도록 부르는 빈 가슴들이 골목길을 배회하

는 지도 모른다. 생명을 일깨우는 봄물마저 '끼름'할 뿐이다. 만장처럼 구름 몇 점 울고, 생을 흥정하며 살아 낸 그 세월 뒤, 웬만큼 상처가 가려졌나 싶을 때, 느닷없이 맞닥뜨린 총 맞은 김 씨의 상처를 외면하지 못하고 만다. 혁명은 한 권의 책 속에 갇혀버린 역사가 되고 말았다. 박제된 역사를 '오월 무등'은 다시금 복원하려 든다. '왜'라는 짧은 물음 앞에 남겨진 긴 회답을 남겨 놓는다. '오월 무등'은 어제나 오늘 그리고 내일까지도 마른 그루터기로 남아 더 많은 봄물로 적셔서 가꿔야 할 우리의 운명이다.

「붉은 서재에서」 푸름은 버림의 바람을 감겨준다. 그러나 바람은 여전히 '절뚝'이며 시인의 서재 문 앞에 머물고 만다. 붉은 서재를 엿보러 오던 바람은 너절한 시절 떨어진 길바닥을 줍듯 짧은 스토리를 주우며 서재로 들어선다. '붉은 서재'에 꽂혀 있는 것은, 성글던 사람들의 말소리와 사냥개가 제 창자를 뱉듯이 째는 소리, 창문 흔들며 전한 골방 시의 째는 소리이다. 해결되지 않은 어제와 오늘의 그 소리를 읽어 내는 '눈 도끼'마저 역사의 웅덩이에 빠뜨리고 만다. 이 때 시인이 사용한 풍자 비유가 빼어나다. 산신령의 농담 어린 질책이 등장하는 것이다. 밝은 눈을 가지라고, 역사를 비뚤어보지 말고, 다만 서가의 역사책에만 새겨두지 말라고 일갈한다. 그리하지 못하면 잃어버린 "눈 도끼"를 되찾기는커녕, 눈 다래끼만 돋는다고 경고한다. 시인의 붉은 서재는 시대를 향해 외치는 담지(膽智)의 산실이다.

응시와 집중의 경계 허물기

김석환 『어둠의 얼굴』, 오정국 『파묻힌 얼굴』, 박주택 『감촉』

시읽기는 숲을 거니는 행위와 유사하다. 시 쓰기와 읽기의 차이점이 노동과 유희의 경계라고 상정할 때, '거닌다'는 행동 양식은 인간의 기본 양태 중 일종의 고급스런 유희인 까닭이다. 그것은 직립 보행자로서 인간에게 주어진 특권이며 은총이다. 더구나 '거니는 행위'는 문명의 발전사를 거치며 이룩한 휴식이며, 명상의 한 방법으로 까지 이어진 것이 '거닌다'라는 행태에 내재되어 있다. 이러한 것은 시적 문화 자산의 한 유형으로 사료되어진다.

'거닌다'라는 의지적 선택은 숲 자체를 즐길 수 있는 동인이기도 하고, 숲을 빌려서 내면의 성찰을 이루기 위한 방편일 수도 있다. 그 어떤 선택을 하건 일단 숲으로의 진입이 우선된 일이다. 즉 '거닌다'라는 행위와 '숲'이라는 대상이 조응되어 인간만이 향유할 수 있는 사유의 환희를 획득하는 것이다.

우리가 숲을 거닐 때 숲이 주는 정서적 느낌은 대개의 공통성이 있지만 상황에 따른 경험은 별개의 것임을 우리는 안다. 편백나무 숲이냐 자작나무 숲이냐 적송 군락이냐 잡목의 숲이냐에 따라 그 내음과 감촉이 다르듯이 말이다. 이는 숲마다 제공하는 천연의 혜택은 공통점과 개별성으로 우리를 맞이하기 때문이다.

세 명의 중견 시인이 상재한 세 권의 시집에서 뿜어져 나오는 아우라는 서로 닮은 듯 그러나 사뭇 다른 삶의 울림을 내재하고 있었다. 명지대학교에서, 한서대학교에서 그리고 경희대학교에서 각각 학문 연구와 인재양성과 시창작교수로 재직하고 있는 이들의 시적 질량에는 결코 가벼울 수 없는 중력이 더해져 있었다.

한국시단의 중견 시인들인 김석환과 오정국의 시집과 박주택의 시선집 보자기를 끌러서, 그 보물스런 영혼의 파편들을 이어 붙이기 놀이를 하는 동안 그들의 시적 고뇌와 충정을 보듬으려 노력하였다. 이는 이 땅에서 전업 창작인이 아닌 창작인들의 애환을 조금은 이해할 수 있기 때문이다.

1. 도시너머에서 발견한 생명과 사유

김석환 시인의 시에 시어로 직조된 흙과 나무와 꽃에서는 원시적 생명감이 묻어난다. 성경에서 거론 된 「무화과」를 서두로, 마지막 시 「칭다오 여담 · 22」에 있는 '갯버들' 처럼 깊은 오지의 향수를 유발시키는 시어들이 상당하다. 도회 정원에는 어울릴 것 같지 않은 '봉선화'라든지 어느 낙향한 사대부 집 후원에 심겨진 듯한 '목백일홍'이나 '애기똥풀', 성묘가서 캐온 '춘란', 정감어린 고향을 연상시키는 '진달래

꽃'과 '개나리'에 이어 '오이꽃, 고추꽃, 가지꽃, 감자꽃'을 시 속에 불러 모았다.

> 밤골상회 앞마당 등 굽은 밤나무에 기대어 주야로 기다리다 주화
> 몇 닢만 밀어 넣으면 쪼르르 가슴 열고 한 모금씩 비우면 비우는 만
> 큼 물소리 새소리 밤꽃 향기 개구리 합창 소리 느티나무 잎 새새로
> 하늘 빛 덤으로 채워주는데
>
> 공짜도 유분수요
> 외상도 한계가 있지 않느냐
> 획, 종이컵을 뒤엎고 가는 산바람
>
> 주인 노파는 보이지 않고
> 삐걱거리는 나무의자
> 누가 보내는 경고음처럼
>
> 새벽안개 지우며
> 은방울꽃 흔드는 소리
>
> — 「밤골 자동음료판매기」 전문

시인은 인간과 자연이 조화를 이루며 살던 도시너머의 삶이 어느덧 기계의 기능과 성능의 편리함에 길들여진 도회의 삶으로 양도된 단면을 포착한다. 한적한 산골가게 '밤골상회'까지도 사람대신 들어선 '자동음료판매기' 출현 양상, 그리고 이제 주인노파마저 그 판매기에 가게를 내맡긴 채 모습을 보이지 않는 문명의 편리함을 역설한다. 그건 시인이 내세워 강조한 '어둠의 얼굴' 실체이다.

그러나 문명의 편리함이 추동인 사람의 부재, 그 심각성에 대한 경

고음은 주인을 기다리다 못해 내는 낡은 의자의 삐걱거리는 소리이다. 시인이 응시한 '소리'에서 귀 기울여야 하는 소리는 무엇일까. 기계적 소리와 자연의 소리와 인간의 소리는 때로 우호적으로 때로 마찰을 일으킨다. 이러한 대칭적 상관물에서 시인에게 단연 돋보이며 집중되는 것은 '자연의 소리'이다.

이 시에는 도회적 삶의 한 단면인 자동판매기와 고향의 원형을 간직하고 있는 밤골이 엇박자를 이루며 리듬을 이끌어 간다. 아무리 물질화, 기계화된 현시대일지라도 변치 않은 원형질은 '물소리, 새소리, 개구리 합창소리, 은방울꽃 흔드는 소리'이다. 그 무한 시혜의 원형질에 더해지는 자연의 축복은 밤꽃 향기이며, 거기에 하늘빛마저 느티나무 새새에 덤으로 채워진다. '새벽 안개'로 환기되는 불확실성의 여명을 떨쳐내는 여리지만 맑은 '은방울꽃 흔드는 소리'야 말로 시인이 지향하는 삶의 원리가 아닐까 한다.

인문학 교수이며 시인인 김석환의 시적 근저에는 생명에 대한 근원적 경이와 애정이 내포되어 있다. 그의 삶의 바탕속엔 세계질서를 이루는 핵심, 곧 절대자에 대한 신뢰와 인간에게 주어진 신성한 노동의 가치에 대한 성찰이 깃들어 있다. 도회 공간에서 생을 꾸리면서도 흙과 자연에 대한 애착은 그의 시 전반을 통해 진중하게 표출되고 있다. 이는 어둠의 현상, 즉 문명의 이기심과 부작용을 관찰하면서도 결코 괴멸적이지 않은 따스함을 안고 있는 시인이다. 이는 어두운 흙속에서 새로운 생명이 발아되는 진리를 예언하고 있음이다.

산골을 빠져 나온 화물열차가
낡은 실로폰 나무건반을 울리며

잠든 추억을 깨우곤 한다
옥타브 아래로 잠겨 가는
외마디 경적 소리에
역사 지붕까지 기어오른
호박덩쿨 푸른 귀
만남과 떠남이 다 한 뿌리요
결 고은 삶의 연속무늬라고
목화꽃 환한 웃음 늙은 역장
새털구름 걷힌 먼 하늘가로
푸른 깃발을 흔들어 준다
역사 처마에 늙은 어머니 젖가슴처럼
위태롭게 매달린 호박에
단맛을 더하는 한가한 햇살
아직 숲을 떠나지 못하는 산비둘기 몇
빈 플랫폼에 나와 서성거리고

－「양동역」전문

　충북 영동이 고향인 시인은 못내 고향의 진한 향기와 자연의 진솔한 정을 품고 사는 듯하다. 그는 도회 근교 양동에 텃밭을 빌어 흙을 만지며 나물을 일구며 자신을 위한 서정의 세계를 축적하고, 또 겸허한 삶의 자세를 자연을 통해 실천하고 있는 것을 보여준다. 농군의 아들임을 스스럼없이 밝히고, 자연이 주는 풍요로움을 온누리로 송출한다.

　시인이 어린발로 걸어 다니던 초등학교 시절의 산골 마을에도 화물열차의 긴 경적이 울렸을 것이다. 때로 철로를 따라 걷기도 하였을 때, 오래된 침목은 마치 낡은 실로폰 같은 모습으로 비춰졌었을 것이다. 그 등하교 길에 만났던 호박덩굴, 목화 꽃, 산비둘기들을 찾아 초로의 중년의 시인은 너무 먼 영동 대신 양동으로 걸음을 옮긴다.

도회의 공간에서 학자로, 시인으로, 교육자로 삶의 행장을 여미며 사는 시인에게 생의 화두는 도시너머의 생명과 사유라는 곧 자연과의 교감으로의 확장이었을 것이었다. 바쁜 일상을 비껴 그는 부지런히 도시너머를 탐방하고 그곳에서 생명에 대한 경이와 소중함, 그리고 사유의 한 흐름을 시적 자산으로 일궈내고 있다.

역사 지붕까지 타고 올라가는 천진한 푸른 귀의 호박덩굴에서 무한한 생명력이 느껴지고, 만남과 떠남이 다 한 뿌리라고 목화꽃처럼 환히 웃는 늙은 역장의 웃음에서 진정한 생에 대한 사유를 풀이해 준다. 모든 것이 다 변하여도 존재할 수밖에 없는 생명체와 세계 사이의 필연을 시인은 자신의 노래로 뿌려 밭갈이 하여 피워내고 있음이다.

2. '타자'로 대변되는 몸의 현상학

흙은 무한대의 창조물이다. 흙이 물과 응결된 상태가 진흙이다. 건조한 흙으로 빚어질 대상은 없다. 그러나 진흙이 일궈 내는 대상은 무궁무진이다. 언어의 진흙으로 관념과 추상의 세계에서 창조와 파괴, 생성과 소멸의 경계를 넘나드는 시인이 오정국이다. 그는 흙과 물의 대칭에서 대상을 응시하고 집중력을 끌어내어 시에 적용해낸다.

그것은 타자에 대한 끊임없는 성찰의 작업으로 임한다. 또한 그것은 무한대의 타자인 것이다. 타자란 '이질적인 것'이며 동시에 '생경스런 것'이다. 일자로 모든 것이 환원되어가는 매스 미디어의 시대에

항거하기 위한 시도로 타자에 대한 현상학을 진흙으로 빚어지는 형상, 눈으로 만들어 내는 몸의 현상학으로 견지하고 있다. 진흙과 눈사람으로 육화된 몸을 통해 시인은 인간의 정신과 시인의 마음을 투영한다.

> 전신이 허 물어진 눈사람의 전신은
> 열흘 동안 햇빛을 받아
> 이 지상의 모습 하나 버릴 수 있었다
>
> 그 어깨의 높이를 버릴 수 있었다
>
> 뭉쳐지는 대로 뭉쳐진 눈사람의 전신, 그리하여
> 나는 그를 껴안을 수 있었는데
> 이젠 그 얼굴과 목뼈를 잊어버리기로 했다
>
> 전신이 일그러진 눈사람의 전신은
> 햇빛 많던 오른쪽 상반신이 먼저 녹았고
> 몸의 균형이 흐트러지기 시작했다
>
> 전신이 짓뭉개진 눈사람의 전신은
> 좌익의 몸으로 찬 바람을 맞았다 이제는
> 흙의 얼룩이 되어 버린 그로 인하여
> 내 눈 앞의 벌판에도 좌우가 생겨났던 것인데
>
> 전신을 잃어버린 눈사람의 전신은
> 아예 좌우의 이름조차 없애기 위해
> 땅바닥으로 무너졌다 그때,
> 눈사람의 진면목이 허공에 새겨지고

골목을 지나던 사람들이 자꾸만 주위를 서성거렸다
　　　　　　　　　　　　　－「눈 사람의 전신(全身)」 전문

　온 세상을 뒤덮은 전체의 눈 속에 단독자 눈사람은 타자이다. 열흘을 버티지 못하고 무화되는 시간 속의 순명을 받아들여야 할지라도 하나의 형체를 지닌 타자로 존재한 그 순간만 눈사람은 완벽한 타자로 자리한다. 온 지상을 순전한 순백으로 덮으며 내려오는 획일적 입자인 눈발들은 또다른 양태의 타자화된 눈사람으로 무한히 존재할 수 있음이다.

　타자란 전체와 무한이란 개념 사이에서 태동된 인식이다. 이는 '전체'가 나의 의식이 세계의 모든 것을 확연하게 알 수 있다는 관점을 상징한다면, '무한'은 이 지상에는 나의 의식으로는 명징하게 알 수 없는 수많은 타자들이 존재한다는 의미이다.

　전신이란 온 몸의 신체를 총칭하는 어휘이다. 몸속의 일자와 타자, 같음과 다름의 보편적 진리가 공존하는 현상을 시인은 강조한다. '전신이 허물어진 눈사람의 전신', 이는 온전치 못한 것의 온전함을 인정하려는 의도이다. 하나로 전체를 이루어 움직이는 전신에 무한한 변형이 가능한 부분의 모습을 도출한다. 온전해야할 전신이 버려질 때, 그 어깨의 높이마저 버려질 수 있다. 어깨란 지배와 피지배 그리고 명령과 복종의 경계선인 까닭이다.

　시인이 탐색하는 몸의 균형은 상하의 구조뿐만 아니라 좌우 대칭 관계에 대해서도 일갈한다. 있는 그대로의 전신은 껴안을 수가 있다. 얼굴과 목뼈를 잃어도 안을 수가 있다. 그러나 균형을 잃어버린 몸은 땅바닥으로 나뒹굴어 무화되고 말 수밖에 없는 것이다. 햇빛과 찬바람, 이념과 이론의 외부적 영향이 결국 우리들의 소중한 전신을 허물어 내리는 요인이 되고 마는 게 아닐까. 아님, 눈사람과 같은 적신의 몸에 걸쳐지는 숱한 이념의 깃발들이 우리 모두를 녹아내리게 만듦을 경고하는 메시지일까.

> 기꺼이 무릎 꿇고 절을 하듯이, 머리를 진흙 속으로
> 들이밀고, 벌거벗은 궁둥이만 보여 주시는
> 나의 어머니, 저렇듯 얼굴을 뭉개어
> 진흙이 되셨으니, 그 기쁨 홀로 누리시도다
> 진흙을 처발라 출구를 봉해 버린
> 참나무 불길을 견디시고 이기셨으니
> 그 고통 세세연연 당신 몫이옵니다.
>
> 진흙 속으로 캄캄하게 묻어 버린 눈, 눈꺼풀을
> 어떻게 열고 계신지, 진흙을 눌러 붙인
> 사방의 손자국을 둘러보는 것인데,
> 오, 엉덩이로만 빛의 윤곽을 느끼시는
> 나의 어머니
>
> — 「파묻힌 얼굴」 1연, 3연

어머니의 몸과 나의 몸은 분리된 타자의 몸이다. 어머니 태중의 나도 전체속의 무한 상태였고, 어머니의 엉덩이를 통하여 완성된 또 하나의 타자로 탄생하였다. 이렇듯 몸이란 비록 유전적 동질성으로 묶여 있을지라도 별개의 삶을 열어갈 무한의 몸인 타자인 것이다. 내 몸의 근원인 어미의 몸은 생로병사의 숙명적 고리로 인해 다시 흙으로 환원되고 있다.

진흙과 어머니, 흙과 여성성, 시인과 시로 응시되는「파묻힌 얼굴」은 오정국의 시에 대한 현상학이다. 삶이 매몰되어 새로운 삶으로 연결되듯 시는 타자에 대한 응시와 집중에서 얻어지는 산물이다. 그리고 그것은 지금 여기서 볼 수 있는 형태이기도 하다. 옷을 거치지 않은 태초의 몸인 흙, 뼈를 배제한 살덩이의 응집인 엉덩이는 얼굴을 상실한 저 영원의 주검이다.

레비나스는『시간과 타자』를 통해 미래와의 관계, 즉 현재 속에서의 미래의 현존은 타자의 얼굴과 얼굴을 마주한 상황에서 비로소 실현되는 것처럼 보인다고 말한다. 그는 이어서, 얼굴과 얼굴을 마주한 상황은 진정한 시간의 실현이며 미래로 향한 현재의 침식은 홀로 있는 주체의 일이 아니라 상호 주관적인 관계라고 피력하였다.

「파묻힌 얼굴」에서 시인이 전복시킨 무변화의 일상성은 흙으로 다시 빚어질 수 있는, 즉 미래로 열어 놓은 얼굴과 얼굴의 마주함에 대한 기대에 있다. 파묻힌 얼굴에서, 묻어 버린 눈과 눈꺼풀을 열어 새로운 빛을 응시할 시간을 탄생시키고 있는 낯선 매력이다. 이는 타자인 어머니의 주검과 시집에 실리지 못한 시인의 시작들에 대한 연민의 에필로그인 셈이다.

3. 주름, 생에 대한 따스한 시선

박주택의 시선집에「감촉」이라는 시는 내재되어 있지 않다. 있지 않음은 있음을 희구하는 '감촉'을 예민하게 한다. 온 시편을 미세히 더

들어 느끼도록 한다. 시인이 다듬었을 숱한 시어들은 그의 손끝에서
온기를 얻어 하나의 온전한 구축물로 탄생되어 자리한다. 시인이 느
낀 감촉은 그의 생애에 대한 노정이며, 보편적 삶에 대한 겸허한 노동
이다.

'촉감'이 능동적 자세라면 '감촉'은 수동적 대응이다. 외부의 자극을
피부를 통해서 느끼는 것과 외부의 자극이 피부 감각을 통하여 전해
지는 느껴지는 차이를 지닌다. 이에 박주택이 택한 '감촉'은 그의 전
표피가 시적 세계에 반응함의 징표이며, 숙명적 시인으로 길들여져
있음에 대한 언표이다.

> 나는 謫居에 숨어들어 바람을 불러들이고
> 희망을 빙자해 기쁨을 다른 곳으로 데려갔다
> 이토록 생을 그르친 까닭은 흙을 딛고 올라서는 것들에게서
> 꿈을 볼 수 없었고 가지 않은 길에 날개가 있었다고
> 믿었기 때문이다 그러나 부리나케 달려온 마음의 자취에는
> 앞질러 온 길만이 노곤한 육체를 다독거릴 뿐
> 슬픔과 기쁨의 차이가 이토록 멀 줄 몰랐다
>
> 오직 깨달음을 가르쳐 준 낮은 물들은
> 이제 그 눈빛을 거둬 별에 저장을 1작하고
> 어두워진 마을에서는 지붕들이 하나둘 불을 밝히며
> 달 아래 드는데
> 　　　　　　　　－「주름에 대한 수기－고향의 푸른 집」2, 3연

유년기와 청년기를 넘어선 인간에게는 숱한 주름이 있다. 주름이란
비단 육체의 징표뿐만이 아니라 삶의 도처에 자리한다. 때로 그건 상

처이며 얼룩이며 낡음이며 낯섦이다. 반면 그건 자연적 삶의 부산물이며 지나온 시간들의 궤적이며 인간의 기록이며 유전이다. 그것은 모든 인간에게 주어지는 고유한 삶의 무늬이다. 다양한 것들에 대한 마주침의 흔적들이며 결과물이다. 각자의 고유한 역사적 시공간에 의해 이룩된 수기가 주름이다.

주름은 함몰을 의미하듯, 謫居(적거)는 현실의 이탈이며 분리이다. 스스로 귀양살이로 숨어든 시인의 생의 중간 지점에서의 반성이다. 이는 완전한 패배와 매장이 아닌 언젠가 되돌아갈 향방에 대한 점검이다. 스스로 마주한 자신의 주름에 대한 성찰이다.

고향은 누구에게나 동일한 꿈의 둥지이며 웅덩이다. 주름이 주어지기 시작하는 최초의 공간이며 일탈의 자극을 던져주는 원형지이다. 자꾸 되돌아보아지는 처소이며 꿈을 부축여 끊임없이 벗어나고픈 욕망을 키워 주는 곳이다. 그러나 삶의 바닥으로 깊이 함몰될 때, 한번쯤 찾아들게 하는 의미소인 공간이 고향이다. 그것은 마음에 자리하기도 하고 영원너머의 한 지점인 것이다. 삶의 상흔들이 지분거리며 집적일 때, 따스한 불빛 저장한 고향이 있다는 건 축복이다.

저 혼자 가는 길에 빛들은 그림자 곁으로 모이고 생의 것들이 속인 잠들만이 자정을 넘는다. 이것이 우리를 둘러 싼 것이라면 바람의 입에 재갈을 물리리라 목구멍으로부터 혹은 폐로부터 울려 올라오는 잔뿌리들은 의자며 계단이며 간판을 움켜잡은 채 저녁에 웅웅거리고 있다 산 것들만이 죽은 것들이 두려워 불을 켜는 밤 또 누군가는 옥상에 올라 아득한 추락의 깊이에 앙상한 눈을 감는다
— 「주름들」 전문

주름은 만들어지는 현상이다. 주름으로 지각된 광경은 순수 존재를 갖지 않는다. 내가 보는 그대로 정확하게 지각되는 광경은 개인적인 나의 역사의 한 계기이다. 주름은 육체가 시간 속에서 발생되는 다양한 역사라는 풍화 작용으로 인해 생겨나는 현상이다. 그러기에 만들어진 주름을 지닌다는 점에서 인간은 서로에게 고립되어 있는 존재들이다. 나와 시간과의 고립, 나와 타자와의 고립을 끌어들인다.

인간은 저 혼자 가는 존재이다. 그러기에 헤겔이 말한 '존재의 구멍'으로서 인간은 절대적 자유 혹은 순수한 자유를 끌어안을 수 있는 존재이다. 그 모든 것은 생의 시간이라는 영역 안의 일화이다. 시간은 공간을 형성한다. 그것은 길이라는, 생이라는 공간 속에 공존한다. 시간은 빛과 그림자를 동반한다. 일상의 소소함에 깃든 바람은 고독이라는 주름을 낳는다. 바람은 외부적 자극이기 때문이다.

시인은 인간의 유약함을 솔직히 인정한다. 생을 속인 잠만이 자정을 넘길 수 있다는 질곡의 삶을 고백한다. 인간을 흔들어 폭풍의 언덕으로 내몰아치는 바람에 재갈을 물리고 싶어한다. 그것은 저항이다. 죽은 것이 두려워 불을 밝히는 인간의 한계를 주저함 없이 토로한다. 그것은 감춰야 할 필요가 없는, 숨겨야 할 까닭이 없는 인간의 절대 자유이며 순수 자유의 항변인 것이다.

'목구멍'과 '폐'는 나의 육체이며 존재의 확인이다. 그것들은 의자와 계단이며 간판이라는 타자로서 나는 그들 앞에서 밤새 웅웅거리고 있다. 나와 타자와의 의사소통은 양자택일의 두 항이 아니라, 유일한 한 가지 현상의 두 가지 계기들이어야 한다. 왜냐하면 사실상 타자는 나에 대해 존재하고 있기 때문이다.

인간의 경험은 어떤 방식으로건 타자를 제공해야 한다. 경험이 그렇지 않을 경우, 인간은 고독에 대해서조차 말할 수 없게 될 것이고, 다가갈 수 없는 타자가 있다고 선언할 수조차 없을 것이기 때문이다. 인간에게 최초로 주어지는 것은 타자를 향한 경험의 긴장이다. 그 긴장들은 인간에게 주름이라는 일종의 함몰을 안겨 준다. 주름들은 때로 생의 진한 흔적으로, 한 편으로는 상처로, 다른 한 편으로는 그 타자의 실존의 그림자로 남는다. 주름들은 인간 삶의 지평에서 확증되지 않을 지라도, 심지어 타자에 대해 갖는 인식이 불완전할지라도 그러하다.

시인 김석환, 오정국, 박주택은 "나'와 '타자'들에 주어진 생에 대해 응시와 집중의 경계를 허물 수 있을 만큼의 연륜을 쌓아온 시인이다. 그는 더 많은 '나'와 더 많은 '타자'를 향해 더 큰 절대적 자유와 순수한 자유를 향해 시어들을 구축하여 시적 건축물을 완성해 나갈 것이다.

틈과 여백, 사이의 조율

손현숙『손』, 전건호『변압기』, 박하현『감포 등대』

"틈 난 돌이 터지고 태 먹은 독이 깨진다"는 속담이 있다. 앞서 무슨 조짐이 보인 일은 반드시 후에 그대로 나타나고야 만다는 뜻으로, 어떤 탈이 있는 것은 반드시 결과적으로 실패를 가져온다는 말의 의미를 품고 있는 속담이다. 이 부정적 의미의 속담에서 긍정의 파장을 끌어낼 수 있는 것이 시의 세계요, 반전의 양상을 전염시킬 수 있는 이들이 시인들이다. 그들은 터진 돌에서 생명을 피워내고, 깨진 독을 부수고 새로운 독을 빚어낸다. 평범을 극한으로 비범을 일상으로 전복시킬 수 있는 시의 세계에서 시인은 삶의 신화를 창조해 내는 이들이기 때문이다.

틈 · 사이 · 여백은 모두 공간을 일컫는 이름씨이다. 같은 듯 다른 이 명사들은 수많은 표정과 업(業)을 저장하고 있는 일종의 독립 파일들이다. 이것은 삶의 관계망에 대한, 우주 질서에 속한 영원한 미궁의 암호명이다. 너와 나의 사이, 그 보이지 않는 반목의 틈으로 인해 생긴 상처와 그 상처를 아우르는 여백의 힘은 시의 질료이자 시인의 시적 자양분이며 원소이다.

1. 좁은 틈, 강인한 힘

손현숙 시인의 시집 『손』은 참 빼곡한 느낌이다. 틈을 벌리지 않는 단단한 결정체로 다가 선다. 들숨과 날숨의 긴장을 놓아버릴 수 없는 팽팽함이 온 시집을 감돈다.

　　마주 오던 사람하고 살짝 한번 부딪쳤다
　　오래 쓰던 안경이 힘없이 바닥으로 떨어졌다

　　한쪽 다리 떨어진 안경
　　그만 버릴까, 주저하다 근처 안경점에 들렀다

　　안경점 남자는
　　이게 풀렸군요, 하면서
　　나사 하나를 돌려 박아 주었다
　　참, 간단하다
　　이렇게 감쪽같을 수도 있네요! 고개를 갸우뚱했더니
　　나사니까요, 한다

　　꼭꼭 조인 다음 보는 세상은
　　환했다
　　말짱했다

　　언제부터 너는 내게 천천히 등을 보이기 시작했다
　　풀리기 시작했던 거다

나사니까

－「나사니까」전문

부딪침은 관계의 균열을 일으키는 단초이다. 그것은 틈이다. 마주 오던 사람과 부딪칠 때 파열의 강도는 크다. 평행선에서는 상식적 부딪침은 일어날 수 없다. 마주할 때, 응시할 때, 무언가 일어난다. 이 시 「나사니까」는 마주 오던 사람하고 살짝 부딪친 후 오래된 안경이 힘없이 바닥으로 떨어진다. 오래된 안경이 한 쪽 다리가 망가진 것이다. 다만 살짝 부딪쳤을 뿐인 데 벌어진 애매한 상황이다. 틈은 그렇게 발생하는 것이다. 어느 날, 어느 순간과 찰나에 파생되고 만다. 화자는 안경을 버릴까하고 잠시 고민한다. 그러나 그는 근처 안경점으로 가서 안경다리를 고친다. 안경점 남자가 풀려버린 나사 하나를 돌려 박고 꼭꼭 조이니, 화자는 다시 세상을 환하게 보게 되었다.

낡은 안경을 버리지 못하는 화자, 그는 새로운 것에 대한 어색함을 두려워하는 자일 수 있다. 혹은 꽤 오랜 시간동안 화자의 신체적 역할을 수행 해 온 안경에 대한 애정을 저버리지 못하는 가슴 여린 자일 수 있다. 그것은 익숙함에 대한 애정, 시간을 함께한 것에 대한 배려임을 화자는 피력한다. 애써 틈을 메우려는 화자의 작지만 강인한 노력, 꼭꼭 조이는 힘, 그것이 세상을 환히 보게 하는 동인이 된다.

틈을 메우는 것은 참 간단하다. 그 교착점을 발견해 내는 것, 아니 그 문제점을 찾아 실행에 옮기는 그것이 중요한 일이다. 한쪽 다리 떨어진 안경이 감쪽같이 고쳐졌을 때 화자는 고개를 갸우뚱한다. 그에게 실마리를 던져준 대답은 '나사니까요'이다. 그렇다, 모든 존재들에게는 틈을 이어주는 매개체가 필요하다.

시에서 첫 행은 사람과의 부딪침으로 시작한다. 그러나 마지막 행은 사물과의 대응을 통해 틈을 낚아 챈다. 이 시에서는 사람과 사람 사이의 틈에 내재한 사물들과의 얽힘을 관찰하게 된다. 안경이라는 사물 없이는 세상을, 아니 너를 환히 볼 수 없는 퇴화된 육체에 대한 담담한 응시를 발견케 한다. 그 틈을 새롭게 메워주는 것은 '나사'가 아니다. 그것은 '나사니까' 이다.

여기서 잠시 언어적 '틈'을 한 번 시도해보면 '나 사니까'가 된다. 틈을 얻어야 소통이 되는 경우가 허다하다. 그러나 때로 그 틈을 메워야 내가 살 수 있는 경황을 얻는다. 느슨한 존재들의 그 현장에 작은 나사 하나 돌려 틈을 고정할 때, 내가 살 수 있는 것이다. 틈을 메우는 나사의 강인한 힘이다. 보이지 않는 정신세계에 일어나는 간극들을, 보이는 사물들이 메워 내는 힘을 보여 준다. 그 힘은 굳이 안경의 나사가 아니어도 좋을 듯하다. 엷은 포장지에 싸인 꽃다발인들 어떠할까, '언제부터인가 내게 천천히 등을 보이기 시작'하는 그대에게, '풀리기 시작'한 그대에게 '내가 살아 있어'라는 몸짓을 대변해 주는 것은 틈을 조율하는 것은 언어적 위트(wit)에 의해서이다. 언어가 만들어 내는 '틈'의 파장에 의해서이다.

사진 속 그 남자의 손은 예리하다

자코메티 조각처럼 그의 손가락은 가늘고 길다 검지와 중지 사이
담배는 아직도 우리의 들숨 날숨을 기억하는 듯 연기 사라지는 쪽으
로 그의 눈길도 하염없다 칼금처럼 그어진 미간의 주름, 울음을 삼
켜버린 사막 같은 저 눈빛, 막막한 표정과 소용없이 흘러가는 시선
그 끄트머리쯤에서나 살면될까

담배는 그의 또 다른 손가락 빨기, 배내짓이다 자기가 자기를 감
각하는 최초의 몸짓, 최후의 몸부림, 내 몸은 저 손을 기억한다 마음
보다 먼저 도착해서 마음보다 먼저 나를 알아차린 저 길고 가느다란
비수, 스칠 때마다 나를 베고 다시 살려 놓았다

그가 내 뱃속에서 몸을 한바퀴 틀었다

내 사진에 담겨 침묵하는 동안에도 무럭무럭 자라 내 복부를 찢
는다 나는 이제 그를 도로 낳아야 한다 내가 앞섶을 헤치고 젖을 물
리기 전, 그의 촉수에 걸려 엄마가 되기 전, 태를 자르고 도망쳐야
한다

— 「손」 전문

사진작가이기도 한 손현숙 시인은 이 작품에서 자코메티의 예술관
을 빌어 자신의 시세계를 펼쳐 보인다. 사진 속 그 남자의 손이 예리함
은 실존의 증거이다. 사진은 이미 실존의 예술이다. 여기에 이를 확실
히 반증하는 인물이 자코메티이다. 스위스 조각가인 그의 조각은 실
존주의 문학과 비견되곤 했었다. 자코메티에게 있어서 작품은 상상의
공간 속에 마술처럼 현실성을 불러일으키는 것이었다. 그는 또한 작
품이란 실체의 공간에서 현실감을 배가시켜야 한다고 여기는 예술가
였다. 그는 실재가 더 이상 어떤 사람의 지각에 의존하는 것이 아니라
다만 그 자체로 존재할 뿐이라는 것을 깨닫는 자였다. 새뮤얼 베케트
의 소설과 희곡에 나오는 인물들과 마찬가지로 그의 인물상들은 각각
의 존재 속에 공간과 시간의 기원을 가지고 있다는 세계관을 표현해
낸 인물이었다.

시인은 그런 자코메티의 이름을 거론함으로 시적 의미를 함축해 들

려준다. 뿐만 아니라 이 시의 틈으로 화자는 김수영의 시적 분위기를 차용하고 있다. 김수영의 「풀」에서 "바람보다도 더 빨리 울고 / 바람보다 먼저 일어난다"를 연상시키는 "마음보다 먼저 도착해서/ 마음보다 먼저 나를 알아차린" 이란 시적 패러디의 틈을 통해 화자는 김수영을 불러들인다. 이런 의도는 '무엇을' 노래해야 하는가에서 과거의 자기를 부정하고, '어떻게' 노래해야 하는 것으로 일대 변화를 보인 김수영의 문학적 업적이었던 시적 의식을 시인 역시 수용하고 싶은 열정의 표출인 것이다.

인간의 몸에서 손만큼 현실적 틈을 파고드는 신체 부위가 또 있을까. 손은 자신의 몸의 궁굽을 해결할 뿐만 아니라, 대상에 대한 직접적인 접촉도 손을 통해서만이 충분조건이 성립되니 말이다. 시적 상황은 사진에서 출발한다. 사진 속의 주인공은 남자이고 그의 손은 예리하다. 가늘고 길다. 그의 손에는 담배가 들려 있고 그 담배 연기 쪽으로 던진 눈길이 하염없다. 그런 그를 묘사하는 화자의 심경은 창백한 애절함으로 간절히 흘러간다. 화자는 사진 속 남자의 막막한 표정과 소용없이 흘러가는 시선 끄트머리쯤에서 살고 싶다고 고백한다. 그 남자의 아주 작은 틈새를 얻어 내고 싶은 갈망이 틈을 내어 매달린다.

화자는 남자를 자신 안의 틈으로 끌어들이고 만다. 그를 태아로 품어 안고 만다. 태아로 회귀된 그 남자의 담배는 또 다른 손 빨기이며 배내짓이다. 그러나 그것은 자신을 감각하는 최초의 몸짓과 최후의 몸짓을 기억하는 손이며 하나의 틈이다. 그 틈은 가늘고 긴 비수로 화자를 베어내어 다시 살려놓는 기제로 작용한다.

사진은 침묵의 세계이다. 화자는 그 침묵의 틈을 헤치고 나오려 한다. 앞섶은 옷으로 포장된 화자의 자존심이다. 앞섶을 열어 젖을 물리기 전, 그의 틈에 걸려 엄마가 되기 전, 태를 자르고 도망하려 한다. 이것은 지독한 반전이다. 사진 속 그 남자의 시선 끄트머리쯤에서라도 살고 싶어 하던 간절함에 대한 배반이다. 곧 그것이 틈이다. 화자가 벌려 놓은 틈이다. 손으로 은유된 틈은 액자화 된 일상의 삶을 탈피하려는 시인의 실존성이다. 실존은 무수한 틈새를 일궈 내고, 그 틈새들은 삶을 추동하는 강한 힘이다.

2. 풍경의 여백, 삶의 온기를 말함

시에는 시인의 체취가 어쩔 수 없이 묻어난다. 아무리 노련하게 자신을 속박하여도 어느 결엔가 드리워져 있는 음영들은 가깝게 혹은 멀게 나마 시인의 삶의 향방을 더듬어 알게 한다. 시인 전건호의 시편들에는 물빛어린 순정이 돋아 있고, 힘든 어깨를 슬몃 감싸는 듯 한 인간미가 녹아 있다. 잎새와 열매를 다 털어낸 가을 감나무 뒤로 푸른 하늘이 배경으로라도 깔려 주듯이 말이다. 또한 그도 저도 없는 빈털터리 나목 위에 푸근히 내려앉은 흰 눈 같은 위로를 얹혀 주기도 한다. 그의 시들에서는 까탈스럽지 않은 민화를 보는 듯한, 그 민화가 지닌 여백의 소박한 멋과 해학이 스며있다.

전건호의 시들에는 언제나 이야기가 실려 있다. 그 이야기의 주인공들은 각각의 삶의 여백을 드리운 채 제 배역을 충실히 소화해 내는 살아 움직인다. 운동장을 달리며 원심분리를 해내려는 사내가 있고,

세상의 절반을 함께 떠받치며 아옹대는 아내가 등장한다. 스치는 여인의 머릿결 내음이 있고, 붙잡지 못한 사랑에 대한 후회가 있다. 단골 미용실의 미용사가 출연하고, 지하철역의 뻔뻔한 사내이야기가 다큐(docutainment)되기도 한다. 아버지의 묵은 체취를 회상하며 숙연한 혈육의 인연을 존재의 원형을 복원해 낸다.

> 지구의 회전판을 잠시 멈출 수 없을까
> 날마다 넘겨지는 일력
> 한 쪽쯤 까치밥으로 남겨둘 순 없을까
> 눈 속 봄동이 파릇 입맛 돋우듯
> 스무살 그 시절로 돌아갈 순 없을까
> 호호백발 저 노인들을 위해
> 단 하루만이라도
> 활화산처럼 다시 뜨거워질 순 없을까
> 처녀지로 밀봉해 남겨둔
> 그날, 그 거리로 돌아가
> 곡정초처럼 무성해질 순 없을까
> 서까래 검댕이가 슬고
> 관절 삭정이 툭툭 부러질 때
> 오월의 빛깔로
> 뜨겁던 사랑 되찾을 순 없을까
>
> ─「오월의 빛깔」전문

'없을까'란 종결어는 시인의 희구와 회한이 응결된 결어이다. 하고자하나 할 수 없음의 안타까움이다. 시인은 '없을까'란 부정어로 내딛지만 결코 매몰차지 못한 생의 연민을 담은 심경을 '없을까'에 숨겨둔다. 시인은 절기의 최상 아름다운 풍경 속에서, 생명의 푸르름 속에서

묘한 삭막을 결부시킨다. 시인의 마음 속 여백은 오월의 저 찬란한 빛깔 속에서 빈 겨울 벌판의 곡정초를 살려 낸다. 활화산의 뜨거운 열정을 호호백발 노인에게 돋워 주고 싶어 한다. 어김없이 넘겨지는 일력의 한 축을 떼어 겨울날 까치밥으로 걸어 두고저 한다. 아직 밀봉하진 못한 생의 비밀들을 찾아 오월 빛깔 같은 스무 살 언저리로 시간이동을 하고자 한다.

할 수 없음의 염원은 입가에 미소 한 자락 피어나게 하는 한 폭의 정겨운 그림이 되어 살아난다. 서까래에 검댕이 슬듯 관절 삭정이 툭툭 부러지는 노인에게 오월의 연록빛 연정을 돌려주고 싶어 하는 화자의 연민이 곱게 채색되어 이 시편에 밝은 색을 입힌다.

화자는 오월 이후의 빛깔에 대해 익히 아는 자이다. 신비로울 만큼의 고운 빛이 점점 짙푸러지고 이윽고 노인의 메마름으로 변해 가는 계절의 순환을 꿰뚫고 있다. 세월의 때로 검게 물든 서까래는 시간의 경과 속에서 생긴 삶의 묵은 상처임을 예시한다. 오월이 아름다울 수 있는 것은 관절 삭정이 툭툭 부러질 정도로 생을 치열히 살아온 노인들이 있기 때문이란 걸 상기시킨다. 그러기에 가을날 벼를 베고 난 후 파랗게 올라오는 새순인 곡정초 푸름을 오월 빛깔과 대비하여도 전혀 비루하지 않은 풍광으로 다가 오는 한 폭의 그림이다.

주렁주렁 매달린 식구들 부양하다
몸살을 앓던 여자가
끝내 쓰러졌다

거미줄처럼 얽히고설킨
아파트며 공장이 순식간에 절망에 휩싸였다.

파르르 떨던 가로등도 목을 꺾었다
밥솥이 끓다말고
청국장도 식어버렸다
웃음꽃 피우던 TV도 멈춰버렸다
여자의 상태는 심각했다
검은 피가 흥건하게 자리를 적셨고
구급차 달려와 심장을 수술하는 동안
집집마다 촛불이 켜졌다
무관심하던 사람들까지
소생을 빌며 간절히 기도했다
누가 저 지경이 되게 방치했냐고
서로를 탓하며 분개했다

간신히 소생한 여자는
그날 일을 금방 잊어버렸다
그녀가 관심을 받아본 건
그날 그 순간 뿐
오늘도 상처난 몸으로
허공에 매달려 신음하는데
쳐다보는 사람 하나 없다

— 「변압기」 전문

변압기란 전류를 바꿔주는 장치이다. 인생이 담고 있는 무한 변수의 전류들, 시인은 그런 전류의 높낮이를 여실히 포착하여 그의 시심에 옮겨 놓는다. 보이지 않는 운명의 끈들을 감고 사는 삶의 공동체 속 구성원들의 모습들이 아프게, 그러나 애착으로 감전되어 온다. 가녀린 여자가 식구들을 부양해야 하는 현실, 여자는 마침내 쓰러지고 만다. 얽히고 설켰지만 무사히 흐르던 전류가 갑자기 멈춰버린 순간이다. TV가 멈춰버림은 일상의 소소한 행복마저 끊겨 버림을 전언하는 바이다.

인생이라는 전류는 불규칙 그 자체이다. 자본의 꽃인 물화의 가치에 의해 행과 불행이 교차되는 삶의 단면을 통과하는 보이지 않는 전류들로 엉켜 있는 현장이다. 어느 날 발생하는 이상 전류는 모든 걸 무화시키고 마침내 인간의 목숨마저 위협하며 덤빈다. 밥솥이 끓다 말고, 청국장도 식어 버리고, 구급차에 실려 가는 처지로 전락된다.

이 시에는 몇 가지 부재가 드러난다. 왜, 남자의 존재는 실종되고 여자가 주렁주렁 식구들을 부양하고 있을까. 단지 전원이 차단되면 아파트와 공장, 가로등과 전기밥솥은 일순간에 동작을 멈출 수밖에 없는 것인가. 삶의 근간이 전류공급 중단이라는 사태 앞에서는 이리도 혼란스럽게 엉키고 말아야 하는가.

생의 변압기는 무얼까. 결핍을 충원하는 변압기 효과는 남성 역할의 부활일지 모른다. 여성이 혼자 생의 고난을 짊어져서도 안 되고, 남녀의 조화로운 역할극을 함께 나눠지고 생을 걸어가야 하는 원칙을 짐짓 극화하고 있음이다. 서로의 온기를 나눠주는 그 심정이 변압기일 것이다. 불행을 녹여주는, 이웃의 행복을 조금은 질투하여 그 행복의 전류를 변환시켜 일상의 평이함으로 끌어 내리기도 하는, 이웃의 애정과 질투마저 생의 변압기일 것이다. 남자 없이 생을 짊어진 이 시대의 새로운 전사들인 여자를 일으키기도 하고, 또 다시 무관심으로 내 몰기도 하는 집단의 행태들, 그게 인생이란 변압기인 것이다.

3. 사이, 너와 나의 관계망

박하현 시인의 첫 시집 『감포 등대』엔 서정성이 스며있어 읽는 이들의 가슴과 숨결에 번져든다. 번짐이란 단어의 마력을 장석남의 시「수묵 정원9」에서 얻은 뒤로 늘 입가에 맴돌던 시어였다. 그 시어의 울림을 박시인의 시집에서 다시 떠올리게 되어 반가움이 일었다. 조급하지 않으나 성실한 자세의 보폭을 엿 본 느낌이랄까, 그 기운의 번짐이 스며드는 걸 떨쳐 낼 수가 없는 것이다. 나와 세계와의 대척점을 적당히 응대 해내는 구도의 완결미가 그의 시편에는 잘 배치되어 있다. 거리의 좁음도 아니고, 애써 외면할만한 거리도 아닌 그 적당한 사이를 잘 견지해내는 시인의 수완이 서정성으로 투영되어 번져 왔다.

시집을 탐독하며 무엇보다 크게 다가온 수확은 시적인 끈을 결코 놓치지 않는 고운 서정성을 들 수 있다. 시의 본질적 요소를 유실시키지 않고 곱게 표출해 내는 시적 자산을 지니고 있다. 운율과 리듬에서 느껴지는 청각적이며 시각적 요소들까지 계산해 내는 노력은 시를 향해 비상하려는 균형 잡힌 몸짓으로 감지된다.

산책길에 듣는 트럼펫 연주
소리 내지 못한 기도처럼 아려올 때 있다
단 한 번의 스폿 라이트 기다렸으나
짐짓 모른 체한 등대지기

매시근한 안개 너머

만선의 깃발을 펄럭이고 오든
빈 그물만 달랑 싣고 돌아오든
그 눈빛은 무심으로 공평하다

십이월의 찬기를 옴팡 떠안고
분 초 어김없이 자리 지키는 저
앵돌아진 내게 영영 내색 않는
내 힘으로 버려지지 않는

― 「감포 등대」 전문

이 시는 우선 소리로 다가 온다. 트럼펫 그것은 빛의 소리이다. 금관
악기의 금속성은 하나의 기도이다. 등대지기는 그런 소리와 빛을 삭
이는 자이다. 안개를 걷어내어 바다의 항해자들을 보살펴 맞아들이는
자이다. 만선의 깃발이나 빈 그물의 허망조차 무심으로 공평한 눈빛
이 등대이다. 바다의 혹한기, 십이월의 찬기를 온 몸으로 받아내는 등
대지기, 그는 시인이다. 등대지기 시인은 활자를 부려 빛을 창조하고,
차가운 밤바다를 조명하여 안전한 포구의 지점을 알려 주는 지표이
다. 그리하여 등대지기는 혹암까지도 창조한 조물주 앞에 무한히 겸
허하게 기도할 줄 아는 자이다.

세상살이를 소풍이라 호사롭게 말한 시인이 있었다. 그 누구에겐들
삶이 호락호락할 수 있겠는가? 빈한한 삶을 아름답게 묘사한 것은 시
인이기에 가능한 것이었다. 이 시의 화자는 인생을 산책길과 바다로
비유한다. 차가운 삶의 영역인 바다와 삶의 여유를 즐길 수 있는 산책
길의 차이는 심히 과장하여 천국과 지옥의 거리로 확장된다. 이는 물
론 건강을 살리는 산책길과 생존의 수단으로의 바닷길로 의미전이가

가능할 때의 대비이다. 뭍의 안전로에서 듣는 트럼펫 소리, 그건 낙원의 향연에 가까운 복이다. 그에 비해 바다에서 만선을 펄럭일 때까지의 그 노동의 강도와 빈 배로 입항할 때의 그 무력감을 화자는 '매시근한 안개'로 대체시키고 있다.

등대와 등대지기 사이, 뭍과 바다의 거리, 만선과 빈 그물의 차이를 펼쳐 하나의 축으로 담아내는 감포 바다, 그 바다를 불러내는 시인의 트럼펫 소리가 아름답다. 속 깊은 기도처럼 다가온다. 시인은 빈부를 공평히 응시할 줄 아는 등대지기이다. 그 관계망을 촘촘히 그물 짓는 자이다.

개가 사람을 키운다
목숨 같은 밥 때 맞춰 주질 않고
갈 곳 많은데 진종일 묶어 두고
몸 한 번 깨끗이 닦아주지 않으면서
실수해 밥그릇이라도 엎으면 이 때라는 듯
눌러 온 속마음 죄다 드러내
욕질 발길질 질질대는 주인더러
사는 게 그리 고달프냐
나라고 이해 못하겠냐며
세상 다 품을 눈빛 실어 보낸다

뼈 부수는 송곳니 잘 감추고
함부로 발톱 내밀지 않고
사랑 받을 생각 없이 제 자리 지키며
뭉텡이 외로움 푸르르 털어내
차가운 골방도 포근하게 만드는
개, 워리가

죽는 날까지 한 사람만 사랑하려면
배고픔도 쓸쓸함도 삭이며 사는 거라고
사람을 가르친다
나, 개를 키우며 배운다

　　　　　　　　　　　－「개에게서 배우다」 전문

　뼈를 부수는 송곳니 하나 가슴에 콩 박히는 듯 하는 아픔을 주는 시
이다. 시인의 존재론은 인간과 인간의 한계를 뛰어 넘어 우주 전체 속
의 관계망으로 확대된다. 동물과의 교감까지도 논한다. "계, 워리"에
게서 배운 마음 아린 사랑법이다. 지독한 사랑 중독만이 가능할까, 나
는 이 어림없는 사랑 독법 앞에 망연자실할 뿐이다.

　상대의 실수를 빌미로 눌러 온 속마음 죄다 드러내며 욕길질 발길
질 해대는 뭇 인간들에게 사는 게 그리 고달프냐고 나라고 이해 못하
겠냐며 세상 다 품을 눈빛 실어 보내는 '그 개, 워리'를 생각하니 부끄
러움이 번져온다. 이런 사랑 받을 자격 없음을 일깨우며, 결코 타자에
대한 횡포 또한 부리지 말 것을 가르치고 있다.

　제 구실 못하는 인간의 이기심을 이리도 혹독하게 질타할 수 있을
까 싶다. 시인의 관찰이 이리 올곧다. 사람 같지 않은 인간들이 들끓는
세상을 이리 아프게 질타하고 있는 것이다. 약한 자, 어린 자에 대한
강한 자와 힘 있는 자의 횡포를 보게 한다. 내 안의 잠재된 폭력성마저
살피게 한다. 조심할 일이다. 시인들의 이 밝은 혜안이 도처에 살 있으
니 말이다. 뭉텡이 외로움 푸르르 털어 내고 차가운 골방도 포근하게
만드는 개에게서 한 수 깊게 배운다. 시인에게서 배운다. 더 알찬 생의
진실을 발견하여 시속에 번져들게 하길 바란다.

기호의 시대에 다정히 불러보는
일기 속 이름들

김중일『아무튼 씨 미안해요』, 이은규『다정한 호칭』, 박성준『몰아 쓴 일기』

삼복(三伏)은 세 번의 낮은 자세로 여름을 보내라는 옛 사람들의 가르침이다. 자연 앞에 맞서는 무모함을 내려놓고 겸허한 자세로 살라는 지혜의 삼복이다. 옛 선인들처럼 대숲 울타리 안에서 모시적삼에 바람 한줄기 담아가며 글 읽기에 몰두할 수는 없다 해도, 시원한 수박 화채 즐기듯 시집을 펼치는 복(福)은 허사가 아닌 이 여름의 삼복(三福)이었다. 세 권의 시집을 삼복의 분복으로 삼아, 낮출 수 있는 가장 낮은 마음으로 시공의 경계를 넘나들며 무위자연의 도를 따르는 호사가 삼복의 열기를 견디게 해 주었다.

출생년도가 77년, 78년, 86년생인 세 명의 시인들은 공교롭게도 모두 서울 출생이었다.

대한민국 인구의 이십오 퍼센트가 서울에 밀집해 있음을 감안하더라도 '서울' 출신 세 명의 시인을 한꺼번에 접한 건 흥미로운 사실이었다. 두 번째 시집을 상정한 김중일을 제외하곤 이은규와 박성준의 시집은 처녀시집을 선보였다. 인생의 나이테를 조금씩 두르기 시작한 김중일과 이은규, 아직은 푸른 물줄기가 더 높이 치솟을 것 같은 박성준의 시편들은 존재에 대한 경이와 삶의 번뇌와 온기들이 스며 있다. 시공을 가로지르는, 인간에 대한 다감한 호흡을, 심연의 깊이를 체득하게 하는 시읽기는 삼복(三伏)의 극한 더위를 내몰아주는 청량 제였다.

1. 기호의 시대를 항명하는

현대에는 거의 모든 것이 기호를 소비한다. 삼각형 마크가 품질보 증이 되는 어떤 가방은 원가를 생각할 이성을 마비시켜버리는 현대 기호의 아이콘이다. 뿐만 아니라 가정에서 즐기는 커피보다 스타벅스 에서 마시는 커피의 매력을 부인할 이는 드물다. 미국 시애틀에서 시 작된 글로벌 체인점 커피숍인 스타벅스는 뉴욕, 파리, 런던, 도쿄 등 세계 주요 도시들을 장악해 버렸다. 이런 현상은 도시성과 브랜드가 갖는 인기의 측면을 잘 보여준다.

가방이나 구두, 커피에 이어 이제 도시도 브랜드의 시대이다. 세계 글로벌 마케팅 전략은 명품 수도뿐만 아니라 지구촌 구석구석이 브랜 드의 욕망으로 들끓고 있는 현상을 보여준다. 도회의 공간은 물론이 고 농산물의 생산에까지 브랜드 열풍으로 포장되는 시대에 우리는 산 다. 혁신 도시, 기업 도시라는 기호로 자본의 물결이 출렁이는 시대를 우리는 흘러간다.

브랜드를 추동하는 진원은 자본주의이다. 자본주의는 현대세계를 결정짓는 시스템이다. 시장을 형성하여 새로운 브랜드를 창출하여 약진하는 자본의 속성은 세계를 더욱 탐욕의 도가니로 몰아간다.

현대인의 아이콘이 된 도시성과 브랜드 이미지, 그것은 '실질'보다 '기호'를 우선시 한다. 이는 단독자 '나'의 실질 개성을 드러내던 시대에서 '익명'된 기호의 시대를 살아가는 군상이 현대인이라는 일면을 나타냄이다. 이에 맞서 시인은 '기호'화 된 브랜드를 해체시키는 주술사이다. 그의 오감에 맞닿은 여러 현상들은 기호보다는 '실질'을 위한 근원에 대한, 근원에 의한, 근원을 위한 애가(哀歌)를 주문한다. 실질을 지향하게 하는, 실질이어야 하는, 실질임을 애가(愛歌)한다.

　　　외팔이 엽사는 건조하게 웃는다 웃음은 초원의 모래바람과 함께 금세 흩어진다 아무튼 웃는다 아무튼 말한다 － 중략－ 아무튼 코끼리는 그저 평화로워 보였소. 고독해 보였지만 고요해 보였소. 그런 합체, 아무튼 나는 이상하고도 엄청난 고독에 압도당하여 나도 모르게 사과를 하고야 말았소. 유감스럽게도, 아무튼 코끼리에게는 아니오. 가물고 가물어 쩍쩍 갈라지고 터진 초원의 한 줌 땅덩어리 같은 코끼리, 아무튼 씨의 궁둥이에 사과했소. 목마름에 대열을 이탈한 어린 누처럼, 한밤에 쏴 죽인 새끼 표범처럼, 그 새처럼, 먼 대륙의 군락지에서 훠이훠이 날아와 한 마리 거대한 짐승의 몸속에 깃들고 움트고 잠든 자작나무, 아무튼 씨에게 사과했소. － 생략－
　　　　　　　　　　　　　　　　　－「아무튼 씨 미안해요」중 일부

'아무튼 씨'는 국경, 나라, 도농(都農), 인종, 성별, 나이를 초월한 대상자이다. 시적 진술로 미루어 화자는 총을 쏘는 사람이다. 배경은 초원이다. 엽사(獵師)가 미안해하는 대상은 아무개 씨이다. 좀 더 정확히 말하면 아무튼 씨의 궁둥이 난 '자작나무'에게 화자인 엽사가 사과하는 내용이다. 아무개 씨는 엽사가 코끼리의 엉덩이에 쏜 은탄이 박혀 자라난 합체된 자작나무이다.

이 시의 전반부에도 '합체'된 내용이 나온다. 엽사는 새들을 모두 명중시키고 나서 새들의 장례를 치른다. 그 때, 새 한마리가 사라져 장례식을 치르지 못하게 된다. 그런데 그 다음날 아내의 배가 불러오기 시작하고, 분만 중 아내는 아이와 함께 죽는다. 그 후 뒤늦게나마 새의 장례를 치른다. 전반부에는 죽음으로 끝난 인간과 새의 합체였으나 후반부에는 죽음을 극복한 코끼리와 자작나무합체, 그것은 생명력이다. 여기 자작나무의 근원은 목마름으로 대열을 이탈한 어린 누처럼, 한밤에 쏴 죽인 새끼 표범처럼, 그 새처럼, 먼 대륙의 군락지에서 훠이 훠이 날아와 한 마리 거대한 짐승의 몸속이다.

코끼리는 육지에 사는 동물들 중 몸집이 가장 크다. 자작나무는 20미터까지 자라며 수명이 긴 식물이다. 거대 포유류 몸속에 식물이 둥지를 튼 것은, 이유는, 인간의 욕망에서 비롯되었다. 탐욕으로 인한 자연계의 교란과 갈등을 일으키는 요인으로서의 인간을, 그러나 그 결과물에 대해 '아무튼' 미안해하는 포악한 존재자 인간에 대해 시인은 항명(抗命)하고 있는 것이다.

현대는 거대 자본의 합체 시대이다. 20세기 최대의 실험이었던 사회주의의 사실상 퇴락으로 자본주의는 더욱 확대되었다. 세계가 동일한 복장과 양식과 기호품들을 즐기고, 공용어로 의사소통이 가능해졌으며, 언제 어디서나 쌍방향 소통이 구축되었다. 무한 자본의 위력 안에 지구는 '아무튼' 자본주의의 종횡무진 역사를 일궈 나가는 중이다. 이 이상한 합체 안에 시인은 순수 자연의 발아인 자작나무가 땅에 뿌리를 내리지 못하고 코끼리의 엉덩이에 합체하게 된 내력을 들어 사죄를 표하고 있는 것이다.

> 곧 성벽 같은 새벽을 철거하기 위해
> 철거반들이 들이닥치겠지만
> 그들을 피해 골방의 턴테이블이
> 불법노점상 같은 빈집을 어디론가 굴려가는 사이
> 오리는 아래 나는 그 조금 위,
> 문설주의 돌쩌귀처럼 나란히 달라붙어
> 세간들이 소집된 빈집 마당을 내다보며
> 꺽꺽 꺽꺽꺽거리고만 있을 테지
>
> — 「새벽의 후렴」5연

「새벽의 후렴」은 도시 철거민의 참상을 형상화한 시이다. 처절한 극한의 상황에서도 희망의 끈을 놓치지 않으려는 의지는 '나와 오리'의 연대의식으로 형상화된다. 자본의 중심부에서 밀려나는 힘없는 자들이 비록 무참히 눈이 가려지고 노래할 수 없도록 재갈이 물려 질지라도 '새벽의 후렴구'만은 남아 회자될 것이다. 후렴은 반복되는 구절이다. 독창이 아닌 합창과 제창의 요소로 기능한다. 그것은 민중이다. 민중에 의한 노래는 계속 피어나 슬픔의 역사를 유전시킬 것이다. 그들의 후렴은 약한듯하나 강하다.

도시는 개발되어 낙후지역을 철거한다. 각종 아파트의 상업적, 물질적 가치는 자본의 그늘을 가중시켜 나간다. 도시 빈민촌의 철거는 주거의 브랜드화를 야기시켰다. 편리한 공동주택, 삭막한 빌딩숲, 내몰리는 원주민들, 날지 못하는 오리는 비상을 포기한 도회인의 궁벽

한 삶이다. 충치투성이 이빨 같은 오르간을 통해 그들이 다시 치유되고, 회복되어 노래 부를 시대는 언제 도래할 것인가.

자본주의의 본질은 '차이를 만들어내어 차별화하는 것으로 가치를 창조'하는데 있다. 물질의 풍요에 안착한 자본주의 시대는 새로운 욕망, 즉 브랜드의 욕망을 자극하고 있다. 그리하여 현대의 각 개인은 자신의 존재와 위치에 만족하지 못하고 자신감을 갖지 못하는 불안감을 탈피하고자 '기호'의 반열에 빠져 가고 있는 중이다. 여기에서 시인은 반자본의 논리를 역설하는 게 아니라, 자본 이전의 투박한 세계, 조금은 느린 세상, 그러나 사람 냄새나는 세계를 끊임없이 환기시킨다.

김중일의 시집 도처에 옹이처럼 박혀 있는 기호를 대신할 실재의 유용성은 강직하기조차 하다. 중세 아라비아와 그리스, 유럽에서 사용된 천체의 높이나 각거리를 재는 기구인 '아스트롤라베'를 끌어내어 인간존재와 관계성의 비애를 측정한다. 이어 그는 기독교 이전 시대 사람들의 토착신이었던 '가고일(「새들의 직업」)'을 반추하고, 인간이기를 천명한 에스키모인들의 걸음 속도인 '시니크(「새들의 직업」)'를 복원해 내어 급속한 현대인의 속도를 제한하고 있다.

2. 세속의 오염을 씻겨내는 다정한 이름들

이은규의 시들은 어느 한 편 막힘이 없다. 한결같이 보드랍다. 깊은 산속에 흐르는 계곡을 마주한 청량감이기도 하다. 그것은 냉기와는 다른 기운이다. 바람 잘 드는 편백나무 숲의 향기 같기도 하고, 벚꽃

가로수 길에서의 아침 산책 같기도 한 충족감을 준다. 그가 호명하는 대상의 시선들을 따라 가노라면 마음의 묵은 때가 겹겹이 벗겨지고 아득한 존재의 순수함에 이르게 되는 힘을 얻게 된다.

시인이 손사래 치며 불러 낸 다정한 이름들은 '바람, 구름, 나비, 까만 돌, 벚꽃, 물고기, 꽃, 나무, 애콩, 물, 새 발자국, 별, 봄 날, 모란, 소금 사막, 꽃그늘, 꽃 씨'이다. 이들을 통해 시인은 고요한 신화를 복원해 내고, 삶을 반듯하게 살아가게 한다. 미움, 원망, 절망, 고통, 절규가 스밀 곁을 주지 않는 단정함이 그의 시이다. 그의 시가 스치면 어느 새 마음엔 별빛이 하나 둘 돋아나기도 하고, 사념(邪念)을 물리치는 촛불 하나 켜짐을 알게 된다.

　　책장을 넘기는데 팍, 하고 전구가 나갔어요. 밝기의 단위를 1 룩스라고 할 때 어둠의 질문, 당신의 밝기는 몇 룩스입니까 탐미적인 어느 소설가는 소셜리즘이 수많은 밤을 소모시킨다고 불평했어요 그토록 와일드 한 오스카 이야기, 안타깝지만 그는 빈궁을 벗 삼아 죽어 갔어요 뜻밖에도 오늘의 밑줄은 성서의 한 구절, 보이는 것을 바라는 것은 희망이 아니다//
　　우리가 혁명의 스위치를 올리는 순간, 세상이 점등될 거라 선언해요//
　　때로 이상한 열기에 전구 내벽이 까맣게 그을리기도 할 거예요 어둠의 공기를 마신 시인의 폐벽(肺壁)처럼, 그럴 때 필라멘트는 일종의 저항선으로 떨려요, 가는 필라멘트 같은 희망으로 아침을 켤 수 있을 지 귀 기울여요 고백하자면 세상을 글로 배웠습니다 책 속에 길이 있다면, 오늘의 밝기는 몇 룩스입니까

— 「점등(點燈)」 전문

인생을 살아가노라면 때로 삶의 전구가 나가기 일쑤임을 우리는 안다. 그때 그러한 삶의 질곡이 던지는 물음 앞에 우린 어떤 대답을 해야 할까. 그 어둠을 물리칠 얼만큼의 빛을 우리는 축적하며 살아가고 있는가. 소설같은 긴긴 이야기들을 끌어안고 살아가는, 삶을 소진하는 빈궁한 벗들에게 젊은 시인은 선뜻 상쾌한 해답 하나 던져 준다. '보이는 것을 바라는 것은 희망이 아니다.'라고. 까만 어둠 속에 있을 때, 보이지 않는 삶의 언저리에 있을 때, 내가 스위치를 올리는 행위가 곧 나를 일으켜 세우는 혁명임을 일깨운다.

이은규의 잠언은 교만하지 않고, 무례하지 않게 가슴을 채운다. 시가 뭇 사람의 필라멘트로, 진실과 부정의 경계선으로, 저항선으로, 미세한 떨림으로 신호 보낼 때, 우리는 알아차려야 한다. '팟'하고 전구가 끊겨 어둠이 오고 만다는 것을. 시인의 희망은 필라멘트만큼 여리고 작지만 그 여림으로 세상을 밝히는 힘을 내재하고 있음을 우리는 안다.

모든 인생을 향해 조용한 일갈로 시의 포문을 연 시인은 아직 젊다. 그러기에 그의 마지막 고백은 겸손하다. 그는 세상을 글로 배웠음을 밝힌다. 책 속에 길이 있다면 오늘의 밝기는 몇 룩스일지 되묻는다. 아직 그도 자신의 밝기를 가늠하지 못하는 청년 시인인 것이다. 그러기에 더욱 가능성이 큰 그릇의 시인으로 세상을 향해 새로운 불빛을 환히 밝힐 것이다. 그의 시가 밝히는 빛은 몇 룩스일지 스스로 자문하며 정진할 것이라는 기대를 안겨준다.

이은규의 시를 읽으면 무릎을 치게 하는 감동이 있다. 무렴(無廉)을 벗겨주며 일깨우는 지혜가 있다. 어떤 일을 할 때, 생의 노정을 지나며, 우리는 어떤 발명을 해야 할까. 시인으로서의 출사표를 던지며 이은규는 스스로를 발명한다. 그의 시 쓰기는 '구름을 집으로 데려 오는 일'인지도 모른다. 오독과 역설의 삶으로 점철된다할지라도 그는 꿋꿋이 시인의 소임을 다할 것을 「나를 발명해야 할까」에서 노래한다. 시인으로서의 삶이란 '빙하를 가르는 범선이 난파를 발명'했다고 말한다. 이마로 얼음을 부술거라 말한다. 쇄빙선에 올라 항로를 개척할 거라 한다. 열차가 달리는 이유를 탈선이라 알려 준다. 공기보다 무거운 비행기를 띄운 오만함이 추락을 발명했음도 그는 안다. 모든 이동은 매혹적이라고 속살거려 준다. 나로부터 멀어져 극점에 다다르는 것으로 시인은 스스로를 발명하려 한다. 구름을 초대하려는 열망이 그의 시를 추동하는 힘임을 고백한다.

> 말을 버린 것들은 왜 그늘로 말하려는지
> 끝내 전해지지 못한 말들이
> 명치그늘로만 숨어들어 맴돈다
> 허공 속 꽃의 향기가 다만 바람으로 차오를 뿐
>
> 모퉁이 빠져나가던 반생이 손을 흔들 때
> 나는 배후마저 잃은 하나의 풍경이 된다
> 마련된 인사가 없는 배웅
>
> 순간은 얼마나 긴 영원인가
>
> 다시는 배웅할 수 없는 지난 생이
> 천천히 소실점으로나마 사라지고
> 아픈 피를 해독한다는 백작약 앞에 선다
> 꽃그늘에 후둑, 빗방울
>
>   —「꽃그늘에 후둑, 빗방울」4~7연

우리는 어떤 이름을 부를 때 생기를 얻게 될까. 부르고픈 이름 하나 우리는 지니고 살아가는 것일까. 나를 치유하고 곧추 세울 이름 하나 가슴에 품고 사는 자의 행복은 무엇일까. 그 이름이 비록 명치끝을 서늘하게 할 이름 일지라도 입속에서 옹알일 이름 하나 건질 수 있는 자는 누구일까.

아마 이 시는 시인 자신의 지난 전반부 삶을 정리하는 고백일 것이다. 이미 지나버린 시간들의 흔적은 수줍기도 하고, 후회로 점철되어 가슴을 시리게도 한다. 생의 한 모퉁이를 돌며 내려놓는 '말의 간격'이 백작약 꽃으로 피어 소멸된 시간들을 배웅하게 한다. 우리의 삶은 시간의 연속성 위에 있다. 그 단절 될 수 없는 시간을 끊어내 한 단락 매듭지어 떠나보내는 시인의 결단이 싱그럽게 다가오는 시이다. 토막쳐서 내 보내도 순간은 또 얼마나 긴 영원인지를 영리한 시인은 이렇게 간파해 내고 만 것이다.

꽃그늘에 후둑 빗방울 떨어지는 소리의 청신함이 전해지며, 시는 남은 삶을 충실히 경작하려는 시인의 의지를 불러온다. 백작약 꽃 이름을 호명하며 수줍게 삶을 마주하는 시인의 자세가 시를 대하는 독자들에게도 잔잔한 파문으로 번져 들게 할 것이다. 짧은 생이든, 긴 모퉁이를 돌아 온 자들이든 아픈 피를 해독하는 그 꽃이름을 불러내면 순수한 피돌기로 상처난 몸들을 다독여 줄 것이다.

이은규는 자신의 손뼘을 넘어서 우주와 시공을 자연의 시야를 빌려 우리에게 선사하는 힘을 지닌 시인이다. 「꽃씨로 심는 쉼표」에서 시인은 사막에 떨어지는 꽃씨의 발아를 보여준다. 모래가 꽃씨의 발아임을 일깨운다. 사막의 꽃씨는 먼 허공에서 바람이 간직하고 있다고 일러준다. 바람이 간직하고 있는 꽃씨. 그것은 온 우주 영역에 퍼질 수 있는 가능성의 씨앗인 것이다. 바람이 닿는 대로 돋아나는 생명력, 그것은 소통이다. 막히지 않고 흘려보내고 받아들일 수 있는 순환이다. 보이지 않지만 실재하고, 그 보이지 않음의 세계를 보이게 하는 꽃의 현현으로 희망을 보여주는 시를 그는 우리에게 선사한다.

3. 아껴 쓴 일기와 몰아 쓴 일기 속의 빙의

납량특집의 단골 주제는 귀신이야기이다. 소름 돋을 만큼 섬뜩한 이미지로 한 여름의 열기를 걷어내는 단골 메뉴로 안방 시청자들을 찾던 시절이 꽤 여러 해 인기를 누린 적이 있었다. 귀신이 지닌 부정적 거리감을 온 삶으로 끌어안은 이가 시인 박성준이 아닐까 여겨진다. 그의 시집엔 온통 귀신으로 들끓고 있기 때문이다. 그가 열거하고 부려놓은 귀신은 다양하다. 우선 그는 '자신의 몸에 귀신이 왔다 갔다(「어떤 싸움의 기록」)'는 것을 시작하여 아버지, 어머니, 누이, 익명의 A 씨 등을 귀신과 연계하여 시적 상상력과 주제를 형상화 내고 있다. 시인이 만난 귀신은 '너그러운 귀신, 인마, 지박령, 뜻밖의 귀신, 뎁득이' 등으로 구체적으로 묘사되어 그의 시집 구석구석을 너울대고, 춤추고 사설을 늘어놓는다. 실은 호명된 귀신들뿐 아니라, 그의 시편들 곳곳에는 귀신의 출현이 다반사이다. 그의 귀신 이야기로 인해 올 삼복의 여름은 제대로 된 여름을 지낸 기분이다.

박성준의 시집은 한 편의 '아껴 쓴 일기'와 '몰아 쓴 일기'의 집합물이다. 대개 기본적 글쓰기의 출발은 일기라는 쓰기 행위에서 출발한다. 그 과정을 통해 인식의 깊이와 주체적 자아로서 세상살이의 과정을 익히게 된다. 일기는 비밀스러운 사적인 공간이며 오묘한 상상의 저장고이다. 이 시집에 진술된 일기의 내용은 그가 열 살부터 '너라는 이름의 평전을 쓰기 시작했음'을 밝힌다. 이를 바탕으로 짐작해 보면 박성준이 일기를 쓰기 시작한 것은 문자를 터득하기 시작한 유년의 어느 언저리쯤일 것이다. 조숙했던 시인은 이미 열 살 때, 타자에 대한 자각과 탐색을 시작한 놀라운 정신력의 소유자였음을 보여준다. 그러기에 그 자신도 왜 '너라는 이름의 평전을 쓰기 시작했니?'하며 스스로에게 의문을 던진다.

　대개의 일기는 사실에 대한 객관적 기록이지만, 한 편으로는 지극히 개인적 경험에 대한 솔직한 표현의 장이다. 박성준의 일기는 그가 겪은 우주의 실존이며 나아가 인간 심연의 경이한 기록물이다. 그의 시에 반복되는 '귀신'의 출연은 이 시집의 주요 메타포이며 생에 대한 의문의 핵이다. 그것은 그가 지닌 시에 대한 강한 '빙의'의 출발점이다.

　　나는 왜
　　열 살부터 너라는 이름의 평전을 쓰기 시작했니?

　　동무야, 화단 밖에는 너보다 일찍 다녀간 통증이 있단다
　　부르자마자 입술과 헤어지는 말이 있단다
　　꽃을 감싸고 있단다

　　저 꽃은 꽃이 아니려고 애쓰는 동안에만 꽃인데
　　나무야, 온갖, 젊지도 않은 모양으로 구름을 쑤시는 필체가 있단다

어머니보다 긴 이름의 여자가 있단다.

대책 없이 모르는 날씨

누이야, 숨을 쉬기 시작했니?

— 「아껴 쓴 일기」 전문

　'시작했니?, 있단다'라는 어법과 어투로 분석해 볼 때, 위 시는 시인 박성준이 열 살 무렵의 어느 시점을 회상하여 다시 쓴 일기라고 해석된다. 실제로 시인은 열 살 때에 '너'라는 어떤 대상에 대한 평전을 썼을 것이다. 적잖은 시간이 흐른 지금, 그는 이제 다시 그 이유를 물어보고 있다. 그 시절을 기점으로 그는 그 이후의 삶에 대한 물리칠 수 없는 수많은 내면의 이야기를 숨가쁘게 몰아 쓰게 된 것이다.

　열 살 무렵의 시인이 주목한 이름은 '동무·나무·누이'이다. 일기 속 이름은 나에게 중요한 대상이다. 대상은 이름으로 호명된다. 이름을 지닌 존재들은 사랑의 관계이건 증오의 관계이건 그 시점에 있어 내 행동과 사고에 주요한 영향을 끼치는 요인이다.

　첫 사회 공동체 속의 동무들은 시인에게 중요한 대상들이었을 것이다. 시간과 공간을 공유했던 유년의 동무는 현대 산업화 사회에서 지속적 공동체의 연속성을 유지하지 못한다. '너'라는 동무들은 주거지의 변동으로 혹은 아주 먼 우주의 저편으로 사라져 아린 통증을 나에게 안겨주었는지도 모른다. 꽃송이들 같은 어린 시절, 그 때는 모두가 '화단' 속의 꽃들이다.

　일기에서 시인이 두 번째로 호명한 것은 '나무'이다. 무리 집단을 벗어나 대하는 자연 중에서 꽃보다 큰, 그러나 그마저 꽃으로 보이는 시기에 소년은 나무를 통해 구름을 보게 된다. 보다 광활한 우주를 보며 그는 필체에 눈을 뜬다. '젊지도 않은 모양으로 구름을 쑤시는 필체'란 두 가지 의미를 가능하게 한다. 오래된 수령의 나무들이 얽혀 구름을 가리키는 형상일 수도 있고, 아직 영글지 않고 틀 잡히지 않은 소년의 필체를 뜻함이기도 하다. 아무튼 그는 나무를 통해 지상의 세계에서 천상의 세계를 올려다 볼 수 있는 시야를 얻은 것이다.

'누이'는 시인에게 일종의 샴쌍둥이로 여러 번 언급된다. 누이는 '어머니보다 긴 이름의 여자'로 시인에게 각인되어 있는 존재이다. 그 누이는 '대책 없이 모르는 날씨'같은 이름이다.

1 이복형은 나를 인마라 불렀다. 어디서든 이름 대신 인마가 찾아 오면 / 나는 형이 있는 쪽으로 달려가 무릎을 꿇었다 / 그 때마다 꿇었던 무릎, 그 무릎을 나는 약속이라 부른다. / 바닥에 불도 들지 않아 시리도록 딱딱한 약속, 아니야 다시는 안 그럴 테니 용서해달라고 / 모르는 죄를 고하는 약속, 새끼손가락을 거는 대신 무릎을 걸겠다고 약속하고 / 이복형은 인마에게 벌을 내린다.

— 중략 —

이복형은 아빠를 곧잘 따르다가도 방문을 닫고 들어가면 아빠를 개자식이라 부른다. 개자식을 아빠라고 부르지 않는다. / 방문 너머로 다 듣고도 아빠는, 못 들은 척 안심을 한다. / 엄마는 조용히 주방에서 굴비를 굽는다. 생선을 많이 먹어야 욕도 잘한다고 //

굴비 살 속에 숨어 있던 물기들이 기름에 타는 소리, 몸속에 챙겨둔 타는 냄새가 온 방 안을 흥분시켰다. / 가시를 말해주지 않아도 이복형은 굴비를 잘 발라 먹는다. 또 아무리 흥분이 되더라도 차근차근 형은, 절대 나를 개자식이라 부르지 않는다.//

3 인마는 무릎을 꿇고 약속을 한다. 다시는 생선을 먹지 않겠어. 다시는 인마라 불리지 않겠어. 다시는 무릎 꿇지 않겠어. 인마가 일어선다. 일어서니 훌쩍자라 밖이 보인다. //

창밖에는 / 야 인마, 개자식아 하고 아빠 멱살을 잡고 때리는, 모르는 남자들//

이복형은 단숨에 남자들 앞으로 달려가 튼튼해진 무릎을 꿇었다. 다 약속된 포즈였다.

―「비굴과 굴비」 부분

박성준의 시집은 가족사의 범주에서 크게 벗어나지 못한다. 설령 그것이 일종의 시적 장치라 할지라도 그것 역시 그의 경험의 산물중 하나로 담겨져 있기 때문이다. 그의 가족 구성원은 누이와 어머니, 아버지, 할아버지, 그리고 이복형이다. 그리고 '나의 다른 엄마'인 하나 꼬도 있다. 그녀는 나의 가족들의 부적을 정월에 곡 챙겨주는 여자, 나의 신어머니이다.(「화자를 하나꼬라고 부르면」)」에서도 그에 대한 중요한 단서와 맞닥뜨려지게 된다. 중요한 단서란, 일기를 쓴 주인공의 인격이나 삶의 미추가 아닌, 한 존재로서 이해하게 되는 계기를 발견하게 된다는 것이다. 나아가 삶의 파고를 헤쳐 와 본 동질자의 공감으로 수용된다. 흩어져 있는 조각 맞춤을 성공시킨 것 같은 희열로 시집을, 시인을 바라보게 되는 여유를 얻게 한다.

「비굴과 굴비」라는 시를 발견할 즈음에야 시인 박성준의 시세계를 받아들이게 됐다. 시집을 읽는 내내 여러 가지 귀신의 세계에서 벗어날 수 없어 신산하게 만들었던, 알기 힘든 상황설정의 난해함이 일시에 풀리게 하는 시 앞에서 인간다운 감동을 접하게 되었다. 시는 기교를 넘어선 감동도 중요한 덕목이라는 사실을 깨닫게 하였다.

귀신은 실(實)이 아닌 공(空)이요, 허(虛)의 추상물이다. 박성준의 비구상적 인식론은 이 시대 고도 물질주의의 우리들이 겪어야 하는 일종의 공항장애증의 다름 아닌 모습이다. 이것은 그의 시「엘리베이터에는 터가 없다」에서 자명하게 그려진다. 유목시대의 인간들을 포함하여 현대 이전의 인간들은 대부분 그들의 주거지가 땅과 그리 멀리 떨어져 살진 않았다. 더러 열대 우림의 종족들이 나무와 나무 사이, 혹은 수상 가옥 형태에서 지낸 인류 역사가 있긴 하다. 그러나 동양문화권이 화려하게 꽃피운 우리의 경우 온전한 주거는 임산배수이다. 살아서 뿐만 아니라, 과밀한 인구증식으로 인해 매장마저 여의치 못하고 한줌 연기로, 재로 흩어지는 육(肉)의 부표는 시인의 명민한 시적 메타포로 그려지고 있는 것이다. 아님, 지금까지의 길지 않은 청년시인의 삶은 더 질기고 단단한 실존의 세계를 탐구하려는 지금까지의 일기일 터이다. 그가 새로이 쓸 '아껴 쓸, 혹은 다시 몰아 쓸' 일기가 더욱 기대된다.

존재들의 함성

송계헌 『붉다, 앞에 서다』, 박라연 『우주 돌아가셨다』,
이정 『누가 나의 식탁을 흔드는가』

"세계를 깊이에까지 파고들지 말고 세계를 가볍게 지나가게, 가볍게 스쳐지나가게 해야 한다"고 몽테뉴Montaigne는 말했다. 이것은 현대인들이 모든 존재의 깊이를 외면하고 있음을 암시한 예언이다. 그러나 평행적인 존재를 가능케 하여 사유에서부터 사유로의 행복한 관계를 기초해 주는 것은 존재의 깊이를 탐구하는 데 달려 있는 것이다. 우리 시대의 시적 노력이야말로 존재의 깊이에 대한 접촉이다.

미적 생산물을 부각시켜주는 것은 그 작품에 내재되어 있는 통일된 일관성이다. 작품은 시인이 체험한 여러 경험 사이에서 얻어진 메아리들의 함성이다. 작품읽기는 이 메아리들을 자극하고 새로운 관계들을 포착하여 파생되는 진동의 다발을 연결하는 행위이다. 그것은 존재에 대한 탐구의 다름이 아닌 작업이다. 우리가 존재에 대해 가지고 있는 욕구의 덕분으로 존재를 자극하는 일이 가능한 우주의 마술을 꿈꿀 수 있는 것이다.

1. 푸름에 대한 메아리

> '붉다'라는 말에 목이 메어
> 이파리처럼 눈 시린
> 등 푸른 생선 삼키지도 못하리니
> 오십 년을 키워 온 견딜 수 없는 근성이여
> 내 생을 흔들던 카펫이여
> 나 이십년 전에도 여기 이렇게 서서
> 푸른 신호 기다렸으니
> 욱신대는 상처하나
> 발아래 내려놓지 못했으니
> 내 안으로 흘러드는 시간의 낙화를 기다리며
>   ―「'붉다' 앞에 서다」 부분

　시인 송계헌의 메아리는 시공을 뒤흔들어 그 진폭의 깊이와 넓이로 세상을 채운다. '붉다'라고 내지르는 그의 울림은 너무 커 차라리 목이 멘다. 그 진한 진동은 뭍의 이켠에서 바다의 저켠 생명을 애중히 여기는 그의 오랜 근성 속에 면면히 살아 흐른다. 그는 먹이사슬의 피라미드 관계조차 욱신대는 상처로 남아 '등푸른 생선'마저 삼키지 못한다. 생명을 소멸시키지 아니한 채 공존하는 삶의 좌표가 만만치 않음은 생의 표지판을 통해 환기된다.

　'붉다'는 금기와 위험의 기표이며 동시에 존재에 대한 기의이다. 질주하는 현대성 앞에 신호등이 있다는 건 또 얼마나 다행스런 일일까. 위험의 나락 앞에서 잠시 호흡을 가다듬고, 천년의 세월과 자연의 질서와 생명의 무늬들을 포착해 내는 시인의 사유는 '푸른 신호'만을 기

다리는 젊은 그들에게 전해주는 삶의 연륜이다.

> 빈 감나무 우듬지 끝
> 세월의 주파수가 걸려 있다
> 삼월이 안테나를 높인다
> FM 108 메가헤르츠 생애 한계선
> 긴 입으로 별빛 하나 삼키고 부표처럼 떠 있다
> 바람의 살점 파르르 떨며
> 젖내 벙글어
> 실핏줄 따라 흐르는 내 몸 피돌기 어디쯤
> 서해 노을이 달려오고
> 십 년 전 읊다만 독백이 묻어난다
> 짧은 혀로는 닿을 수 없는 심장의 붉은 속살이다
> 푸른 뇌관에 걸려 낱낱이 백년 일을 다 알지 못하는 그곳은 한 때
>
> — 「108 메가헤르츠」 일부

여기, 삶을 관조하는 시인의 육성은 빈 감나무 우듬지 끝에 세월의
주파수를 얹어 놓는다. FM이란 주파수변조를 뜻한다. 88에서 108까
지의 숫자 사이에 공존하는 소통의 원칙을 시인은 송출한다. 소리를
전달하기 위한 과학적 장치를 통해 시인은 지상과 천상, 그리고 삶의
원근을 포착해 낸다. 모든 걸 다 내주고 빈 가지로 남은 감나무에 걸려
있는 세월의 주파수는 시인의 기록이다. 그 삶의 어록들을 포착하려
는 삼월이 안테나를 높이 세운다. 겹침을 피하고 제각각의 목소리를
선명히 드러내기 위한 약속의 숫자들 사이에서 시인은 생의 윤회를
설파한다.

삼월은 안다. '푸르다'의 자신감은 되레 100년 일을 다 알지 못하

는 걸림돌이라는 걸 말이다. 짧은 혀로는 닿을 수 없는 심장의 붉은 속살을 촉지하기 위해 인생에서 부딪치는 무수한 백팔 번뇌들이 삼월의 눈엽에 부딪친다. 시인은 송신과 수신의 메가헤르츠이다. 수많은 약호들이 한 점 108 메가헤르츠에서 접선되기에 시인의 송출은 끝이 없다.

시인이 지닌 생의 순환인식은 상생의 인연으로 가슴을 친다. 시「심지」에서 '풀꽃'이란 말은 푸름으로 '불꽃'은 그 푸름이 구워져 발음된다는 그 간격의 골을 아우른다. 그것은 끝없이 갈라지는 불꽃 심지처럼 또는 아버지와 그 아버지로 남아야 하는 삶의 줄기에 대한 혜안이다.

시인의 인식은 중심 잡힌 통찰력 위에 머무른다. 그는 삶의 여정을 균형 잡힌 시선으로 바라보려 노력한다. 시「5월 31일」은 월력의 중심에 있다. 시인은 '초록과 빨간'의 눈부신 유비를 통해 주름 깊은 삶의 여진과 여학생들의 맑은 웃음소리를 하나의 축에 올려놓는다. 움직이는 모든 것들마다 통통 붐비는 햇살을 통해 인간은 변해간다. 장미 같은 소녀에서 밀월을 꿈꾸는 여인으로 그리고 불혹을 질끈 동여맨 아낙으로의 변모를 보여 준다. 인생의 물리적 변화에서도 시인이 추구하는 항일한 진리는 제살을 트며 발효하는 생명력이다. 흐린 달력 위에 투욱 떨어지는 목백합 새 이파리가 시인의 중심에 있다.

2. 울음, 물의 파장

「우주 돌아가셨다」의 시인 박라연이 표상하는 우주는 물의 파장이다. 존재의 함성으로 대변되는 그의 시적 궤도는 물처럼 흘러 순환된다. 그의 시편들 도처에 젖어 있는 이 물기들은 삶에 대한 저항성으로 때로 광활한 우주에, 때로 궁극적 실존 현상에 맞서기도 한다. 그의 물의 파장은 다양한 변이와 울림으로 우주내의 존재자들을 적신다. 물의 첫 파장은 「목계리」의 찻집에 스며 있다. 둘레의 산들이 우쭐거리는 적막 산 중에서 차를 파는 주인은 박라연 그 자신인지도 모른다. 그와 물과의 인연은 시 「영산호(湖)생각」에 다음과 같은 물결을 그린다.

> 매 순간 태어나고 죽는
> 뗏장 묻을 시간도 문상의 시간도 없는
> 지상에서 가장 단명한 목숨인
> 물, 속에 아롱대는
> 얼굴 측은지심으로 바라보며
> 어이! 이 사람아!
> 오래 사는
> 몸값으로 죄조차 짓지 않는다면
> 어찌 산목숨이겠는가?
>
> ─「영산호(湖)생각」1연

시인에게 있어 물은 존재의 근원이다. 이 우주는 존재의 근원들을 담고 있는 거대한 그릇이다. 그 그릇의 양태는 다양한 물질로 나타난다. 시인이 그리는 존재는 그 양태가 어떠하든 그 안에 깃든 생명성이 물과 연결되어 있는 특징을 보인다. 매 순간 태어나고 죽는 행위의 빈번함으로 뗏장 묻을 시간도 문상의 시간도 넉넉하지 않은 지상에서 가장 단명한 목숨으로의 '물'에 대한 그의 인식은 우주와 닿아 있다. 물은 태어남의 근원이며 존재자들의 죄값을 씻겨주는 정화 의식이다. 물은 탄생이며, 죽음인 동시에 삶의 유장함이다.

「흰 연못 위의 달」에서 시인은 백련을 물위에 쓰는 하얀 혈서로 그린다. 「사람이 보이는 천국」에서는 섬진강과 그 곁에 핀 매화 마을의 꽃물이 세상의 죄과를 덮어버릴 구원이 된다. 「화개장터」는 섬진강과 과즙은 사람을 살리는 물이다. 「꽃지붕 아래 들다」는 호수로 헤엄쳐 가는 꽃물고기들이 등장한다. 뿐만 아니라 손톱 속 봉숭아 꽃물은 서서히 소멸되어 가는 존재의 유한성을 노래한다.

박라연의 시집에 자리하는 '물'의 근원은 크게 섬진강과 영산호, 백련지이다. 이것은 물리적 공간을 지니는 '물'을 말한다. 시인은 이 물리적 공간을 표상하는 '물'을 벗어나 아주 다양한 물의 파장을 구체화한다. 울음으로, 시냇물로, 술로, 꽃빛으로, 언어에 스민 물기까지 포착해 낸다.

눈물, 향기, 피, 안개, 빛 따위는 소멸되는 존재의 형태이며 아울러 순환의 기능을 지닌다. 이것들은 시인에게 있어 영혼이나 물체의 토로를, 그리고 마침내 그 자신과 우주 사이에 협약된 접촉을 구현한다. 이들은 그에게 일정한 거리를 통해서만 그리고 금지된 공간 속에서만 이루어질 수 있음을 상기시킨다. 따라서 시인은 열기, 빛, 향기, 메시지 등을 기다리고 순응하는 것으로 만족해야 한다. 그러나 어떤 순간 이 거리는 사라지고 시인은 주관적 삶의 소유자로 바뀐다. 어떤 풍경 안에 직접적인 방법으로 투사되고, 내부로부터의 삶을 형상화한다.

상처와 술을 이름만큼 사랑하셨지요
유월 공달 무사히 건너뛰시려고
오래된 술독 오래된 상처의 입맛만으로
무더위와 허기를 무려 스무 날째 버티시더니
암 말기의 고통들을 겨드랑이에 모아 수십 송이의
치자꽃으로 바꾸신 후에야
안심한 듯 칠월 초사흘 아침에 밥 점(點)을 찍으셨지요
그곳이 도대체 어디이기에 술과 상처보다 밥을
더 귀히 여기시는지 여쭙지 못했습니다
종교가 제각각인 우리 가족들
아버지 밥에 대해 늘 갑론을박하고 큰 오빠
혼자서 치자꽃 피워올립니다

- 「우주 돌아가셨다 2」 전문

이 시의 아름다움은 감동을 여러 국면에 걸쳐 묘사하는 데 있다. 인생에 있어서의 상처의 문제와 물의 화학적 반응인 술과의 상관관계에 대한 밉지 않은 감상이 그 첫 째이다. 다음은 죽음의 간극을 조정하는 아버지의 초극이다. 닭이 알을 스무 날 품어 알을 부화시키듯 죽음을 부화시키는 국면은 경이롭기까지 한 일이다. 인간에게 있어 '밥'의 문제는 무엇인가 하는 문제와 가족 구성원들 간의 갈등의 문제도 드러난다. 말기암 환자가 피워 낸 치자꽃에 대한 약호도 아름답다. 아버지를 이해하는 큰 오빠에 대한 묘사도 감동을 자아낸다.

결국 이 시는 떠난 자와 남은 자들의 두 운명의 잠정적인 교류가 두 의식의 '얽힘과 용해'로 바뀌는 움직임을 전달한다. 시에는 아버지의 죽음이 형상화되어 있다. 암 말기 환자인 아버지는 자신의 임종을 예견한다. 음력 윤달을 건너뛰려 사력을 다하는 모습에서 자신의 신념

을 지켜내려는 의지를 보여준다.

인생은 오래된 술독이며 상처인 것을, 고통인 것을, 그 구차함을 치자꽃으로 환치시키는 놀라운 정신력이 바로 우주를 지탱해준 힘인 것이다. 치자꽃은 고통의 사리이다. 인간의 최후에 남는 향기가 치자꽃이라면 그 삶은 우주를 담아내기에 부족함이 없는 여정이다. 존재의 또다른 거처는 어디란 말인가. 시인은 자신의 우주였던 아버지의 죽음을 통해 생의 이면에 대한 사유의 틀을 짜놓는다.

인생이 비밀이듯 우주 역시 비밀이다. 저승의 세계는 더욱 알 수 없는 대상이다. 생에 대해 다 알 수 없는 신비함이 이 시의 정점이다. 그곳이 도대체 어디이기에 술과 상처보다 밥을 더 귀하게 여겼을지 궁금한 문제다. 우주의 비밀은 이해로 풀리는 게 아니라 다만 용해되어 돌아가는 그저 한 점 밥인 것이다.

3. 그루터기에 대한 소리 없는 함성

그가 우리들의 푸른 식탁들을 벤다 푸른 상추잎이 나의 식탁이다 그는 내 식탁들을 따서 그의 식탁에 올릴 모양이다 나는 내 식탁들과 함께 둥근 그릇 속에 담긴다 쏴아— 그가 싱크대에서 수도꼭지 샤워로 나의 식탁들을 흔들어댄다 아찔 현기증이 난다 식탁에서 떨어진 나는 물속에서 허우적거린다 허—억 헉 지푸라기라도 잡힐까 있는 힘없는 힘 다해 감춰둔 흡반을 단단히 붙이고 늘어진다 언제 다시 소쿠리 속에 담겨진 걸까? 그는 무척이나 시장했던지 그 속에 웅크리고 있던 나를 미처 알아채지 못한다 쌈장을 바르고 쌈을 오므

리는 그의 손길이 바쁘다 툭 불거진 그의 목젖뼈가 오르내리는 걸
보며 시장기가 동한다 정신을 차려야지 나는 내 식탁 위로 천천히
올라간다 …머리를 들고, 더듬이를 세우고…

　　그 때, 그가 날 보았는지 눈이 휘둥그래진다 그의 눈 속에 서늘한
바람이 인다 순식간에 나는 식탁채 창밖으로 내던져 진다
　　　　　　　　　 － 「누가 나의 식탁들을 흔드는가 - 달팽이」 전문

　인간의 존재 영역은 다양하다. 그 중에서 생존의 텃밭은 인종과 계
층에 따라 구획지어진다. 그 나뉨의 대략은 남성과 여성, 자연과 이성
이며 이 두 이항은 상대적이다. 이정 시인의 시집에 나타난 삶의 영역
은 여성적 삶의 그늘을 떨치지 못한다. 그러나 그 삶의 그늘은 소외에
대한 피해와 패배의 역사에서 벗어난다. 시인은 건강한 자아로 삶을
옹골지게 이끌어 가는 서정적 심미안 속에 드리운 명암을 잘 포착하
고 있다.

　이 시의 시적 화자 '나'는 달팽이이다. 달팽이의 식탁은 푸른 상추
잎이다. 그런데 어느 날 '그'가 상추를 그의 식탁에 올리려고 한다. 존
재의 그루터기가 흔들리는 순간이다. 물에 씻겨 내려간 상황에서도
자신의 식탁을 포기하지 못하는 달팽이이다. 달팽이는 온 힘을 다해
자신의 식탁인 상추 잎에 흡반을 단단히 붙인다. 시장기가 가득한 그
가 달팽이의 식탁인 상추 잎에 쌈장을 바르고 이윽고 먹을 자세를 취
한다. 달팽이는 숨지 않는다. 정신을 차리고 머리를 들고 더듬이를 세
우고 자신의 식탁인 상추 잎 위로 올라간다.

　달팽이를 발견한 그는 상추 잎과 함께 창밖으로 내던진다. 달팽이
의 승리다. 물리적 힘의 균형이 아닌 삶의 치열로 자신의 터전을 지켜
낸 그는 그 느린 촉수로 또 다른 식탁을 향해 기어오를 것이다. 생존의

본능에 충실함을 드러내며 말이다. 자신의 우듬지인 작은 껍질 속에
몸을 감추지 않고 당당히 드러내는 달팽이에게서 시인은 자신의 정체
성을 함축시킨다.

뱅어포 / 한 장에 / 납작한 바다가 드러누워 있다

수 백 수 천의 얇고 투명한 / 바다에 점 하나 찍어
몸이 되었다

무수한 출렁거림 속에 / 씨앗처럼 꼭꼭 박힌
캄캄한 눈. 눈. 눈.

머리와 머리가 / 포개지고 창자와 창자가 겹쳐진
이 걸 무어라 불러야 하나

혼자서는 몸이랄 수도 없어 / 서로 기대고 잠든
이 납작한 것들아!

– 「뱅어포」 전문

이정시인의 정서엔 '낮춤'의 미학이 있다. 작은 것들에 대한 날카로
운 시선과 통찰이 스며 있다. 시인은 존재들에 대한 삶의 무게를 적절
히 눈금화한다. 너른 바다 속을 유영하던 작은 물고기들이 어느 날 박
제된다. 물기가 빠져버린, 몸이랄 것도 할 수 없을 만큼 투명한 그들,
뱅어는 서로가 서로에게 포개어진 채 마른 바다가 된다. 무수한 바다
의 출렁거림을 더 이상 들을 귀가 그들에겐 없다. 다만 씨앗처럼 꼭꼭
박힌 캄캄한 '눈'들이 있을 뿐이다. 머리와 머리가 포개지고 창자와 창

자가 겹쳐진, 납작이 기댄 채 새로운 몸을 만들어 낸 '뱅어포'이다.

「뱅어포」역시 식탁과 관련된다. 식탁은 생존의 필연적 공간이다. 시인은 그곳에서 무수한 존재들과의 힘겨루기를 발견한다. 식탁에 올려지는 것들에서 시인은 바다와 땅과 하늘을 열어 그 안에 깃들어 있던 수많은 존재들의 함성을 복원시킨다. 소리를 잃어버린 그들에게서 새로운 소리를 발견하는 시인은 약자에 대한, 눌린 자에 대한 고통을 부담하고 있는 것이다. 생존의 원칙인 식욕은 인간의 안위와 행복반이 아닌 낮은 곳에서, 고통 중에서 서로에게 유익을 주는 상호공존의 메아리를 위함이다. 그것이 시인이 독자에게 주는 메시지인 것이다.

오월에 취해 읽은 두 권의 시집

여성민 『에로틱한 찰리』, 서영처 『말뚝에 묶인 피아노』

오월은 동시다발적 꽃의 축제이다. 라일락과 찔레가 지는가 하였더니 아카시아가 있고, 장미와 쥐똥나무 향기가 만발한다. 어느 새 영랑의 모란이 흐드러지는가 싶더니 작약이 고아롭다. 목백일홍은 높은 가지에 꽃망울을 터트릴 준비하고 앵두가 붉다.

여성민과 서영처의 시집을 통해서도 혹독한 향취에 몰입되었다. 시는 행복이고, 시 읽기는 고통이었다. 여성민의 첫 번째 시집 『에로틱한 찰리』와 서영처의 두 번째 시집 『말뚝에 묶인 피아노』로 인해 오월을 맞이하고 꽃들의 성찬을 흘려보냈다.

> 익숙함 속의 낯설기, 소리에 대한 환타지
> ― 여성민 『에로틱한 찰리』

여성민의 시에는 두 흐름이 교차한다. 보이는 것과 보이지 않는 것의 짜임이다. 그 짜임은 너무나 정교하여 무엇이 보이는 것이고, 보이지 않는 것은 어떤 모습인지 그 실체를 확인하기 어렵다. 즉 익숙함 속의 낯선 이면이다. 그의 시에는 누구나 다 알 수 있는 여러 이름들이 등장한다. 이들은 역사적 이름값과 신화적 이름값을 지닌다. 이들의 호명이 친숙하여 다가가면, 시적 진술은 더욱 낯선 상황으로 선회되고 만다. 그가 호명한 이름은 역사적인 실명이건 성경적 이름이건 이들의 실체는 사실이며 동시에 허구이다. 다만 그들의 이름을 발화할 때 그 의미는 좀 더 구체적이 된다. 동시에 그건 낯선 사건을 유발시키는 또 다른 장치일 뿐이다. 그대신 시인은 소리로서 복잡한 실마리들을 풀어 독자를 환기시킨다.

올빼미에 관해서 쓴다 그러니까 발생이라는 단어와 쿠바와 올빼미에 대해 쓴다 비가 내린다 비가 내리며 제격인데 무슨 말씀입니까 아름다운 말입니다 지루한 고동색입니다 캥거루 구두약이 많아서 양말을 벗고 올빼미를 신는다 보스턴과 보스턴 고동색과 고동색 그래서 끓인 올빼미에 대해 쓴다 올빼미와 자고 싶다고 쓴다 김정호는 죽었다 의자 위에서 죽었다 방에는 단 하나의 의자도 존재하지 않는다 올빼미는 어떻게 가능한 걸까 세수를 하고 양철로 얼굴을 닦는다 아니 올빼미 물론이지 우리는 쿠바를 물론이지 우리는 쿠바를 사랑해 무슨 말입니까 말 그대로입니다 의자 위에 올빼미입니다 그러니까 올빼미의 피와 올빼미의 눈을 오래된 성냥통에 넣는다 고동색과 고동색 성냥과 성냥공장은 그렇게 발생한다 영원한 것은 지루함뿐이지만 양철을 손에 쥐면 올빼미는 주황색이 된다 오렌지 속에 올빼미 비가 내리면 제격인데 양철을 켠다 물론이지 우린 쿠바를 사랑해
— 「의자 위에 올빼미」 전문

김정호를 보자. 독자가 인식할 수 있는 김정호는 한국의 옛 지도를 만든 고산자 김정호이거나, 수많은 절창을 남기고 요절한 가수 김정

호를 불러 올 수 있다. 이 두 명의 실존적 역사적 인물이 아닌 제 3의 인물 김정호를 연결할 수도 있다. 쿠바와 보스톤을 인식하면 지도와 관련된 김정호이다. 그러나 '의자 위에 올빼미'와 '김정호는 죽었다 의자 위에서'라는 문장을 연결해 보면 요절 가수 김정호로 근접한다. 올빼미 소리를 들어 보면, 고음이다. 그건 가슴 밑바닥에서부터 건져 올려 천상으로까지 끌고 가는 듯했던 김정호의 소리를 닮아 있다.

시인의 진술은 복잡하고 다의적이다. 상상의 폭이 그만큼 넓고 깊다는 반증이다. 그는 구조를 허투루 세우지 않는다. 독자들은 그의 진술 방식에 허덕이게 된다. 그러나 한편 독한 마력에 사로잡히게 되는 관점으로 끌림도 사실이다, 쿠바와 고동색, 그리고 보스톤은 시가적인 양상이다. 그렇다면 독자는 고산자 김정호의 정신적 세계로 잠시 기웃거리게 마련이다. 그러나 지도는 보여주는 것이지 거기엔 소리가 없다. 시인은 소리에 집중함을 곳곳에 표출한다. 비가 그렇다. 비는 소리이다. 양철이 그렇다. 양철은 소리를 감출 수 없다. 양철 소리는 그 질량이 높음을 우린 안다. 가수 김정호의 음색, 절명하고만 짧은 삶에 대한, 유한함에 대한 은유이다. 유한한 삶을 혼신으로 불태운 슬픈 천재에 대한 헌시를 통해 시인 자신도 치열한 시적 혼을 닮고 싶음을 보인다.

시애틀 시애틀 하는데 밤이 온다 밤은 어디에서 오는지 시애틀에서 오는지 양은 보이지도 않는데 메에에 양 우는 소리 들려 양을 센다 라이언 하나 라이언 둘, 하고 양을 센다 양을 세는데 라이언은 왜 튀어나온 것일까 고소한 흑염소도 아니고 무서운 라이언 양을 세다 말고 맥 라이언을 생각한다 맥 라이언과 톰 행크스는 부부다 맥과 톰은 틀림없이 부부고 부부니까 틀림없이 잘만 자고 그런데 왜 양들

은 밤에도 잠을 이루지 못하는지 나는 누어서 자꾸 양을 세고 세계
의 불안은 어디에서 오는가 생각하고 시애틀 시애틀 호텔의 이름을
중얼거린다 호텔의 이름이 길어서 잠이 오지 않는 것일까 양은 보
이지도 않는데 메히힝 양이 울어서 오늘은 날이 샌다 어쩌면 양 우
는 소리가 아니라 말 우는 소리일지도 몰라 스크린 경마장을 센다
왜 사람들은 기수처럼 등을 구부리고 자고 왜 말은 모두 서서 잠을
자는지 얼마나 공중에 중심을 분산시켜야 저렇게 서서 잠을 잘 수
있는지 세 번 질문하고 세 번 이를 닦고 이를 닦을 때마다 치열이 치
열하다 치열한 치열로 히히힝 누군가 우는 소리 들려 나는 이를 센
다 이 세계의 상실은 어디에서 오는지 노르웨이인지 마콘도인지 알 수
없는 곳에서 알 수 없는 것들이 달려온다 사자처럼 달려온다 맥 라
이언과 톰 행크스는 부부가 아니다 톰 행크스와 톰 크루즈가 부부다
톰은 사방에 숨어 있다 톰, 톰, 톰 어릴 때는 톰보이를 사러 동대문
시장을 돌아다녔지 다들 톰이 되고 싶었어 교실에서는 합창하듯 아
이 엠 톰을 중얼거렸지 톰이 된 줄 알았어 미시시피의 톰 소여로부
터 지붕 위의 고양이 톰까지 톰, 톰, 톰, 톰은 사방에 숨어 있다 마구
간에 엎드린 톰 베린저가 저격용 총을 들고 망원경에 눈을 가져다
댈 때 파르르 넘어가는 톰슨성경 누가복음의 장면들 세상의 절반이
톰인데 왜 톰, 하면 크루즈미사일이 생각날까 숲이 슬피 울고 불면
은 수면 위에 떠 있고 시애틀과 노르웨이와 마콘도에 대해서 생각하
고 과연 이 세계의 고독은 어디에서 오는가 세계는 보이지도 않는데
메에엥 세계가 우는 소리 들려 톰 하나 톰 둘, 하고 또 이놈의 세계를
센다 호텔의 이름이 길어서 잠이 오지 않는 것일까 시애틀은 가 본
적도 없는데 시애틀 시애틀

— 「시애틀」 전문

시애틀은 인디언 추장의 연설로 유명한 역사적 도시이다. 인간의
인간됨을 보여준, 문명인이 미개인이라 취급한 인디언으로부터 일격

을 당한 고상한 영혼의 도시이다. 이 역사적 도시에 중첩되는 것은 영화적 인물들이다. 그리고 상업적 방향성이다. 호텔과 스크린 경마장으로 확산되는 서비스 산업의 실존은 불안하다. 불안함은 무언가를 찾고 확인한다. 양우는 소리에 민감한 화자, 보이지도 않는 양의 울음소리에 반응하게 되는 근원은 무엇일까. '톰'으로 대변되는 자아를 찾아 횡보하는 화자, 동대문 시장으로 그리고 미시시피 강으로, 곳곳에 숨어 있는 톰은 결국 '톰슨 성경의 누가 복음에까지 이른다. 화자의 실존이 구원을 획득했는지의 여부는 중요하지 않다. 그것은 현재 진행형임과 동시에 미래형이기 때문이다. 시애틀은 가보지 않은 그러나 화자의 내면 안에 실재하는 피안의 실존 장소이다. 고독한 자와 '메에엥'하는 양의 울음소리에 민감한 자가 떠올리는 여러 제단 중 하나이다.

시인의 시집에서 중요 매개항으로 삽입된 시어는 '총'이다. 「장미통신」, 「시애틀」, 「무엇이 오는 방식」, 「장미여관」, 「비전들」, 「꽃병의 감정」, 「키스」, 「야곱에게」, 「모호한 스티븐 2」, 「튜브와 큐브」에도 배치 되어있다. 총이 주는 이미지는 과히 엽기적이지 않다. 그 이유는 대립되는 시어들 때문이다. 「장미통신」에서는 꽃잎을 빻아 화약으로 만든 권총이, 「시애틀」에서는 톰 베린저가 단지 마구간에 엎드려 망을 보는 자세로, 「무엇이 오는 방식」에서는 에이케이 소총을 진 소년이, 「장미여관」에서 나오는 총구 역시 장미꽃들의 발포이며, 「연애의 국경」에서의 총은 감정 유희의 사살일 뿐이다. 그리고 「꽃병의 감정」에 나오는 총은 단지 꽃병에 꽂혀 있고, 「키스」에서는 추억의 총소리를 전언 한다. 「야곱에게」서는 해변으로 내려가 총을 산 것만 알려 주고 그 다음 상황은 전개 되지 않았다. 「모호한 스티븐 2」의 총은 속도

로의 총을 거론하였다. 「튜브와 큐브」에서는 '치약과 총으로'으로 병
열 됨으로 전혀 저항성 없는 시어로 사용되고 있다.

이처럼 시인의 시는 반전의 연속으로 언어를 구조화 한다. 그것은
잘 작곡된 가사처럼 틈을 허락하지 않는 힙합 리듬을 불러 온다. 그의
힙합은 깊은 슬픔을 진실히 불러대던, 죽음에 이르도록 치열했던 이
들에 대한 흠모와 경배이다. 어쩌면 그의 시 속에는 절대자를 모른 척
하지만 결코 비켜갈 수 없는 삶의 비애가 투척되어 있음을 고백하는
잠언인지도 모른다. 에서의 붉은 팥죽이 아닌 하얀 죽처럼.

평정의 하모니 - 자화상이 된 선율
　　　　　　　　　　　　- 서영처 『말뚝에 묶인 피아노』

없다. 말뚝에 묶인 피아노는 없다. 시공을 조율하는 화음만 있을 뿐,
묶인 말뚝도 피아노도 없다. 그러나 역설적으로 이는 이 둘은 다 녹여
져 시행 곳곳에서 현현되고 있다. 피아노는 여든 여덟 개의 건반으로
모든 음역을 표현할 수 있는 완벽한 악기이다. 그 절대 완벽의 자유로
움을 말뚝에 묶어, 스스로를 구속하여 오롯이 시심에 매이기 위한 시
인의 파놉티콘이다. 유목의 유전을 스스로 결박한 결단의 매듭이다.

서영처의 시들에서는 시적 대상을 순정의 세계로 함몰시키는 힘이
있다. 숲을 품은 그만의 시심이 충만한 까닭에서 연유하는 파장이다.
숲은 치유의 공간이다. 모든 것을 포용하고, 보듬고 생장시킨다. 그곳
을 주목한 시인의 시적 성찰은 울림이 크다. 인위적 악보의 경계를 넘
어선 자연과의 합일에서 얻어낼 줄 아는 진정한 음(音)의 영역으로 진
입한 시적 위용을 업고 있다. 시인은 인위적 소리에서 벗어나 심연을

적시는 자연의 음계를 구축할 줄 안다. 구름 같은 유목민적 삶(「구름 부족들」)을 통해, 사막 같은 삶의 불면(「불면」)을 통해, 밟히고 밟혀 문들어진 문들레 민들레(「경고, 민들레」)를 통해, 흰쥐처럼 소복이 들어 앉아 소스라치게 하는 세월(「언덕」)을 비켜, 그이만의 선율은 불혹을 넘어선 시인의 자화상이다. 진정한 삶의 헌정을 자신에게 건네는 당당함이다. 그 당당함은 여러 개의 자화상을 완성하고 있다.

탱자나무 울타리, 한삼덩굴, 개망초 군락들을 제자처럼 거느리고 소요학파의 늙은 학자처럼 저녁 길을 걷는다 철둑 너머 향기로운 포도밭, 수크령이 거웃처럼 돋아나는 길을 걸어 저녁마다 포도밭에 들른다 울타리에 기대 천천히 한 권의 포도밭을 읽는다 가지런한 문맥, 푸른 활자 송이송이 익어가는 문장의 혀끝에 닿을 듯 새큼한 향기를 맡는다 이 포도밭의 행간에도 광대나물, 토끼풀, 강아지풀이 꼬리를 흔들며 돌아다니고 나는 검지에 침을 발라 여러 페이지를 넘긴다

칠월, 포도의 피가 싱싱하게 익어간다
어떤 식욕에 당겨
나는 닥치는 대로 포도밭을 먹는다
신맛으로 진저리 쳐지는 유혹

포도 순들이 허공을 향해 기어가는 밤에는
지하 저장고의 기포 소리
강 건너 기찻길 너머에서
낭랑하게 책 읽는 소리 들려온다
— 「포도밭 도서관」 전문

싱그럽다. 시인은 탱자나무 울타리 안의 포도밭 정경을 통해, 언어의 미각을 전한다. 덩굴 식물과 다년생 식물들, 그리고 상승하는 포도 순들의 어울림이 정겹다. 화자는 공부하는 학자로서의 일상을 게을리 하지 않는 성실함을 노래한다. 지침 없는 푸른 활자 속에서 생성된 문장의 아름다움을 포도의 신맛으로 독자에게 이양한다. 시의 건강함을 선사한다. 포도는 원시성을 내포한 인류 최고의 과일이다. 그 과원을 온통 도서관으로 치환시키고 만 시인의 욕심이 황홀할 뿐이다. 이는 지침 없이 뻗어나가는 어여쁜 포도 순으로 확장되어 시적 화자의 내면을 윤택하게 하는 상징이다. 화자는 왕성한 향기로움을 지하 저장고에 가둘 줄 아는 겸손한 인내로 시를 더욱 향기롭게 한다. 포도가 온몸을 썩힐 때 일어나는 기포, 그 산화의 과정을 통해 자연 발효의 깊은 맛을 이끌게 하는 지혜의 도서관을 열람케 한다. 시인의 시에 대한 무한한 애정과 간절함이 한 폭의 수채화로 이미지 된다. 시를 지향하는 시인이 그려내는 한 폭의 자화상이 포도원 도서관 한 면을 차지한다.

> 나무가 영생을 얻는 길은 악기가 되는 길
> 바람소리 물고리 새소리 천둥의 음향을 삼키고
> 혹한을 뼛속 깊숙이 새겼다
> 아아, 저 빛은 늘 처음인 냄새
> 깔깔거리는 봄빛에 주춤거렸을 뿐
> ──「경건한 숲─악기가 되지 못한」 부분

시인은 숲을 사유한다. 그것은 그의 시원이기도 하고 생장력이기도 하다. 그는 숲을 경건히 바라보며 경외하기도 하고, 그 숲에 무수한 새들을 풀어 놓아 섬광같은 순간을 포착하고, 봉분을 열어 주검을 일으켜 새로 비상하게 한다. 숲에는 악기가 되기 위한 원질료들로서의 나무가 있다. 나무들은 악기가 됨으로서 영생을 얻는다. 음악은 소리이며, 소리가 영생으로 확장되는 셈이다. 그 소리를 활자화하는 문자, 리듬을 지닌 시야말로 진정한 영생으로 진전된다. 나무가 자라 숲이 되고, 그 숲의 건강한 나무가 악기가 될 때, 얻게 되는 영생이다. 철자가 모여 어휘가 되고 그 어휘들이 일으킨 자장으로 문장은 살아나고, 그 문장의 의미들이야 말로 시의 숲인 셈이다. 언어의 숲은 깊고 오묘하다. 시는, 문장은 언어의 악기로 환치된다.

경건한 숲은 계절을 담는다. 사월을 담아 소나무 음반을 긁어 파도 소리를 불러오기도 하고, 단풍 속에서 몰락의 두려움마저 황홀의 단풍으로 부적하기도 한다. 이에 절창 한 가락 장구히 풀어 놓는다.

> 꽃들은 스스로 대궁을 세운다
> 수직성의 이 짧은 운명
> 밀고 나간다
> 나비가 내려앉는다
> 정박하는 아득한 뱃고동 소리
> 일렁이는 숲
> 날개를 접으며 날아드는 흰 새들
>
> ―「경건한 숲 ─ 입추」 전문

이 짧은 시는 결연하다. 간결함의 여백과 아우라가 웅숭하다. 스스로 대궁을 세우는 꽃이 그러하고, 수직성의 짧은 운명을 밀고 나가는 행간도 의연하다. 이는 말뚝에 묶인 피아노의 반전이다. 묶여 있을 지라도 소리를 낼 수 있는 피아노의 모습과 닮은 꽃대궁이다. 새들의 휴식처인 숲, 바다에 지친 새들이 날개 접으며 찾아드는 숲, 숲은 정박하는 항구의 이면이다. 음표화된 음악이 뱃고동 소리로 상징되었다면, 그건 삶의 깊은 숨소리이다. 창공을 날아야 할 때와 스스로 날개를 접어야 할 때를 아는 새들이 대비된다. 이는 구속된 삶에 대한 갈등이 아닌 조화를 통한 평화를 언표화 함이다.

3부

차이와 낯섦을 향한 길 위의 고백

도한호 시세계

1. 언어유희

사려 깊은, 훌륭한, 멋진 형용사들은
대게 너무 멀리 떨어져 있어서
제 때에 명사를 수식해주지 못하고
그 곁에는 이, 그, 저, 지시대명사들이
기회를 엿보고 있다가 함부로 명사를
부리려하거나, 전혀, 아주, 젠장, 부사나
아니, 저런, 허 참, 사이비 감탄사들이
떼를 지어 모여 아침저녁으로
명사의 심기를 불편하게 만든다. 잠시
동사가 외출이라도 하는 날에는
잘난 대명사는 영락없이 만만한
부사 몇을 데리고 나타나서
명사의 목을 조르려 한다
명사는 아예 정든 품사를 떠나서

아이누 방언方言이나, 노암 촘스키의
변형생성문법 속으로 들어가버리거나
혹은, 행간行間에 은신하면서
타작마당에 콩깍지 뒤듯 까부는
언어유희를 관망이나 하려해도
동사가 없이는 몸을 움직일 수도 없다
그러니, 이래저래 알량한 명사로 남아서
사려 없는, 저만 아는, 무능한
형용사들에게 둘러싸여 있다가
도리깨로 정수리를 얻어맞기라도
하는 날에는, 그것들과 함께
무한천공으로 곤두박질하는 수밖에…
그 밖에는 달리 도리가 없어 보인다

2. 눈물

아내와 나는 함께 앉아 TV를 보면서
가끔 감격하고 가끔은 울기도 한다
그것은 모두 우리 인생의 슬프고
아름다운 이야기들 때문이다
그러나 눈물 흘리는 쪽은 언제나 아내일 뿐
나는 마음과는 달리 눈물 흘릴 수 없다
그런 나를 보고 아내는 삭막한 사람이라 한다
굶주리다 못해 제 새끼를 삼켜버린 후에
뉘우치고 마음 아파해도 울 수 없었던
늙은 악어처럼, 왠지 나도 눈물 흘릴 수 없다

아내의 눈물이 훌쩍거림으로 변할 즈음
나는 슬그머니 일어나 내 방으로 가서
황급히 아무 시집이나 빼들고 아무데나 읽는다
시는 이미 많은 뉘우침과 눈물이기 때문이다

3. 나의 꿈

나는 나를 필요로 하는 곳에 가서
내 손으로 흙벽돌을 쌓고
작은 십자가를 세우리라
십자가로 사람들 속이지 않으리라
십자가로 사람들 겁주지 않으리라
십자가로 사람들 누르지 않으리라
십자가로 사람들 빼앗지 않으리라
십자가로 사람들 상처주지 않으리라
십자가로 내 뜻 세우지 않겠노라
십자가로 오직 예수의 사랑만 전하리라

4. 나의 길

저녁 무렵 담 밑에서
이른 풀벌레 소리 들린다

아직 감나무의 쓰름매미들이
여름을 구가하고 있는데

그대들이 일찍 온 것이냐
내가 때를 잊은 것이냐

그대들은 맡은 일을 하시라
나는 나의 길을 가련다

5. 우주여행

먼 여행에 지치고 추운 겨울 밤
커피숖 화성의 육중한 문을 밀고
안으로 들어서면, 스탠드 의자에는
여러 별에서 온 방랑자들이 죽 앉아 있다
그들은 고된 하루의 여독을 담소로 풀며
그날분의 기쁨과 슬픔, 또는 갈등과 실패를
한 잔의 커피나 칵테일 속에 섞어 마시면서
전장에서 막 돌아온 병사들처럼 짧은 시간에
하루 동안 경험한 일들을 다 말하려고 한다
한두 잔의 술로 얼굴에는 홍조가 뜨고
별로 즐거운 일도 없는 하루였는데도
시간이 흐를수록 분위기는 한껏 고조되고
여행자의 수도 점점 많아진다. 그들은

지구 시간으로 오늘 아침에 명왕성을 떠나

해왕성에 잠시 착륙해서 그 곳 해성토 위에
새로 선 간이식당에서 가벼운 점심을 들고
예기치 못한 인력에 끌려 괘도를 벗어나
천왕성을 빗겨 지나치기도 했으나
토성에 이르러서는 별을 두르고 있는
오색 구름띠 위에 잠시 머물며
신비로운 섬광에 묻힌 금성과
만년설에 덮인 수성의 위용을 보며
흘러간 지구의 노래들을 부르기도 했다
목성에 내리는 유성비流星雨를 보며
해왕성에 두고 온 갑옷과
명왕성에 남겨둔 가족의 안부를 염려하다가
잠시 괘도를 벗어난 친구들도 있었으나
늦은 저녁에는 모두들 화성의 현무암
노둣돌 위에 무사히 착륙해서
이제 안도의 숨을 쉬는 것이다. 그러나

문 밖에는 이방의 도시가 낯선 불빛 속에
번쩍거리고, 가까운 지구에는, 우리의 또
다른 가족들과 항상 조금 모자라거나 약간
지루한 지구의 시간 속에 아직 남아 있는
내일이란 이름의 여정旅程이
우리를 기다리고 있다
나는 또 하나의 여행을 위해
무거운 두 다리를 세우고
오늘과 내일 사이의 완충지대를
힘겹게 걸어 나간다. 어느새 나는
다시, 어제와 꼭 같은 내일 앞에 서 있다

*

　도한호 시인은 경북 경주시에서 출생하여 경주와 목단강성에서 유년시절을 보낸다. 소년시절과 학창시절은 경북 영주시에서 지낸 것으로 알려진다. 한남대학교와 경희대학교 대학원에서 영어영문학을 전공하였다. 이후 침례신학대학교 대학원 및 미국에서 신학을 공부하여 학위를 취득하게 된다.

　그는 1962년부터 시를 정기적으로 발표하며 활동하였고, 1983년 '월간문학' 신인문학상 수상으로 정식 등단하였다. 시집으로는 '외출', '감격시대', '좋은시절'을 출간하였다. 그 외 저서에는 '명작속의 인생관', '잠자는 사자의 콧수염을 건들지 마라', '목회서신', '감격시대'가 있다.

　대전시문화상, 한남문인상 운문 대상 등을 수상하였다. 현재 국제펜클럽대전지부 회장이며, 11 · 12대 침례신학대학교 총장을 역임하였다.

　이제 그가 천직으로 여겨 온 귀한 공직에서 자유로운 시인 도한호로 돌아왔다. 그동안 축적된 경륜과 지혜와 혜안들이 온전히 그의 시를 통해 살아날 터이다. 조용한 음악을 즐기며 좀 더 그윽한 시선으로 사물과 자연을 깊이 관조하며 그 영감들을 아낌없이 시로 승화해 낼 것이다, 그는 이미 그 복된 기쁨을 우리에게 선사하고 있는 바이기도 하다.

1.

 태초에 하느님이 세상을 만드실 때, 땅이 먼저 창조되었다. 카오스의 상태의 땅은 혼돈스러웠고 공허하였다고 한다. 하느님이 말씀으로 그 땅 위에 빛을 더하시니 비로소 보기 좋은 땅이 되었다. 빛이라는 언어로 일구어진 아름다운 땅, 그것이 곧 에덴동산이다. 시인 역시 말로써 세상을 아름답게 물들이고 정화시키는 자로 인식해 볼 때, 그들은 잃어버린 에덴을 복원해 내려는 창조주의 대언자들로 간주할 수도 있지 않을까 싶다.

 도한호 시인에게 언어는 그만의 세상을 일군 도구요, 로고스였음을 보여준다. 신실한 하느님의 종으로, 학자로, 한 가정의 남편과 아버지로 그리고 한 대학을 이끄는 CEO로서 그는 언제나 말에 얹혀 그 말로 은혜와 겸손과 사랑과 진실을 표현하여 온 것이다. 때로 그는 강연과 강의와 그리고 소소한 담소를 통해 그의 지식과 식견과 교양을 나누는 삶을 살아왔다.

 도한호의 시 「언어유희」는 고스란히 그의 내심을 길어 올린다. 수식과 가식을 싫어하는 그의 성내가 담박하게 묻어난다. 인간이 일생을 통해 부려온 말들의 성찬 뒤에 숨은 그들만의 희로애락을 이리도 명쾌히 단두에 올려놓는다. 형용사의 불필요한 수식은 멀리해 둔다. 대명사의 기회주의를 꼬집어 내고, 과장된 부사도 달가워하지 않는다. 감정의 절제를 선호하는 그답게 사이비 감탄사를 불편해 한다.

 시인 도완호의 미소는 더없이 온화하다. 그 유유한 표정 안에 그를 지탱하는 그만의 꼿꼿함을 이 시는 명확히 그려낸다. 시인의 길을 건는 그의 모습이 잘 형상화된 작품이며, 그의 고백서이기도 하다. 그의 반생을 지지해 준 언어의 기능을 반듯이 정렬해 버리고 만다. 여기서 '명사'란 시인 자신의 주체성을 일변함이다. 온전히 주체적이려 해도, 단일자로서는 움직일 수 없는 한계성을 고백한다. 그러나 동사의 도움마저 슬멋 밀어내고 그 스스로 무한 천공으로 곤두박질하는 '명사'의 길을 지킨다.

2.

시인 김현승은 그의 시 「눈물」에서 눈물을 '흠도 티도 금도 가지 않은 나의 전체'로 노래하였다. 이 시는 어린 아들을 가슴에 묻은 아픔이 형상화된 배경을 가지고 있다. 그는 신에게 더 이상 바칠 것이 없는 '나중 지니인 것도 이것 뿐'이라고 고백하였다. 시인 김현승에게 눈물은 꽃이 진 자리에 맺은 열매이다. 그것은 곧 웃음 뒤의 눈물로 연결된다. '꽃과 열매, 웃음과 눈물'이라는 길항으로 도식됨을 알 수 있다. 인생의 고통을 통해 좌절과 원망대신 그리 청진한 마음의 보석을 잉태해 낸 것이다.

도한호 시인의 「눈물」에서 아내는 눈물을 흘리지만 화자인 '나'는 '굶주리다 못해 제 새끼를 삼켜 버린 후에 뉘우치고 마음 아파도 울 수 없었던 늙은 악어'처럼 눈물을 흘리지 못한다. 아내의 눈물이 훌쩍거림으로 변하면 시인은 슬그머니 자신의 방으로 들어가 황급히 아무 시집이나 빼들어 읽는다. '시는 이미 많은 뉘우침과 눈물'이기 때문이다. 눈물 많은 아내는 꽃으로 대변될 수 있고, 열매처럼 단단한 늙은 악어는 시인으로 대치된다.

　김현승 시인의 눈물은 개인적 슬픔에서 출발하여 생명의 영원성을 눈물로 승화한 시이다. 한편 도한호 시인이 노래한 눈물은 이타적이다. 아내와 함께 앉아 TV에 나오는 인생의 아름답고 슬픈 이야기로 인해 야기된 눈물이다. 타자로 인한 아픔 앞에서 시인은 겉으로 울지 않는다. 시집에 실린 모든 시들은 삶의 애환을 어루만져 더욱 영롱한 눈물의 결정이다. 사막의 모래바람을 맞으며 피어난 강인한 선인장 꽃 같은 눈물인 것이다.

　3.

　어느 95세 노인이 들려준 고백을 읽은 적이 있다. 그는 젊었을 때 열심히 일한 결과 실력을 인정받았고 또한 존경을 받은 사람이었다. 그 덕에 65세 때 당당한 은퇴를 할 수 있었다고 한다. 그런 그가 30년이 흘러 95세에 이르러서는 깊은 후회의 눈물을 흘린다는 거였다. 그의 65년의 생애는 자랑스럽고 떳떳했지만, 이 후 30년의 삶이 부끄럽고 후회되는 비통한 날이었다고 한다. 퇴직 후 그는 인생이 이미 저물었다고 생각했고, 남은 생은 덤으로 여기고 고통 없이 죽음을 맞이하기만을 소원했다고 한다. 무려 그런 삶을 30년이나 흘려보낸 95세에 이르러서, 자신의 나이의 3분의 1에 해당되는 기나긴 시간을 그저 죽음만을 바라보며 살았다는 회한을 떨치지 못하였다. 자신이 퇴직할 때

향후 30년을 더 살 수 있다고 생각했다면 정말 그렇게 살지는 않았을 것이라 뉘우쳤다.

그러나 그 지나간 시간보다 더 큰 잘못은 늦었다고 포기하려는 것이었다는 것이다. 정신이 또렷한 이상 앞으로 10년 혹은 20년을 더 살지 모를 일이라는 것이다. 그는 그때부터 어학공부를 시작하겠다고 했다. 그 이유는 단 한가지였다. 105세가 되는 생일날에, 95살에 왜 아무 것도 시작하지 않았는지를 통탄하지 않기 위해서라는 것이었다. 그처럼 그에게는 꿈이 생겼기에 진정한 삶의 주인공으로 자신을 회복할 수 있게 되었다.

우리 나이로 일흔을 훌쩍 넘긴 도한호의 꿈은 무엇일까? 꿈에 대한 토로는 그답게 소박하다. 그는 자신을 필요로 하는 곳에 가겠다고 한다. 그곳에서 자신의 손으로 흙벽돌을 쌓고 작은 십자가를 세우려고 한다. 십자가로는 사람을 속이지 아니하고, 겁주거나 누르거나 빼앗거나 상처주지 않겠노라고 다짐한다. 뿐만 아니다. 자기 뜻을 세우는 게 아니라 예수의 사랑만 세우겠다고 한다. 세른 셋, 한창의 나이에 자신을 아낌없이 내어 준 청년 예수의 뜻을 따르고 그 사랑을 실천하겠다는 것이다.

'꿈'이란 인간에게 주어진 소중한 정신적 동력 중의 하나가 아닐 수 없다. 인간에게 꿈이란 살아가는 이유이자 존재의 기쁨이기 때문이다. 시인 도한호가 지닌 꿈은 실현 불가능한 희망사항이 아니다. 이미 그는 그 꿈을 자신의 내밀한 곳에서부터 실천하고 있는 것으로 보여진다. 그러기에 그는 여전히 유대 땅, 그곳에서 묵묵히 사랑을 실천한 예수의 제자로 남은 생을 올곧게 살아가리라.

4.

누구나 길을 간다. 제 목숨을 부지하기 위해 가는 길도 있고, 제 뜻을 세우려 형형히 걸어가는 자도 있다. 도행지이성(道行之而成)이라는 말이 있다. 걸어가야만 '이루어지는 것이 길이다'라는 뜻으로 풀이된다. 길(道)이란 뜻이요, 곧 그건 걷는다는 행위의 실천이 일어날 때 실현되는 결과이다.

여기 확신에 찬 노시인의 고백이 있다. 자신의 길을 가는데 시절과 때를 초월한 유유자적한 자세로 자신의 길을 천명한다. 우리에게 확신을 주는 것은 확실한 인식이 아니라 선례인 것 같다고 『방법서설』을 통해 데카르트는 주장하였다. 그리고 "좀처럼 발견하기 어려운 진리는 여러 사람에 의해서가 아니라 어떤 한 사람에 의해 발견되는 법이다"라고도 말하였다. 이것은 여러 사람의 동의가 진리의 타당성을 확보해 주는 것이 아니라는 것을 의미함이다. 한 사람의 선례가 주는 확신이 도한호의 시에서 발견되고 있는 것이다.

나이를 초월한 시인의 행보는 서두름 없이 다만 꿋꿋하다. 해거름녘 담 밑에서 이른 풀벌레들의 소리가 시인을 재촉하고 있다. 감나무의 쓰름매미들이 여름을 구가하는데 철 이른 가을 풀벌레들이 담 밑까지 찾아와 소리를 낸 것이다. 아직은 충분히 더 일할 에너지를 가진 쓰름매미처럼, 어쩜 시적화자로 대변되는 시인은 이 사회에서 더 할 일이 남아 있음이 분명하다. 그러나 수문장 교체식을 하듯, 사회적 계약은 일정한 시기를 정해 기성세대를 물러가게 하고 신세대로 하여금 그 자리를 채워지도록 하고 있다. 비록 물리적 시간의 띠에서는 물러

날지라도, 시인 그 자신만의 소명을 향해 당당하게 존재함을 멋지게 보여주고 있다.

5.

인간의 삶은 차이와 낯섦을 마주한다. 이런 면에서 인간의 삶은 여행을 닮아 있다. 여행이란 낯선 곳으로의 이동이다. 진정한 여행은 편안하고 친숙한 곳을 방문하는 것이 아니다. 낯선 타자성에 노출되어 있는 것, 즉 차이를 횡단하는 것을 뜻하는 것이다. 그러면 인간은 왜 여행을 시도하는 것일까. 차이를 가로지르는 것만이 진정으로 자신의 삶을 반성할 수 있는 계기를 만들어 주기 때문이다.

시「우주여행」은 2연 41연의 비교적 긴 시이다. 이 시의 공간적 배경은 화성, 명왕성, 천왕성, 토성, 금성, 수성, 목성, 해왕성을 횡단한다. 이것은 시인이 지닌 의식의 고양은 이제 땅의 경계를 넘어 더 큰 우주에 닿아 있다는 말이 된다. 기독교적 내세를 확고히 믿는 시인은 당연히 이 지구에서의 삶은 순례자의 여정임을 알고 있다. 그러기에 그는 이 지구의 삶, 저 편의 삶을 이리도 순진하고, 동화적 상상력으로 가로질러보는 것일 수도 있다. 너무 거창하지 않고, 위협적이지 않은 또 다른 세계로의 여행을 따뜻한 시선으로 바라 볼 수 있는 것이다.

신비의 세계를 너무 친숙하게 묘사해버린 시인을 통해 소통이라는 공통분모를 확답 받을 수 있다. 차이와 낯섦을 경험하게 되는 여행에서도 결국은 그것을 극복하는 길, 그것은 타자를 이해하고 받아들이는 과정임을 시인은 일깨우고 있다.

지구에서의 삶만이 오늘과 내일이라는 완충지대를 우리에게 안겨 줄 수 있다. 아직 이 땅에서 할 일이 많이 남은 시인이 돌아 온 곳도 지구인 것이다. 물리적 시간 안에 주어진 과업들이 때론 힘겨울지라도 시인의 성실함은 어제와 똑같은 내일 을 마주 하고 다시 걸어갈 채비를 마친 것이다.

시가 품은 시인, 시인이 노래하는 시

김완하 『절정』

평론가 김현은 "문학이란 무엇인가 「현대 한국 문학의 이론/사회와 윤리(김현문학전집 2)」 - p.161"에서 좋은 작품과 나쁜 작품에 대해 언급하였다. 일반적으로 나쁜 작품은 작가나 독자들에게 일시적인 쾌락밖에 허용하지 않는다고 주장하였다. 나쁜 작품이 주는 해악은 삶에 대한 반성을 불가능하도록 작용한다는 것이다. 그것은 일시적으로 그 자신을 방기할 수 있게 할 뿐이라고 일갈하였다. 그러한 시들은 사고의 정당한 진전을 방해하며, 주어진 조건 속에 독자를 맹목적으로 이끌어 들이는 것임을 환기시킨다.

반면 좋은 작품 역시 그것을 읽는 자들의 감정을 세척시키는 것이 아니라 하였다. 그대신 읽는 자들의 정신이 편안해지려는 것을 오히려 자극하고 고문한다고 깨우쳐 준다. 좋은 작품은 정신을 해방시켜 주체를 망각케 하는 것이 아니라, 그 주체의 삶에 대한 태도와 세계 인식을 끊임없이 상기시켜 삶을 반성케 한다는 것이다. 그것은 그의 본래적 자아를 각성시켜 정직하게 세계와 인간을 바라다보게 한다는 의미이다.

나아가 좋은 문학 작품이란 일상적인 삶 속에 개인이 빠지는 것을 허용하지 않는다고 규명한다. 일상적 삶을 이루고 있는 허위와 가식을 잔인하게 벗겨버림으로써 그 가식 속에서 편안하게 살려는 잠든 의식을 잠깨움이 좋은 작품의 덕목이라 정의한다. 그래서 삶과 인간과 세계의 진정한 모습을 다시 생각하도록 하는 것이 좋은 작품이라고 강조하였다.

김현의 문학론을 잠시 되짚어 보자면, 문학의 구성엔 우선 '쾌락'이 내재되어 있다는 것이고, 그 '쾌락'으로 인해 '삶에 대한 반성'이 '불가능'해지면 나쁜 작품이라는 것이다. 결국 좋은 작품 역시 삶에 대한 태도와 세계 인식을 '끊임없'이 상기시키어 '삶을 반성케'하여야 한다는 것이 된다. 나아가 '정직하게 세계와 인간을 바라다보게'할 때 좋은 작품이 된다.

좋은 작품, 좋은 시는 어떻게 탄생될까? 그것은 영웅의 탄생과 유사한 것이 아닐까 싶다. 영웅은 시대가 불러내 듯, 명작 또한 시대의 요구와 그 역할의 합(合)이 일치되어질 때 우리 품으로 안겨 오게 된다. 시(詩)가 시인의 손을 잡아주면, 시인은 시들을 품어 누대(累代)의 삶들을 자극하고 각성시켜 순일한 삶을 이어 나가도록 노래한다. 지금까지의 세설은 시의 은택을 겸허하게 수용하며 시종 진지한 목소리로 시의 혼을 살려내려 하심의 자세로 시집을 상제한 『절정』의 숨결을 짚어 보고자 함이다.

1. 화음(和音)과 화엄(華嚴)의 시학

상월 초등학교 플라타나스에
딱따구리 나무 파던 흔적 남았다
우듬지부터 둥치 따라 내려오다
깊게 파인 구멍 하나 찾았다
나무의 옹이 아래 딱따구리는 둥지를 묻고
수없이 구멍 드나들며 하늘 물어오고
어둠을 길어 냈다
거기 한철 지내던 딱따구리 새끼 쳐 떠났다
딱따구리가 밤마다 둥지 틀 때
허공 속에는 목탁이 울었다
하늘의 별도 그 소리에 귀를 열고
더 또렷이 빛이 났다
딱따구리는 어둠 파내 밤을 뚫고
나무의 가슴 퍼 올리며
끝내 새벽 열어 한 채 집이 되었다
나는 그 안 들여다 볼 수 없어
까치발 들고 나뭇가지 밀어 넣어도
그렇다, 이 구멍은 끝내 닿을 수 없다
몇 날 밤 딱따구리 부리는 파고들어
플라타너스 옹이에 고인 어둠을 찍었다
나무의 멍든 가슴을 채워
허공이 지은 집 한 채
아직도 밤마다 어둠 속에서는
허공의 빗장을 푸는 딱따구리 살아 있다

―「옹이 속의 집」 전문

상월 초등학교는 갑사와 멀지 않은 신원사 가는 길목에 있다. 진달래 피는 봄길에서부터 한 여름의 진푸른 산빛과 가을의 으름 열매까지 향유할 수 있는 진경의 마을이다. 이 시는 계룡산 자락의 상서로운 기운으로 휘감긴 마을에 자리한 공간에서 출발한다. 시는 학교와 나무와 딱따구리라는 어휘를 엮어 한 폭의 그림을 완성해 낸다. 이 그림의 명도는 인생의 철학과 의미를 알맞게 섞어 질리지 않은 서정을 싣고 있다.

학교는 사원과 횡적 의미를 무릎맞춤한다. 교정의 플라타너스는 여린 새순 같은 아이들이 자라 거대한 재목이 되길 염원하는 사회적 은유로 어깨동무한다. 시인은 플라타너스 나무 위의 딱따구리를 시의 화폭(畫幅)에 그렸을 뿐인데 낭창(朗暢)한 아이들의 소리를 듣게 하는 환청까지 더한다. 그림 속의 소리, 시속의 청음(聽音)은 이 시의 아름다움이며 신비로움이다. 들리는 가? 밤마다 둥지를 틀며 쪼아대는 딱따구리의 부리 부딪는 소리를. 그것은 '허공 속의 목탁 울음'이라는 걸. 시인은 청각(聽覺)적 화음(和音)을 이끌어 내며 곡진한 의미의 화음으로 시적 형상화를 꾀한다.

이 시에는 다층적 의미의 집이 내재한다. 형태적으로 가시화된 집은 '옹이 속의 집'과 '상월 초등학교'이다. 집은 집합의 공간이며 동시에 이산의 출발점이기도 하다. 한 세대를 넘어 분가 하고 그리하여 그만의 집을 완성함이 삶의 방정식이다. 참다운 집을 구축하는 과정이 곧 화엄(華嚴)의 여정임을 시는 일깨운다. 한 생명을 보듬기 위해 딱따구리는 수없이 구멍을 드나들며 '하늘을 물'어 오고 '어둠을 길어 내'어야 한다.

시인은 하나의 집, 획일화된 집을 경계한다. 손 뻗쳐 쉽게 얻을 수 있는 집도 거부한다. 그러기에 시인이 완성해 내는 집은 '어둠'을 파내고 '밤'을 뚫고 마침내 '나무'의 가슴 퍼 올리기까지 하여 '끝내' 새벽까지 연 후에야 한 채 집을 완성한다. 철저한 구도자적 심지를 여실히 관철하고 만다.

옹이는 나무의 굳은살이다. 상처이다. 시인은 그 나무의 멍든 가슴을 재운다. 허공은 멍든 가슴 위에 집 한 채 지어 딱따구리 그곳에 깃들게 한다. 그렇다, 허공이 지은 집은 바로 우주 삼라만상의 조화로운 집, 곧 화엄의 세상인 것이다. 화엄 세계에서 가장 귀한 덕목은 생명 존중과 평화의 구현이다. 시집 『절정』은 드난한 삶의 언저리를 넉넉한 꽃빛으로 물들인다.

> 마당 한 구석 작은 염소 한 마리가
> 그 가족의 모든 미래다
> 온전히 기댈 언덕이다
>
> 여인 하나 제 몸보다 더 큰
> 푸성귀를 이고 푸른 들에서
> 유채꽃밭을
> 걸어나온다
>
> 꽃과 꽃 사이 또 하나의 길이 열린다
>
> — 「인도풍 2-길」 전문

이 시에서 화자는 염소와 여인과 유채꽃을 조망한다. 열거된 시어는 여린 생명들이다. 가난한 삶의 일부를 극명히 드러내고 있다. 그러나 이 시는 어둡지 않고, 남루하게 느껴지지 않는다. 작은 염소의 울음이 낭랑히 젖어드는 첫째 연에서 궁기를 거둬들인다. 그 까닭은 화자가 언급한 '미래'와 '언덕'이라는 광휘 때문이다. '작은 염소'엔 희망이 있다. 어미 염소라면 임박하게 팔려가야 할 숙명으로 다가왔을지 모른다. 그러나 작은 염소는 더 자라야 할 잉여의 시간을 안겨주며 가족이 견주어 바라 볼 언덕이 되고 희망을 건 미래로 자리하고 있다.

두 번째 연에서 화자는 인도 여인을 묘사한다. 그녀는 '제 몸보다 더 큰' 푸성귀를 이고 푸른 들에서 걸어온다. 그녀는 거기 있는 유채 꽃밭에서 걸어 나온다. 여기서 푸성귀의 초록빛과 유채의 노란빛은 묘한 하모니를 이루지 않는가? 그리고 노란 유채꽃밭을 휘저어 걸어 나오는 그녀의 발걸음 소리가 들리지 않는가? 오직 작은 염소에 미래를 걸고 있는 가족의 일상을 꾸려줄 푸성귀를 인 그녀의 발걸음 소리는 작은 기쁨의 박자로 들리지 않는가? 여인은 주저앉지 않고 걸어 나왔으리라. 운명에 저어되지 않는 여인의 발걸음 소리를 이 시는 들려준다.

마지막 연에서 열리는 화엄의 세계는 아름답다. 아무 곁가지를 두르지 않은 단순함의 미학은 화엄의 극치이다. 14자로 이루는 삶의 화엄, 꽃과 꽃 사이 또 하나의 길이 열린다.

2. 오디세이아의 여정(旅程)처럼

시는 신화의 다른 이름으로 존재한다. 그것은 시가 인간에게 필요한 이유와 신화가 인간에게 유용한 가치와 상응하는 이유를 지니기 때문이다. 즉 시와 신화는 자연과 인간에 대해 인류가 이해한 것들과 상상한 것들의 모두이다. 이 두 영역은 인간의 욕망과 운명에 대한 인간의 성찰과 사유의 모든 것을 내포한다. 거기엔 인류의 어제와 오늘을 담은 진실이 담겨 있다. 그리고 무엇보다 시와 신화가 선사하는 쾌락과 흥미야말로 인류에게 필요한 자양분이기 때문이다.

고대 그리스의 시인 호메로스는 유럽 문학에서 가장 오래된 서사시 「일리아드(Iliad)」와 「오디세이(Odyssey)」를 인류에게 선사하였다. 그의 서사시는 신화를 텍스트화한 것이다. 일리아가 아킬레우스를 주인공으로 트로이 전쟁의 경과와 그리스군의 승리를 노래한다면, 그 후편에 해당하는 오디세이아는 오디세우스를 주인공으로 그가 트로이를 떠나 귀향하여 가족과 재회하기까지 겪은 온갖 모험의 과정을 그리고 있다. 특히 오디세우스는 호메로스의 표현처럼 신들도 인정하는 '지혜로운 사람'의 대명사가 되면서 지혜로운 자의 '원형'이 됐다. 오디세이아에서 나온 영어 'odyssey'는 훗날 경험이 가득한 긴 여정을 뜻하는 명사가 됐다.

오디세이아는 '오디세우스의 노래'라는 뜻이다. 지혜롭고 현명한 자의 대명사 오디세우스일지라도 그가 무사히 귀향하여 부를 수 있었던 노래 뒤에는 신들의 합의와 인도함이 있었기에 가능하였다. 신들은 회의를 소집해 오디세우스가 귀향할 수 있도록 도움을 주자고 제안하고, 특히 제우스의 딸 지혜의 여신인 아테네의 수호와 안내 없이는 불가능한 일이었다. 그 지난한 귀향을 노래로 남긴 서사시 오디세이아처럼 김완하의 시집 『절정』 역시 귀향과 아울러 삶의 도정을 노래한 시집이다. 또 하나 발견되어지는 공통적 요소에 오디세우스에게 아테네가 있었다면 김완하 시인에겐 고은 시인이 있다는 것이다.

마을로 난 길이 흐려 보이고/ 시를 생각하는 마음 꿈뜰 때면/ 밖으로 나가 가까운 산을 바라보고 섭니다/ 산자락도 이어이어 가/ 큰 산맥에 가 닿으니/ 잠시 그렇게 큰 호흡으로 우러르다/ 돌아서면 가슴에는 밀물져 오는 그리움 가득합니다// 시를 향한 뜨거움 감당할 수 없던/ 젊음과 시대의 격정이 들끓던 날/ 작은 비탈에 넌지시 팔을 뻗는 산맥 하나 있었습니다/ 폭설이 내린 겨울 눈밭을 헤치며 찾아갔습니다/ 흰 눈밭을 배경으로 솟아있던 첫 기억은/ 지워지지 않는 흑백사진으로 남아 있습니다// 마주 앉아 대면하던 순간/ 너 평생 문학 할래?/ 너 평생 문학 할래?/ 너 평생 문학 할래?/ 세 번씩이나 재차 물으시던 뜻/ 돌아오며 산맥을 향해서 스스로에게 묻던 말/ 너 평생 문학할래?/ 긴 메아리로 달려와 작은 비탈 감싸주었습니다// 한 달마다 한 번 씩 여린 풀잎을 품고 가 기대면/ 안경 너머로 깊은 눈빛을 쏘아내며/ 힘주어 격려의 메아리로 울리던/ 너는 되겠다/ 나의 1960년대 폭은 되겠다/ 너처럼 빨리 열리는 경우도 드물다/ 이제 됐다 투고해라/ 축배를 들자 십년을 밀고 나가라/ 그리고 또 십년을 밀고 나아가라/ 끝내 비탈을 사랑으로 들어 올리던 한마디/ 네가 나를 이륙했다/ 메아리, 메아리, 메아리 산맥에서 울려왔습니다/ 시인이 되던 가을에 주신 『나의 파도소리』가/ 아직도 푸른 물결 일구며 힘찬 목소리로 달려오고 있습니다/ 시인 생활을 빌며 1987년 추석/ 부디 노래 속에/ 거짓 없기를 바라네/ 함께 노래하세// 아, 돌아보니 비탈에도 어느새 작은 나무가 자라고/ 나무와 나무 어울려 숲을 이루는 시간/ 이제 산맥은 더 큰 산맥으로 뻗어 가야하는데/ 안성에 새겨진 만인의 삶과 역사 이어야 할 숨결// 산맥이 비탈에게 내려준 심명 心鳴/ 마음으로 울어라/마음으로 울어라/마음으로 울어라/ 산맥의 메아리는 언제나 세 번 씩 새겨야 하겠지요/ 마음으로 울어야 마음을 울릴 수 있겠지요// 마을로 난 길이 보이고/ 시를 생각하는 마음 꿈뜰 때마다/ 밖으로 나가 차령산맥을 향해 서 있겠습니다/ 작은 비탈에도 나무가 자라고 푸른 숲이 열리면/ 큰 산맥에 가 닿으리니/ 언제라도 깊이 울리는 산맥의 메아리/ 돌아서면

가슴에는 밀물져 오는 그리움 가득합니다
　　　　　　　－「산맥에 기대어-고은 선생님께」 전문

　시인에게 귀향이란 언제나 시 본연에 대한 자세와 마음 다잡기의
연속이다. 김완하 시인은 1987년 문학사상 신인상에 당선되어 어언 삼
십여 성상의 시력을 쌓고 있다. 지금이 그의 시력의 '절정'은 아닐까.
그러나 지혜로운 시인은 절정의 꼭지점을 반환하고 더욱 마음을 낮춰
진정한 시인으로 거듭나길 희구한다. 그는 시 스승과의 만남과 인연
을 늘 가슴에 품고 산맥처럼 딛고 오르고 경애한다. 진정성은 마음을
꿰뚫어 발 내밀 새로운 용기와 희망의 손길을 내어 주는 법이다. 김완
하의 시집에 빠짐없이 내리 꽂히는 상징성 중의 하나는 '눈발'이다. 그
눈발의 의미망은 이미 그의 스승 고은과의 만남에서 시작되어 면면히
반추되고 있다. 눈발은 시리다. 가슴을 서늘케 한다. 그리고 녹는다.
녹아 형체가 사라질지언정 그 감촉의 기억마저 사라지는 것은 아니
다. 그러기에 더욱 가슴에 인화(印畵)되기 마련이다.

　첫 번째 시집도 아니고 다섯 번째의 시집에 이르러서 완하 시인은
재삼 마음을 다잡는다. 그는 멀리 내다보고 우직하게 걸어갈 준비를
마쳤기 때문이다. 유럽 문학의 기저를 호메로스가 마련해 주었다면
극동지역과 아시아 문학의 원형은 무엇일까? 분명 우리에게도 중원의
시경(詩經)이 있다. 그것은 호메로스의 서사시보다 약간 앞선 시기에
탄생된 것이다. 시경 역시 우리 문학사에 커다란 영향력을 끼친 건 사
실이다. 그러나 이제 우리도 우리만의 '오디세우스'가 필요한 시기를
맞은 건 아닐까? 이런 염원은 고은과 완하대(代)에서 성취될 수도 있
고, 혹은 그들 후학들을 통해 획득될 수도 있을 터이다. 분명한 건 우

리만의 유려한 시원(詩原)을 향해 정진하여야 하고, 우리만의 '오디세이아와 시경'이 탄생되어야 한다는 것이다. 이런 연유가 시와 신화는 연리지인 것이다.

> 동백꽃 필 때면
> 바다 속에서도
> 온몸으로 우는 돌이 있다
>
> 제 가슴 한쪽에
> 더 큰 바다를 재워놓고
> 파도 속으로 날을 세우는
>
> 돌꽃
>
> — 「독살」 전문

독살은 전통방식의 고기잡이다. 충청도 서산 지방의 전통 어업 방식으로 지금껏 그 명맥을 이어온다. 밀물 때 들어온 고기가 돌담에 갇혀 썰물에 빠져나가지 못하면 뜰망으로 떠서 잡는 방식이다. 여기서의 '독'은 돌의 다른 발음이며, '살'은 잡이의 다른 표기로 볼 수 있다. 소리와 의미, 모두 아름다울 수 없는 시어를 시인은 끝내 꽃이라 명명한다. 이 시는 시인의 시 쓰기 방식을 대변하고 있다. 시인은 전통 시적 서정의 끈을 놓은 적이 없다. 그의 시어는 해살거리는 가벼움 없이 대부분 묵직한 질감을 쌓아 올린다. 그러나 그는 다감한 마음 밭을 지닌 시인이다. 보이지 않는 이면을 들여 다 볼 줄 알고, 온 몸으로 눈물을 떨굴 줄 안다. 그러나 더 큰 현상에 눈 뜰 줄 아는 시인이기에 그의

『절정』은 새로운 항해를 준비하는지도 모른다.

　김완하의 시에 이미지되는 꽃들은 선명하다. 동백을 어여삐 여긴다. 김훈이 『자전거 여행』에서 언급한 "돌산도 향일암 앞바다의 동백 숲은 바닷바람에수런거린다. 동백꽃은 해안선을 가득 매우고도 군집으로서의 현란한 힘을 이루지 않는다. 동백은 한 송이의 개별자로서 제각기 피어나고 제각기 떨어진다. 동백은 떨어져 죽을 때 주접스러운 꼴을 보이지 않는다. 절정에 도달한 그 꽃은 ,마치 백제가 무너지듯이, 절정에서 문득 추락해 버린다. 눈물처럼 후드득 떨어져 버린다." 라고 말한 절대 명문과 닮아 있다. 아름다운 미문의 향기가 그의 시속에서 환생되어 시향을 날린다.

자연 생태적 둥지를 지키고픈
시인의 보고서 :
오정국의 다섯 편의 시

한반도의 역사를 되짚어 볼 때, 이보다 더 풍요로운 때가 있었을까. 경제성장과 인권회복, 사회적 정서 성장까지, 현 동시대적 풍요는 끊임없는 정상을 향한 도전의 결과물이다. 물론 미완의 여지는 도처에 산재해 있지만, 절대 빈곤의 시대는 사라지고 다만 상대빈곤에 의한 명암만이 남아 있는 상태라고 말 할 수 있다. 그러나 과연 우리는 작금의 풍요와 발전에 만족하며 행복한 삶 속에 놓여 있는 것일까. 배고픔의 해결과 사회적 성숙에도 불구하고 우리 삶의 언저리에는 자연의 신음소리가 날로 커지고 있다. 뭇 필부들에겐 들리지 않는 우리 산하의 아픈 절규들이 시인의 오감을 통해 생생히 채록되어 있다.

그간 자연에 대한 생명사상을 시인들은 지속적으로 탐구하며 선도해 왔다. 시인들이야 말로 생명사상의 선각자로서 자연과 인간, 나아가 존재론적 공존의 문제를 가슴으로 전달하는 매개자이다. 그들은 시로써 자연환경을 말해주는 반딧불이 역할을 담당하고 있는 자들이기 때문이다.

본질적으로 시인들은 생태학자들이다. 인간과 자연, 우주에 대한 예언과 통찰이 그들로 인해 언표화되어 시대와 사상을 뛰어넘어 인간을 선도해온 자들이 시인인 까닭이다. 생태학은 희랍어의 '집',또는 '살기 위한 공간'을 의미하는 'Oikos'라는 단어에서 유래하였다. 우리가 시를 통해 삶의 활력과 의미를 되새김질하는 것을 상기할 때, 시인이야말로 우리들의 정신적인 집, 혹은 '살아가기 위한 쉼터'로서의 '집'의 역할을 담당해 주는 자들이라고 부를 수 있다.

생태주의의 발단이 된 '생태학(Okologie)'이라는 용어가 처음으로 사용된 것은 1866년에 독일의 동물학자인 에른스트 헤켈(Haekel,Ernest)에 의해서였다. 다윈의 이론을 기점으로, 초기의 생태학은 "동식물의 성장 분포를 조사하기 위한 현장답사와 채집, 비교 관찰 및 통계 등의 실증적 방법"에 주로 치우침으로써 오랫동안 생물학에서도 변두리에 자리하는 순수 자연과학으로 머물러 있었다.

그러하던 생태주의는 2차 세계대전 이후, 특히 1960년대 산업화 이후 거대한 발전을 보였다. '생태학(ecology)'이 복합적이고 학제적인 학문 분야로 이해되면서 사상의 조류가 된 것이다. 거의 모든 인문사회학 분야에서 생태와 관련된 분과학문이 생겨났으며, 생태학 자체의 범위도 전 사회과학 영역으로 확대되어, 생태주의는 더 이상 생물학의 일부에 한정되지 않고 자연과학 영역을 훨씬 넘어서 인문, 사회과학적인 생태학으로의 변화를 대표하는 분야가 되었다.

이제는 그보다 진전된 새로운 사상 운동이 표방되고 있는데, 그것이 '심층 생태주의'이다. 심층생태주의(DeepEcology)는 1973년 노르웨이의 철학자인 아르네 네스(Arne Naess)가 표방한 사상이다. 그는 스피노자(Spinoza)와 간디(Gandhi), 그리고 동양 사상의 영향을 받아, 자연관의 근본적인 전환을 요구하는 이론적 및 실천적 지향을 꾀하였다.

우리 시단에도 본격적 생태시에 대한 논의는 정현종과 김지하, 김욱동, 그리고 생태 인문학자 김종철에 의해 심도 있게 거론되어 왔다. 최근에는 한 발 더 나아가 생태학적 국면에만 머무는 게 아니라 그 치유와 대안과 문제점에 대한 '심층 생태주의'에 대한 관심으로까지 증폭되어 왔다. '심층 생태주의' 이전의 환경적 생태문화를 표층적으로 다루었다면 이즈음의 시각은 더 깊은 생태문제에 대한 천착이 엿보이는 단계에 이르게 되었다.

오정국 시인 역시 다섯 편의 시들을 통해 현재 진행형의 생태파괴, 자연 파괴의 현장에 대한 참괴함을 싣고 있다. 이번 특집으로 묶이는 다섯 편의 시들에서, 시인은 단순한 생태파괴 보고에 머물지 않고, 치유와 해결의 대안을 겸한 일련의 연작시로 묶어 볼 수 있는 시이다.

1. 저수지라고 부르기엔

못의 늑골이 땅바닥으로 가라앉아 있었다
남몰래 꺼내보는 손거울처럼
수줍게 얼굴 가리고 숨어 있는
회촌못*, 무너진 얼음장이
창날마냥 공중으로 솟아 있고, 그 아래쪽으로

주둥이를 들이민 배수관들, 진흙바닥의 물기를
쥐어짜듯 훑었다

갑각류의 등허리처럼 패인 물골들

저수지라고 부르기엔 너무 작고 예뻐서
이태 전 내가 밤낚시를 했던
곳, 잔물결 토닥이던 붕어의 씨가 마르고
굴삭기 두엇 딴전 피우듯
눈 덮인 방죽에 이마 기댄 채 얼어붙었다
그해 여름 가뭄으로 물길 끊기자
못은 누더기를 걸쳐 입고
저의 부끄러운 아랫도리를 숨기곤 했는데,

거기에다 쇠파이프를 틀어박은
배수관들, 펌프질의 목덜미를 흔들어댈수록
물골은 진흙바닥을 더 깊이 후벼팠다 이미 끊어진
제 어미의 탯줄을 더듬듯
물어뜯듯

* 회촌못 : 강원도 원주시 흥업면 매지리의 못 이름.

강원도는 대한민국에서 자리한 청정지역 중 으뜸인 곳이다. 그곳
'회촌 못'이 시인의 가슴을 후벼 파고 있다. 남몰래 꺼내보는 손거울
같던 그곳이 흉물스레 변해 버렸기 때문이다. 수줍은 처녀지 같던 곳
이, 너무 작고 어여쁘던 곳이, 잔물결 토닥이던 곳이, 붕어가 씨 마르
고 부끄러운 아랫도리를 숨길 수조차 없게 되었다. 못의 늑골이 땅바
닥으로 가라앉아 버렸고, 물골들은 갑각류의 등허리처럼 패여 버렸

다. 주둥이를 들이민 배수관들이, 쇠파이프를 틀어박은 배수관들이, 목덜미를 흔들어 대는 펌프질이 물골의 진흙바닥을 더 깊이 후벼팠다. 자연생태적 못은 그렇게 소실되고 말았다. 그 자리에 들어선 저수지, 시인의 손거울 같던 물골 '회촌못'이던 그곳을 시인은 선뜻 저수지라 부를 수 없다. 소박한 어여쁨을 잃어버린, 자연스러움을 상실한, 생태적 특성을 고려하지 않은 무분별한 개발독재에 시인의 안타까움이 더해진 시이다.

2. 소나무 일가(一家)

산중턱 공사장에서 철거당한 이주민들
전망 좋은 언덕의 연립주택을 이루었으나

황달 뜬 얼굴로 침 맞고 있다
볼품없이 덜렁거리는 옆구리의 비닐 팩들

등 뒤로 무너져간 갈림길이 많았겠다
쥐도 새도 모르게 사라지고 싶었던

일평생 징역살이를 익히 보아왔지만
이런 연좌제는 처음 보았다 분노와 서러움의
밧줄들이 팽팽하다 비전향무기수처럼

비바람에 몸을 던지는 소나무들
헐렁해지는 밧줄들

이윽고
군데군데 밑둥치가 잘려나가고
나이테가 남게 됐다 드난살이 몸부림의
흔적처럼

몸 밖으로 빠져나가지 못한 회오리처럼
산중턱 흙구덩이 쪽으로 휘어지다가 쓰러진
B8, B10, B11이란 이름의
사슬들

이 시의 스토리텔링은 좀 애매하다. 하나의 줄거리를 조각맞춤 해 보자면, 언덕 위에 새로 지은 연립주택이 있다. 그 집의 조경을 위해 소나무 몇 그루가 심겨져 있다. 옮겨 온지 얼마 안 된 증표로 소나무는 '황달뜬 얼굴'에다가 '침'까지 맞고 있는 형국이다. 즉 누렇게 잎이 뜨는 걸 막기 위해 영양 수액을 꼽아 놓는 것을 묘사하고 있다. 소나무가 뿌리를 잘 내리도록 비닐주머니에 물을 넣어 나무에 매달아도 놓았다. 소나무는 쓰러지지 않도록 밧줄로 동여진 상태다. 그러한 정성에도 불구하고 소나무는 비바람에 쓰러져 이윽고 밑둥치가 잘리고 나이테만 남기고 만다. 소나무에 깃들여 있던 회오리바람이 미처 몸밖으로 빠져 나가지 못한 것처럼, 산중턱 흙구덩이 속으로 휘어져 쓰러져 B8, B10, B11이란 이름의 암호같은 사슬들만 남긴다.

소나무, 산중 맑은 바람과 뭇 새들의 안식처를 제공하던 소나무들이 수난을 당한다. 요즘 도심 공원 곳곳에 이식된 오랜 연륜의 소나무들이 많이 있다. 인간에 의해, 제 고향 산중턱에서 옮겨져, 매연 속에 세워져 있다. 그나마 도심 공원으로 이식된 소나무는 행운목에 속한다. 시인의 렌즈에 포착된 현장은 소나무 벌채의 아픔이다. 도란도란 누대에 걸쳐 뿌리 섞어 살아오던 소나무 일가를 해체시키는 분열의 현장이 참담하다. 생이별의 현장이다. 거부권을 행사할 수 없는 소나무의 비애를 시인은 분노하고 서러워한다. 신성하던 나무들에 붙여진 인위적 이름들, B8, B10, B11, 그건 사슬이었다. 족적부에도 오르지 못하는 사슬들의 명명들이었다. 그러기에 소나무는 나이테를 남기고 있는 것이다.

3. 블랙아이스

눈 덮인 벌판과 도로 사이에 검은 띠가 있다

내 발목을 잡더니, 얼굴에 먹칠을 하는
블랙아이스, 오늘도 치명적인
블랙아이스, 침묵의 총구를 겨누고 있는

블랙아이스, 꼬챙이로 똥꼬를 후비는 한 줄의 시(詩)라면
좋겠는데, 너의 심장을 나누어 가져서
너의 아름다운 발목으로
태어나고 싶은데

블랙아이스,
시(詩)의 언어가 가파르게 떨리는
점집의 대나무 따위는 아랑곳하지 않는다

차바퀴가 밟고 간 거기에 블랙홀이 있다 타이어 조각과
배기가스와 염화칼슘이 빨려 들어간
맨홀 같은 곳

터널 너머에 블랙아이스가 있다

내비게이션에는 잡히지 않는
나도 모르는 내 얼굴의
블랙아이스, 멀리도 아니고 깊지도 않게
도로 위의 암살자는 침묵하고

어디 하나 헛딛는 데 없는 햇빛의
스토킹, 그 발끝에 매달린
블랙아이스, 차바퀴가 지날 때마다
황홀하게 몸을 떠는

블랙아이스,
도로 위의 흙덩어리마냥
허기진 죽음의 목구멍을 벌리고 서 있다

　현대는 신(新)유목민시대라 일컫는다. 자동차라는 물리적 도구로
인해 인간은 끊임없이 움직이고 떠돈다. 구(舊) 유목민시대에는 제 발
로 걷는 이동이기에 속도는 느렸을 지라도 목가적 삶의 현장이었다.
그들의 행로는 초원이었으며 자연속의 행보였다. 신(新)유목민시대
의 초원은 도로이다. 인간에 의해, 인간을 위한 잘 포장된 도로에 결
빙이 생겼다. 블랙아이스다. 구 유목민시대의 대척점이 자연대 인간
이었다면, 신 유목시대의 대척점은 인간대 인간이 되어 버렸다. 우리

는 인간에 의해 만들어진 재앙에 마주한 셈이다. 자동차가 그렇고, 도로가 그렇고, 그 도로 위에 생겨나는 결빙이 화를 안겨 주고 있다. 이 모든 게 자연을 파괴하고 인간 편리 위주의 삶으로 인해 봉착된 문제점들이다.

시인 오정국은 현대 문명의 집합체 중 하나인 자동차와 그 도로 위의 문제점을 짚어 내며 현대적 삶의 위험 요소를 끄집어낸다. 화자는 '검은 띠, 침묵의 총구, 블랙홀, 맨홀, 도로 위의 암살자, 허기진 죽음의 목구멍'이라는 시어를 통해 일상화된 자동차 문화의 홍수 속에 복병으로 있는 문명의 어두운 면을 부각시키고 있다. 블랙아이스는 '시의 언어가 가파르게 떨리는 점집의 대나무 따위는 아랑곳 하지 않는다'라며 일상적인 운명론까지 조롱한다. 신유목의 도구는 구유목 시대의 운명론 따위는 차라리 시적 떨림이라는 것이다. 그것은 질주의 본능을 부추겨 인간을 죽음의 목구멍으로 달리게끔 하고 있음을 말한다. 신유목민의 재해는 자발적 위함임을 시인은 경고한다.

4. 작고 야무진 발꿈치를

작고 야무진 발걸음의 여자가 산허리의 눈밭을 걸어갔다 이대로의 생을 못 견디겠다는 듯 낭떠러지 곁으로, 그러더니 산기슭 쪽으로 휘어지곤 하였다 그 얼굴이 못 견디게 궁금하였다

단 한번 엇갈려서 천지사방 흩어지는 발자국처럼 불현듯이 사무치는 누런 얼굴들, 어머니와 누이를 용서하고자 했지만 오그라진 마

음 하나 패대기치지 못했다 작고 암팡진 발꿈치를 뒤쫓아도 눈길은
더디고

천지사방에 햇빛 내려도 내가 받는 건 몸 하나 부피 정도, 공중으
로 손바닥을 쳐들 때마다 송전탑을 울리는 칼바람소리, 치악산은 털
뽑히는 짐승처럼 옆구리를 떨었다

봉두난발의 산 계곡, 거기에 그 무엇이 파묻혀 있다고, 가파르게
야멸친 벼랑길을 더듬어 제설차 왱왱거리는 국도로 내려섰을 때,

로드 킬의 얼룩들이 연탄재에 뒤섞이고, 내 생의 구린 입 냄새를
맡듯 마스크로 얼굴 가린 채 독거(獨居)의 얼터진 물그릇 곁으로
되돌아왔다

시인은 공간이 주는 무질서한 행태를, 즉 파괴와 죽음의 문제들을
치유할 대안의 실마리를 궁리한다. 그것은 거대한 담론이나 구호가
아닌 '작고 야무진 발꿈치'이다. 강한 도구적이며 물리적인 것이 아닌,
연약한 여성성의 힘이 자연적 질서를 회복하는 하나의 발걸음임을 슬
며시 암시한다. 가장 약하고 힘없는 약자이기에 '이대로의 생을 못 견
디겠다는 듯' 낭떠러지로 가더니 '산 기슭으로 휘어진' 것이다. 그것은
전복이다. 긍정의 회생을 위한 회향이다. 시적 화자는 '어머니와 누이
를 용서하지' 못 한 채, '다만 작고 암팡진 발꿈치'를 더딘 걸음으로 뒤
쫓는다. 그리고 깨닫는다. 천지사방에 햇볕이 내려도 까 개인이 받는
건 제 몸 하나의 부피라는 걸 체득한다. 이 대목은 모든 욕심을 덜어
내라는 시인의 잠언이다. '어머니와 누이'의 환영을 산 계곡에 묻은 채
화자는 연탄재 얼룩진 국도로 내려온다. 자연의 숲에서 일상의 국도

로 하산한 화자는 '생의 구린내 나는 입 냄새를 맡듯 마스크로 얼굴을 가린 채 독거의 얼어 터진 물그릇 곁으로 되돌아' 왔다. 이제 화자는 어머니와 누이를 용서 못한 자신의 생이 얼마나 구린내 나는 것인지를 깨달은 것이다. 화자는 '얼어터진 물그릇'이 해동할 시간을 기다린다. 그 시점은 어머니와 누이를 용서하는 시간이다. 생명의 모태인 물이 해빙될 때, 여성성의 회복이 이루어질 때, 치악산은 여전히 짐승 같은 원시성을 간직한 채, 자연적 질서들이 우리 곁을 지켜 주리라 믿는 것이다. 평화의 공존은 '작고 야무진 발꿈치'에서 이루어짐이다.

5. 철길이라고 이름의 오늘 하루는

할 말이 없을 땐 체머리를 흔들고 할 말이 많아도 체머리를 흔들
듯이, 그렇게 술잔들을 내밀어 올 때, 어느 잔에 부딪혀야 할지 머뭇
거리는 막막함, 발을 뻗어도 바닥에 닿지 않는 이 지상의 수심(水深)
같은 것이다

전봇대라고 불러보는 오늘 하루의
공중으로 흩어지는 새떼들

철길이라고 불러보는 오늘 하루의
손가락 사이로 흘러내리는 모래들

목욕탕이라고 불러보는 오늘 하루의
모래시계를 빠져나가는

빛의 알갱이들

뱃전에서 풀리는 낡고 험한 밧줄의 오늘 하루는 댐에 갇혀도 노
래하는 강물, 쇠사슬을 끌면서 기도하는 사람, 그런 빛의 매듭이었
으면 좋겠다 팔을 흔들지 않아도 물푸레나무 가지를 지나고, 팔다리
를 내뻗지 않아도 물풀처럼 물에 떠서 너에게로 흘러가는, 그런

현존의 시간은 해결의 시점이다. 막막할지라도 오늘이 있기에 소통
이 가능하다. 시인은 오늘 하루를 전봇대라고 부른다. 거기 그렇게 있
을지라도 공중으로 흩어지는 새떼들을 품어주는 공간이 되기 때문이
다. 시인은 또 오늘을 철길이라고 명명한다. 철길은 역동적 상징물이
다. 떠남과 귀향의 쌍곡점이다. 역사의 순례를 상징함이다. 그 오늘 하
루의 손가락에는 모래가 흘러내린다. 단단한 쇳덩어리와 손가락 사이
로 흘러내리는 모래, 그것은 지울 수 없는 혹은 고정된 역사 사이의 개
인적 일상들의 비유이다. 시인이 지명한 또 하나의 하루는 '목욕탕'이
다. 시인의 하루인 목욕탕에는 '모래 시계를 빠져 나가는 빛의 알갱이'
들이 있다. 때를 닦아내는 정화의 공간인 목욕탕에서 왜, '빛의 알갱
이'들은 소멸되고 있는 것일까. 그것은 모래시계에서 빠져 나가는 빛
이기 때문이다. 시인의 의도는 시간성이며 유한성이다. 시간 안에 갇
힌 하루, 그 시간을 살아 내는 인간과 환경, 그것의 공존을 시인은 마
지막 연에서 풀어 놓는다.

인간이 만든 인공적 댐에 갇혀도, 비록 쇠사슬을 끌지라도 여전히
기도하는 사람이 있는 한, 물푸레나무와 물풀처럼 떠서 너에게로 흘
러가는 오늘을 살고픈 시인의 염원이다. 그의 희구는 '노래하는 강
물, 물푸레나무, 물풀'의 이미지가 매듭지어주 듯이 자연 속의 삶, 자

연과 공존하는 오늘 하루이다. 그것은 물이 지향하는 생명성, 생태적 복원이다. 시인이 내세우는 화해의 코드는 사뭇 여리고 싱그럽다. 그리고 경건하다. 물푸레나무와 물풀이 지닌 음가는 진한 모성적 음운 현상을 야기한다. 늘 기도하는 어머니만큼 경건한 이미지가 또 어디 있을까.

4대강 논란으로 어느 때보다도 생태환경에 관심이 모아지는 때, 오정국 시인의 다섯 편의 시가 여름 특집으로 꾸며지는 게 사뭇 반갑다. 시인의 적나라한 생태 고발적 시들이 언어의 빛으로 확산되어 더욱 밝고 아름다운 강산의 회복의 기운으로 스미길 희망한다.

시간을 채색한 자화상

최서림의 시 5편에서

아우구스티누스의 『고백록』은 일종의 자서전이다. 오랜 방황의 흔적을 참회하는 그의 고백은 다름 아닌 자신의 이야기이다. 자서전이라 명명할 수 있는 개인의 이야기들은 시간에 대한 성찰이 담겨 있다. 시간 속에서 삶의 모습들이 어떤 의미를 지니는지, 참다운 인간의 모습이 어떠한 지를 의미화하고 있다.

우리들의 고귀하고 아름다운 성 아우구스티누스는 시간에 대하여 다음과 같이 반문하였다. "만일 시간에 대해 누가 내게 묻지 않았다면 나는 시간이 무엇인지 알 수 있었다. 그러나 누군가 내게 물어오자 나는 설명할 시간에 대해 알 수 없게 되었다." 그것은 단지 시간에 대한 고백만이 아니다. 그 자신이 누구인지를 설명하는 것에 대한 답변이기도 한 것이다. 일종의 당위(当為)인 시간, 즉 그 자신에 대해 질문한다는 것은 불편한 심기를 끄집어내는 것과 같기 때문이다.

현재의 시간 사이에서 발생하는 것들에 대해 표현해 내는 것은 동식물 공통의 특성이다. 단지 인간만이 과거의 퇴적물들을 기억해내고 타인에게 설명하려는 의지를 표명한다. 때로 너무 많은 기억의 편린들로 인해, 언어로 자신을 설명할 수 없을 때, 우리는 그림으로 대체하여 표현하는 방법을 택하게 된다. 시간에 따라 변하여 가는 형체를 담아 낼 수 있는 방법 중의 하나인 그림그리기를 통해 인간은 자신을 설명한다. 인간에게 시간의 흔적으로 변화된 모습은 자신의 궤적이요, 고통이고 환희인 까닭이다.

1. 액자화한 자화상

눈알이 쾡, 하게 말라 들어간 북어대가리 닮은 날들이다 우울뿐인 겨울날들이다 헐벗은 그의 영혼처럼 메마른 땅에다 엉성하게 삐뚜름히 꽂혀있는 나무들, 하관이 빠져버려 생이 빈약한 얼굴이다 그림 한 장 못 팔아먹고 오랜 고생으로 겉늙어버린 얼굴이다 세상을 외면하듯, 구겨진 잿빛 모자를 눌러쓰고 있다 세상을 찌를 듯, 잿빛 턱수염이 바늘 모양 뻗쳐있다 까칠까칠한 내면에 닿을 만큼 깊게 패인 주름살, 싸구려 의치로 벌써 노인이 되어버렸다 까마귀가 들판에다 게워내는 잿빛, 몸 안에서 마지막 타다 남은 재의 빛들을 끌어 모아 노랗게 격발시키는 눈빛이다 소라게처럼 집을 짓고 들어앉은, 여기저기 뚝, 뚝, 끊어진 의식의 실타래이다

— 「고흐처럼」 전문

네델란드 출신의 화가 고흐. 당시 미술계의 성지 파리에 입성한 가난한 그는 모델을 구할 수 없어 자신의 얼굴을 무려 36점이나 그렸다. 그 수많은 자화상 중 하나가 시인 최서림의 시로 부활하여 차가운 겨울 한기를 에워싸고 묵묵히 눈빛으로 말을 건네 온다.

자화상에는 보여지는 외면과 보이지 않는 내면의 수많은 응결들이 담겨 있다. 그것은 시간의 흔적이며, 삶의 자취를 담아내는 셀 수 없는 붓놀림으로 채워져 있다. 생전 수많은 자화상을 남긴 고흐는 시인 최서림에게 시적 공감으로 액자화되어 있다. 시인이 고흐에게 건넨 말은 '쾡한 눈알과 북어대가리의 날들'이다. 너른 바다에 싱싱한 물체로 건져진 명태들이 그 물기를 바람에 날리고 날려 말라 들어간 북어로 탈바꿈하기까지의 시간의 거리에 대한 공감이다. 비록 눈알이 말라들어 갔지만 머리를 유지하고 있는, 즉 존재의 형태를 환기시키는 모습으로 되살아 난 것이다. 박제된 시간을 걸어 나와 다시금 시인의 자화상으로 그려진다.

우울뿐인 겨울은 그 우울로 인해 생명을 키워 내는 계절이다. 어머니의 자궁은 어디 밝은 광명의 공간이던가. 생명의 빛은 어둡고 검은 빛으로 존재한다. 모든 걸 포용하는 겨울 빛, 그 차가운 대지에서 무릇 생명은 발아되고 엉성하게 메마른 땅에 삐뚜름히 꽂혀있는 나무들을 보듬는 건 우울뿐인 겨울인 것이다. 화가 고흐의 삶이 빈약하여 생전 그림 한 장 팔지 못하였어도, 오늘 우리는 그의 그림을 통해 예술의 한 단면과 위대함을 수용하고 있다. 재화와 생산의 논리 앞에서 예술의 무력함은 화가 고흐의 삶을 부박하게 채색하였을지라도 그의 격발된 눈빛은 여전히 살아 화폭을 지켜내고 있음을 확인하는 것이다.

시를 생산해내는 시인에게도 작품의 매매는 일종의 삶을 영위하기 위한 수단이기도 하다. 그러나 오늘날 시를 팔아 삶을 꾸려 나갈 수 있는 시인이 몇 명이나 될까. 고흐의 그림이 당대의 그를 지켜 주지 못했을지라도 후대의 그의 그림들은 수많은 영감과 진실로 또다른 예술적 순환으로 공감되고 있듯, 참담게 시를 지으려는 시인의 몸부림에 대해 고흐의 자화상은 무언의 위로로 현현되었음을 시사한다. 초라한 자존심인 잿빛 턱수염조차 고흐 자화상의 소재가 되었듯, 시인 가슴에는 그의 까칠하게 패인 역경의 주름들이 더 깊게 응축되어 시적 영감으로 자리할 것이다. 비록 여기저기 툭 툭 끊겨 버리는 의식의 실타래 일지라도 그건 예술가들에겐 전혀 문제되지 않는 삶의 상처들로, 그 상처가 더 질긴 실타래가 되어 한편의 걸작을 탄생시킬 것이기 때문이다.

창작이란 일종의 정신질환이다. 일상의 범주를 넘어선 경계에서 얻어지는 결과물이 예술로 승화되는 것이기 때문이다. 스스로의 귀를 잘라내어 붕대를 감은 채로 거울 바라보며 그려낸 고흐의 자화상, 그 자화상에 비친 시적 영감으로 자신의 내면을 바라보는 시인의 의식이 '툭' 끊긴 실타래 하나를 연결하고 있다.

그의 그림은 빛과 어둠으로 짜여 있다
화폭의 중심부까지 밀고 들어오는 어둠,
어둠의 심장부에서 한 줄기 빛이 새어 나온다
어둠 속에서 삼손도 데릴라도 술잔도 식탁도 고양이도
순순히 걸어 나와 빛 가운데 자리 잡는다
빛과 어둠의 경계, 그 어름에서
삼손도 데릴라도 술잔도 식탁도 고양이도
세월과 뒤엉켜 강파르게 뒹군다
빛 가운데로 들어온 모든 존재들은
고된 자기 역을 마치고 나면
다시 어둠 속으로 쥐꼬리 모양 퇴장한다
어둠은 사라지는 곳이 아니라 쉬는 곳이다
빛을 감싸고 있는 그의 어둠은

자궁 속처럼 물렁물렁하고 영양이 풍부하다
젖줄기를 닮은 그의 부드러운 빛은
무대에서처럼 캄캄한 하늘
위로부터 내려와 어둠 속으로 스며든다
　　　　　　　　　　　－「렘브란트의 어둠」 전문

　인생의 명암을 가장 극명하게 색체로 표현한 화가라면 당연 렘브란트이다. 67점의 자화상을 남긴 화가로도 유명한 렘브란트는 빛의 심리학을 극대화한 화가로도 꼽힌다. 화폭 위에서의 명암뿐만 아니라, 삶의 빛과 어둠을 고스란히 세례 받은 주인공인 렘브란트의 작품 앞에서 시인은 시적 명암을 걸어 내고 자신이 그 화폭 안으로 걸어 들어가고 있다.

　삶을 채색하는 빛은 다양하다. 그러나 그 근원적 채도는 빛과 어둠의 종결임에 틀림없다. 그것은 인생의 출발이며 최종이기도 한 채도이다. 인생의 희비, 빈부, 희망과 좌절을 온 몸으로 감당해낸 화가의 그림엔 삶의 진실과 허무가 고스란히 투영되어 있다. 렘브란트는 성서에 등장하는 인물들을 모델로 삼아 작품을 남긴 것으로도 유명하다. 삼손과 데릴라, 술잔과 식탁, 그리고 고양이의 등장은 부자연의 극치이다. 그러나 그 모든 소재들은 그가 원하면 순순히 그의 화폭 안으로 걸어와 한 조명 아래 부복하고 만다.

　최서림의 시에는 렘브란트도 삼손도 술잔과 식탁, 그리고 고양이도 그의 시어에 주문이 걸려 등장한다. 빛의 명암을 채색한 이가 렘브란트라면, 그 렘브란트의 삶을 고스란히 언어화하여 새로운 시의 화폭으로 걸어 나오게 한 이가 시인인 셈이다. 언어로 표현하기 어려운 삶의 굴곡을 그림으로 표현하듯이, 그림 너머의 그 진한 대비는 다시금 언어로 인해 숨결을 부여한다.

인간에겐 누구나에게 삶의 주인공으로서 무대에 서는 위치가 있다. 그러나 그 정점은 언제나 빛인 건만은 아니듯, 또 언제나 어둠만은 아닌 것이다. 그렇다면 빛과 어둠은 공존의 마력으로써 인간의 삶에 관여하는 것일 터이다. 단지 그 대비를 잘 감당해 내는 자만이 승리자임을 암시한다.

> 물이 탱탱하게 오른 裸婦가
> 음부를 살짝 드러낸 채 서 있다
> 검은 터럭만큼 잎이 무성한
> 물푸레나무에 기댄 채 서 있다
> 따오기 모양으로 먼 산을 쳐다보고 있다
> 마티스의 꿈틀, 꿈틀, 거리는욕망이
> 女体를 통해 뜨겁게 달구어져 나온 욕망이
> 화폭에다 알록달록 옮겨지고 있다
> 보름달을 품은 듯 빵빵한 유방을 한 裸婦에게
> 머리에 올리브 숲이 들어찬 다른 裸婦가
> 경배하듯 머리를 기울이고 있다
> 멀리서 힘겹게 바다를 건너온 또 다른 裸婦가
> 달에게 바치듯 한 아름의 꽃다발을 바치고 있다
> — 「나부(裸婦)」 전문

옷을 벗는다는 것은 인간의 원시성을 향한 근원적 행동이다. 그것은 옷이라는 문화마저 벗어버린, 그러나 미개함과는 차원을 달리하는 자유이며 순수이다. 창작자는 그러한 대상을 통해 욕정과는 변별되는 욕망을 느끼게 된다. 그 원초적 욕망은 화가 마티스의 화폭에 '알록달록'하게 옮겨진다. 옷을 벗은 여체에게서 뿜어져 나오는 빛의 채도는 원색일 수밖에 없다. 여성의 자궁으로 대변되는 음부는 생명을 잉태하고자 하는 창조적 욕망이기에, 그것은 강렬한 색상으로 채색될 수밖에 없는 것이다.

전라(全裸)의 여인에게 주어지는 첫 시선이 음부였다면, 두 번째 발견은 유방이다. 마티스의 화폭에 담긴 나부의 유방은 보름달을 품고 있다. 은백색의 달빛을 머금은 여인의 가슴은 원색과는 거리를 둔 눈부신 색채이다. 이는 모성의 신성함이며 아름다운 상징이다. 이는 에로티즘과는 다른 이미지로 다가온다. 이 숭엄한 여성성 앞에서는 올리브 숲을 머리에 인 다른 나부(裸婦)마저 머리 숙여 예를 표하게 되는 것이다. 멀리서 힘겹게 바다를 건너온 세 번째의 나부까지 한 아름의 꽃다발을 바침으로 모성성의 거룩함을 찬미한다.

화가는 점과 선을 연결하여 대상을 스케치하고 그 위에 색감을 입혀 한 폭의 그림을 완성한다. 그림의 최종은 색채로 대변된다고 볼 수 있다. 여인의 전라에서 황홀한 색채를 덧입히는 작업을 하는 마티스처럼, 대상에 대한 시인의 욕망은 순수한 찬사인 꽃다발을 헌사함으로 종결된다.

시인 최서림은 고흐의 자화상을 통해 생의 진정성을, 렘브란트의 어둠을 통해 삶의 겸손함과 숭고함을, 마티스의 나부에게서 근원적 생명력을 노래하였다. 화가의 시각화된 작품을 통해 시인은 시간을 걸러낸 그들의 삶을 자신의 자화상으로 중첩시키고 있다.

2. 타자화 된 자화상

어둡고 괴로웠던 세월도 흘러

세월이란 무대에 사람들이 웅성웅성 모여 있다
지시에 따라 혹은 서 있고 혹은 앉아 있다
혹은 완장을 차고 있고 혹은 경찰복을 입고 있다
징용 갔다 탈출한 내 아버지 같은 농부도 있고
좌익이라 밤낮으로 도망 다녀야 했던 당숙도 있다
빨치산 피해 면소재지로 이사한 아버지,
설날에도 아버지 대신 내가 큰집으로 가야했다
죽어서도 아버지는 종중산에 묻히지 않았다

끝없는 대지 위에 꽃이 피었네

무덤가에 한 가족이 어색하게 엉거주춤 모여 있다
벌겋게 술기 오른 하급 경찰 큰아들이
성난 거위 모양 꽥, 꽥 고함지르고 있다
성묘도 잘 안 오는 택시기사 둘째 아들이
심드렁하니 듣는 둥 마는 둥 하고 있다
성난 황소 같은 아버지를 무서워했던 막내아들 혼자
아버지의 죽음을 속으로 애도하고 있다
가슴에 섶불을 안고 떠돈 아버지의 슬픔을 슬퍼하고 있다
독하다는 최씨 무덤가에도 해마다 어김없이
냉이꽃, 제비꽃, 할미꽃이 피고 진다

한 많고 설움 많은 과거를 묻지 마세요

어머니 무덤가에 한 가족이 따로따로 돌아앉아 있다
연출자의 지시대로 서로 쳐다보지도 않는다
퇴직 경찰 큰아들은 힘 빠진 목소리로 잔소리 늘어놓는다
경비원 둘째 아들은 자리 뜰 궁리만 한다
시간강사 막내아들은 아무 생각이 없다
평생을 과부처럼 산 어머니는 죽기 전에 아버지를 용서했다
역시 빈틈없는 연출자의 지시대로,
아버지의 바람은 순전히 병 때문이라며
나란히 묻힐 마음의 준비를 다했다
무덤 밑으로는 끝없이 얼었다 녹았다
무심한 세월 같은 강이 흐른다

— 「과거를 묻지 마세요」 전문

과거를 묻지 말라고 주문한다. 화자가 덮어두고 싶은 과거는 시간의 흔적들이다. 연극 무대이다. 그 연극의 막은 3막이다. 제1막은 '어둡고 괴로웠던 세월도 흘러'이며, 제 2막은 '끝없는 대지 위에 꽃이 피었네'이다. 그리고 마지막 3막에서 '한 많고 설움 많은 과거를 묻지 마세요'로 막을 내린다. 제 1막은 살아있는 자들의 무대이며, 제 2막은 아버지의 죽음, 그리고 마지막은 어머니의 죽음이다. 세 명의 아들들에게 주어진 대본, 사랑과 화합 그리고 용서이다. 용서한다는 것은 시간이라는 세월이 주는 처방약이다.

시간을 대표하는 그리스 언어중 하나는 크로노스(chronos)이다. 크로노스로 표현된 시간은 일반화 된 시간을 가리킨다. 크로노스는 '시간의 냉혹한 아버지'라고 부르는 크로노스신과 환치된다. 그리스 신화에서 우라노스와 가이아의 아들인 크로노스는 누이인 레아와 결혼한다. 그러나 그는 지배권을 가지고 태어날 후계자에 대한 두려움과

질시로 출생되는 자신의 자식들을 먹어 버린다. 크로노스의 자식들 가운데 레아가 살려낸 막내인 오직 제우스만이 목숨을 부지한다. 무사히 성장한 제우스는 크로노스를 제압하고 올림포스에서 인간의 운명을 다스리게 된다.

크로노스 신화에는 모든 것을 집어삼키면서 다가오는 시간에 대한 두려움과, 시간에 먹힘을 당하는 인간의 무기력함이 담겨 있다. 크로노스의 막강한 힘 앞에서 인간은 허무하게 무너져 내린다. 시간에 대한 공포로 인해 수많은 인간들, 특히 힘있는 자들은 그 시간을 잡으려 노력하였던 것이다. 그러나 시간을 잡을 수 인간은 어디에도 없다.

사랑이란 말이 외계어처럼 들리던 때였다
시뻘건 적개심이 우울중을 몰아내주기도 하던 때였다
들을 귀가 없어 공허하게 혼자 떠들기만 하던
내 안에 빽빽이 도사린 가시는 보지 못하던 때였다
내 가시에 내가 찔리는 줄도 모르던 때였다

잿빛 꿈이라도 꾸어야 시인이지만
모든 이데올로기는 비극적이란 말도 있다
반들반들한 말의 벽돌로 빈틈없이 쌓아올린 집 속에
손님으로 들어가 쉴 만 한 방들이 없다
말이 너무 많아 말과 말이 섞일 공간이 없다

말에 허기진 나더러 아내는
씨 뿌리는 사람의 심정으로 시를 써보라 한다
정신없이 말을 뱉어내기 바쁜 시인보다
마음속에다 빈 주머니를 주렁주렁 달고
느릿느릿 받아먹어주는 사람이 고마운 때라 한다

잘라도 잘라도 솟아오르는 말의 가시를
뭉그러뜨릴 수 있는 것도 역시 말뿐이라 한다
―「가시나무」전문

　자신의 이야기를 담담하게 내놓을 수 있다는 것은 삶을 관조한다는 의미이다. 즉 자신을 타자화하고 그 대상을 동일시 할 수 있게 되었음을 보여줌이다. 그것은 화해이고, 치유의 길이다. 사랑이 외계어처럼 들리던 때, 핏빛어린 적개심이 오히려 우울증을 몰아내주던 때, 귀를 닫아 더욱 공허하게 독백만 하던 때, 내 안의 가시가 나를 더욱 찌르기만 하던 때는 모두 과거였다. 그 모든 과거들은 나와 대척점에 있던 타자들이었다.

　시인이란 옷이 어색한, 말의 성찬 속에 이방인처럼 서성이던 시인은 아내의 조언에 귀를 기울이게 된다. 씨 뿌리는 심정으로 시를 쓰라 하는 말, 정신없이 말을 뱉어내지 말고, 말로서 말의 가시를 뭉그러뜨리라는 시인이 되라는 말에 귀 열게 된 것이다. 아내란 가장 가까운 나이면서 전혀 다른 나의 타자이다. 그는 이 근접한 타자와의 소통을 통해 내 안의 나를 긍정할 수 있는 합일점을 찾은 것이다. 오늘이 과거되어 나와 아내와 뭇 타자들을 찌르게 될 가시나무일지라도 말로서 그 가시를 잘라내려 한다. 마음 속 빈주머니를 달아내어 소통의 언어를 받아줄 사람을 고마워한다.

　최서림의 과거와 현재 그리고 미래는 카이로스적이다. 고대 그리스어 카이로스(kairos)는 '적절한 찰나, 기호, 올바른 척도' 등을 뜻한다. 적절한 순간을 나타내는 그리스의 신 카이로스는 발이나 어깨에 날개를 달고 있는 모습으로 묘사된다. 카이로스의 시간은 인간에게 다가

오며, 또한 인간에게 손을 내미는 시간의 다른 얼굴이다, 이러한 시간은 인간이 잡을 수 있는 것 너머에서 인간에게 다가오는 선물과 같은 개념이다.

그러므로 카이로스에서 기회라는 단어가 출현하는 것처럼, 적절한 시기를 파악하는 것이 관점이다. 적절한 순간이나 기회를 잡으면 잔인한 시간은 언제든지 천사처럼 아름다운 사랑의 시간으로 변환된다. 시간은 언제나 냉혹하거나 혹은 자비롭지만은 않기 때문이다. 근원적인 잔혹함에도 불구하고, 시간은 언제나 그러한 상황을 역전시킬 수 있다. 이를 통해서 역동성을 지닌 절대적 시간, 완전한 자아와 만나게 되는 것이다. 그것은 타자와 소통되는 절대 긍정의 기회의 시간성을 내포한 자화상의 완성이다.

근대체험의 이중성

오장환 시세계

  오장환의 시세계는 근대의 체험에서 시작한다. 그의 근대 체험은 도시와 항구라는 특정 공간을 전경화한다. 식민지 상황의 혼란스러움과 병행하여 소란스런 근대화의 풍경이 은유되는 곳이 도시와 항구이다. 도시에 대한 부정적 이미지는 일명 자연주의 혹은 프롤레타리아 문학이 출현한 1920년대 문학에서도 존재한다. 그 시기의 도시는 궁핍함과 비인간으로의 전락, 전반적 고통 등으로 병리적인 공간 이미지이다. 그러한 부정적 양상은 1930년대 문학으로까지 이어진다.

  1930년대에는 도시화된 삶의 감각과 정서를 익히고, 그 도시의 언어를 수용한 작가들의 새로운 문학담론이 한 축을 이룬 시기이며, 아울러 그와 이항대립을 이루는 도시화 된 삶의 양상이 도드라진 시기다. 즉 이 시기는 향락적이며 동물적 행동의 확산, 부도덕함과 윤리의 몰락, 소외의식과 물신 팽배 등의 이미지와 연관된 비판과 혐오의 태도를 반영하는 작품이 양산된 것이다.

旅愁에 잠겼을 때, 나에게는 죄그만 希望도 숨어버린다.
요령처럼 흔들리는 슬픈 마음이어!
요지경 속으로 나오는 좁은 世上에 이상스런 歲月들
나는 追憶이 茂盛한 숲속에 섰다.//
요지경을 메고 단이는 늙은 장돌뱅이의 고달픈 주막꿈처럼
누덕누덕이 기워진 때문은 追憶,
信賴할 만한 現實은 어듸에 있느냐!
나는 市井輩와 같이 現實을 모르며 아는 것처럼 믿고 있었다.//
괴로운 行旅ㅅ 속 외로히 쉬일 때이면
달팽이 깍질 틈에서 間밖을 내다보는 얄미운 노스타르자
너무나, 너무나, 뼈없는 마음으로
오 – 늬는 무슨 두 뿔따구를 휘저어보는 것이냐!
— 「旅愁」 전문

    화자는 전통을 비판한 근대적 삶 또한 이미 때문은 추억이 되어 버린 것을 현실로 인식하고 체험한다. 시적 자아가 반추하는 여수(旅愁)는 "죄그만 희망"도 없는 "요령처럼 흔들리는 슬픈 마음"이다. 슬픈 마음은 전통이 파괴된 지점에 서 있는 시적 자아의 "뼈없는 마음"과 인과성을 갖는다. 뼈가 없다는 의미는 주체적이지 못한 것을 상징하는 것이다. 달팽이처럼 껍질 속에 웅크리고 있는 시적자아는 근대라는 외부 세계가 그 자신이 전혀 알 수 없는, 정체를 숨긴 대상이라고 말한다. 시적화자는 "신뢰할 만한 현실은 어디에 있느냐!"며 탄식한다. 시적화자는 "시정배와 같이 현실을 모르며 아는 것처럼 믿고 있었다"고 고백함으로써 현실을 준엄하게 판단한다. 화자는 현실을 착시하여 오류를 범했음을 인정한다. 화자가 이런 현실을 깨달았을 때는 이미 "괴로운 행려 속"에 외로이 놓여져 소외된 상태라는 것이다.

현실로부터 소외된 화자는 "달팽이 깍질듬" 속에 숨겨진 얄미운 '여수'를 드러내는 이중적인 존재이다. 이는 근대적 체험이 달팽이만큼이나 느리고 여린 소극적 자의식이라는 것을 노출한 것이다. 타자의 위치에서 접근하는 근대는 달팽이의 두 뿔처럼 조심스레 더듬어 볼 뿐이다. 주체적 욕망의 타자인 근대는 '얄미운' 대상으로 전해진 것이다.

> 溫泉地에는 하로에도 몇 차례 銀빛 自動車가 드나들었다. 늙은이나 어린애나 점잖은 紳士는, 꽃 같은 게집을 飮食처럼 실고 물탕을 온다. 젊은 게집이 물탕에서 개고리처럼 떠 보이는 것은 가장 좋다고 늙은 商人들은 저녁상 머리에서 떠드러댄다. 옴쟁이 땀쟁이 가진 各色 드러운 皮膚病者가 모여든다고 紳士들은 두덜거리며 家族湯을 先約하엿다.
>
> ─「溫泉地」전문

1930년대 어느 온천의 풍경을 섬세하게 그려낸 작품이 인용된 시이다. 여기에 등장하는 인물에는 '늙은이 · 어린애 · 젊은 신사'가 있고, '늙은 상인'과 '꽃 같은 계집'이 나온다. 그리고 옴쟁이, 땀쟁이 등 각종 피부 병자가 나온다. 꽃 같은 계집애를 싣고 온천지에 오는 늙은이나 어린이나 신사는 근대적 신흥 부르주아의 타락한 군상들로만 형상화되었다. 이 신흥 부르주아는 '은빛 자동차'로 상징되어 그려지기도 한다. 근대 남성들은 여자를 탐하기 위해 온천지에 간다. 그들에 의해 꽃 같은 계집들은 물위에 떠 있는 개구리로 묘사된다.

꽃이 파충류로 변하는 시적 의미 공간은 많은 해석을 내포한다. 그에 비해 신사들은 옴쟁이 땀쟁이들을 피해 가족탕을 예약한다. 이는 선별된 계층의식을 드러내는 행위를 시에서 보여준다. 신사들은 천민들이 자신들과 온천을 함께 이용하는 것이 못마땅해 그들은 투덜거리기까지 한다. 그래서 「溫泉地」는 계몽의 역설이 무엇인지를 여실히 보여준다. 피부병은 불결한 환경과 영양결핍의 결과인데, 이는 그 시대를 살아 간 식민지 원주민의 고단한 삶과 고통스런 현실을 반영한 것이다. 온천은 하늘이 인간에게 준 자연 유산이지만, 그 이용마저도 일제의 식민성과 자본논리에 잠식되고, 사회계급으로 차등 받는 현실을 말한다.

이 시에 나오는 여성이 받는 차별과 억압은 실로 더 큰 고통과 비하로 표상되고 있다. "꽃 같은 계집"들이 '음식'으로 직유된 시어에서 그 시대 여성이 감수해야만 했을 신산한 삶을 짐작케 한다. 여성을 단지 향락의 도구로 전락시킨 시인의 의도는 모성을 상징하는 여성성의 강한 부정을 통해 오히려 약하고 힘없음을 옹호하려는 의도로 읽는다. 인간의 심신을 안락하게 위로하고 치료해 주어야 할 온천지가 매음과 퇴폐의 장소로 전락되는 모습을 형상화하고 있는 것은 시대적 아픔에 처한 개개인의 생의 구경을 뚜렷이 묘사하기 위해서 이다. 인간의 초라한 모습을 내비치어 오히려 긍정적 삶의 자리를 희구하고픈 욕구를 떠올리도록 하는 시인의 의도로 해석된다.

내가 授業料를 밧치지 못하고 停學을 바더 歸鄕하엿슬 째 달포가 넘도록 淸潔을 하지 못한 내 몸을 씨서볼녀고 나는 浴湯엘 갓섯지// 쓰거운 물 속에 왼몸을 잠그고 잠시 아른거리는 情神에 陶醉할 것을 그리어보며// 나는 아저씨와 함께 浴湯엘 갓섯지// 아저씨의 말슴은 「내가 돈주고 째씻기는 생전 처음인 걸」 하시엇네// 아저씨는 오늘 할 수 업시 허리굽은 늙은 밤나무를 베혀 장작을 만드러 가지고 팔

너 나오신 길이엿네// 이 古木은 할아버지 열두 살 적에 심으신 世傳
之物이라고 언제나 「이 집은 팔어도 밤나무만은 못팔겟다」 하시드
니 그것을 베여가지고 오섯네 그려// 아저씨는 오늘 아츰에 오시어
이곳에 한 개밧게 업는 沐浴湯에 이 밤나무 장작을 팔으시엇지// 그
리하여 이 나무로 데인 물에라도 좀 몸을 대이고 십흐서서 할아버님
의 遺物의 部品이라도 좀더 갓차히 하시려고 아저씨의 目的은 째썻
는 것이 안이엿든 것일세// 세 시쯤해서 아저씨와 함께 나는 浴湯엘
갓섯지// 그러나 문이 다처 잇데그려// 「엇재 오늘은 열지 안으시우」
내가 이러케 물을 때에 「네 나무가 써러저서」 이러케 主人은 얼범
으리엿네// 「아니 내가 앗가 두 시쯤 해서 판 장작을 다-째엇단 말이
요?」하고 아저씨는 의심스러히 뒷담을 처다보시엿네// 「へ, 實は 今
日が市日で あかたらけの 田舍っぺーが 群をなして 來ますからね
え.」하고 쌀쩍가티 생긴 主人은 구격이 맛지도 안케 피시시 우스며
아저씨를 바라다보앗네.「가자!」//「가지요」 거의 한째 이런 말이 숙
질의 입에서 흘러나왓지// 아저씨도 夜學에 단이서서 그짜위 말마
듸는 아르시네 우리는 패ㅅ 심해서 그곳을 나왓네// 그 이튿날일세
아저씨는 나보고 다시 沐浴湯엘 가자고 하시엿네// 「못하겟슴니다
그런 더러운 모욕을 當하고……」// 「음 네 말도 그럴듯하지만 그래
두 가자」하시고 강제로 나를 쓸고 가섯지

— 「목욕간」 전문

위의 시 「목욕간」은 오장환의 처녀시이다. 오장환이 발표한 시에서
부분적이나마 일본어를 사용한 시는 이 「목욕간」밖에 없다. 오장환 시
에 나타나는 많은 외래어와 한자어에 비해 일본어의 활자화는 「목욕
간」이 유일한 것이다. 즉 이 시는 오장환의 시대적 고뇌를 느끼게 한
다. 그리고 시인인 그의 의식에 잠재해 있는 '이중 언어' 상황을 엿볼
수 있다. 그는 이 이중 언어적 상황을 통해 여러 시들에 은유적 의미를

다양하게 부여해주는 시작 활동을 펼쳐 나간다.

이 시는 '나'와 '아저씨' 그리고 '목욕간 주인' 등 세 명의 인물이 설정되어 있다. 이 세 사람은 모두 '목욕간'이라는 동일한 공간을 두고 시적 화제를 다양하게 언표한다. 몸을 씻으려 원하는 '나'와 '아저씨'는 조선 사람이고, 목욕탕 주인은 일본인이다. 먼저 '나'의 '목욕'에 대한 겉 뜻은 '달포가 넘도록' 씻지 못해 '청결'을 위해 욕탕을 간다. 그리고 그의 은유적 속뜻은 '수업료를 바치지'못하여 '정학'을 받아 '귀향'한 나의 울분을 씻어 내기 위한 행위이다. '나'는 현실의 울분을 뜨거운 물속에서 잠시 나마 아른거리는 정신에 도취하고픈 욕망을 지니고 있다. 즉 '나'는 무의식적 식민화에 중독되어 있다.

두 번째 인물인 '아저씨'는 돈을 주고는 생전 처음으로 때를 씻으려한다. 그런 그가 목욕탕에 간 이유는 따로 있다. 그 날 그는 궁핍함 때문에 '세전지물'인 밤나무를 베어 팔러 나온다. 그 밤나무는 그의 부친이 열두 살 적에 심은 고목이었다. 목욕간은 이 나무로 물을 데우기에, 비록 베어서 팔린 나무이긴 하지만, 그 물에 몸을 담구어 조상의 유물의 부품이라도 좀 더 가차이 하려는 열망 때문이다. 목욕탕 주인은 오후 세시에 문을 닫는다. 그가 오후 세시밖에 안된 시각에 문을 닫은 이유는 "へ, 實は 今日が市日で あかたらけの田舍っぺーが群をなして 來ますからねえ(예, 실은 금일이 장날인데 때투성이 촌놈들이 무리를 지어 오기 때문에-)"이다. 즉 장날이기에 때투성이 촌놈들이 많이 몰려오기 때문이라는 것이다. 그는 이 답변을 할 때 피시시 웃으며 아저씨를 바라다본다. 이는 식민치하의 지배권자의 속성을 은유화한 전형이다. 이 시에 언표된 외적 이야기의 구성과 함께 주된 시어로 등장하

는 명사는 '수업료, 귀향, 청결, 욕탕, 뜨거운 물, 왼몸, 정신, 늙은 밤나무, 장작, 고목, 유물, 장날, 때투성이, 촌놈무리, 야학, 모욕'이다. 이 시를 구성한 이 명사들은 두 가지 이항대립으로 분류할 수 있는데, 근대 자본주의를 조선에 전달한 주체자인 일제를 표방하는 '수업료, 청결, 욕탕, 뜨거운 물, 모욕'과 문명화하고자 하는 열망을 지닌 조선인의 모습을 형상화한 '귀향, 왼몸, 정신, 늙은 밤나무, 장작, 고목, 유물, 장날, 야학'이다.

'목욕간'은 전통적 가치관과 가부장적 언어를 해체하는 근대언어이다. 조선의 전통사회에서 '목욕간'은 자연적 공간이었다. 몸을 씻는 행위의 공간은 마을의 우물가, 마을 근처의 도랑이나 웅덩이 그리고 시냇가였다. 극소수의 계층을 제외하고는, 오월 단오를 전후로 몸을 씻었을 일반 민중에게 항시 더운물이 나오는 '목욕간'은 분명 전통을 뛰어넘는 새로운 공간이다. 물론 조선인도 겨울에도 물을 데워서 몸을 닦았지만, 상업화된 공간으로의 '목욕간'은 일본을 통해 전수된 것이다. 냄새나는 몸을 씻는 공간문화의 전수자로서 일본은 자만심을 지녔던 것이다. 그리고 그 문명의 혜택을 받으며 멸시 당하는 조선인의 의식은 새로운 문화의 혜택으로 오는 생활의 윤택함과 지배국의 멸시를 느낄 수밖에 없는 이중적 갈등구조 속에 처한다.

「목욕간」에서부터 그의 사회주의적 이데올로기를 다분히 보여주고 있다. 「목욕간」의 결미는 아저씨에 의해 '나'마저도 강제로 목욕탕에 끌려가고 있음을 보여주고 있는데, 이는 자본주의의 병폐와 더불어 순박한 농민에 의한 사회 변혁을 보여주고 있기 때문이다.

港口야/ 게집아/ 너는 悲哀를 貿易하도다//…중략… 나는 貨物船에 업듸어 口(嘔)吐를 했다 …중략 … 나는 거리의 골목 벽돌담에 오줌을 깔겨보았다./…중략…자물쇠를 채지 안는 또어 안으로, 浮華한 우슴과 삐어의 누른 거품이 북어오른다//. 야윈 靑年들은 淡水魚처럼/ 힘없이 힘없이 狂亂된 ZAZZ에 헤엄처 가고/ 빩—안 손톱을 날카로히 숨겨두는 손,/ 코카인과 한숨을 즐기어 常習하는 썩은 살덩이//…중략… 수박씨를 까바수는 病든 게집을—/ 바나나를 잘러내는 遊廓 게집을—//…중략…//질척한 內臟이 腐蝕한 內臟이, 타오르는 强한 苦痛을…중략…// 발레製의 무듸인 칼ㅅ 날, …중략…// 三面記事를,/ 略(咯)血과 함께 비린내나는 病든 記憶을…중략… 凶측마진 구렝이의 살결과 같이/ 늠실거리는 거믄 바다여!/ 未知의 世界,/ 未知로의 憧憬,/ 나는 그처럼 물 우로 떠단이어도 바다와 同化치는 못하여왔다.// 家屋안 김승은 오즉 사람뿐/ 나도 그처럼 頑固하도다.// 쇠窓ㅅ 살을 부짭고 우는 게집아!/ 바다가 보이는 저쪽 上頂엔 外人의 墓地가 있고,/ 하—얀 비둘기가 모이를 쪼웃고,…중략…// 이년의 게집,/ 五色,/ 七色,/ 領事館 꼭대기에 때문은 旗폭은/ 그집 굴뚝이 그래논게다./ 지금도 절룸바리 露西亞의 貴族이 너를 찾지 않드냐.// 燈臺 가차히 埋立地에는/ 아직도 묻히지 않은 바닷물이 웅성거린다./ 오— 埋立地는 사문장/ 동무들의 뼈다귀로 묻히어왔다.// 중략…부어올은 屍身, 눈ㅅ 자위가 헤멀언 人夫들이 떠올라온다.// 港口야,/ 幻覺의 都市, 不潔한 下水口에 病든 거리어!/ 얼마간의 돈푼을 넣을 수 있는 죄그만 지갑,/ 有毒植物과 같은 賣淫女는/ 나의 소매에 달리어 있다.//…중략 …. 나는/ 賭博과/ 싸움,/ 흐르는 코피!/ 나의 등ㅅ 가죽으로는…중략 …// 稅關의 倉庫 옆으로 다름박질하는 中年 사나히의 쿨—렁한 가방/ 防波堤에는 水平線을 넘어온 …중략…// 못쓰는 株券을 갈매기처럼 바다ㅅ가에 날려보냈다./ 뚱뚱한 게집은 부—연 배때기를 헐덕어리고/ 나는 무겁다//…중략… 潮水의 쏠려옴을 苦待하는 病든 거의들!/ 濕疹과 最惡의 꽃이 盛華하는 港市의 下水口,/ 드러운 수채의 검은 등때기,/ 급기야/ 밀물이 머리맡에 쏠

리어올 때/ 톡 불거진 두 눈깔을 휘번덕이며/ …중략…// 陰狹한 씨
내기, 사탄의 落倫,/ 너의 더러운 껍데기는/ 일즉/ 바다ㅅ 가에 소꼽
노는 어린애들도 주어가지는 아니하였다.
　　　　　　─「海獸, 사람은 저 빼놓고 모조리 김승이었다」부분

　「海獸」는『城壁』의 마지막에 실린 30연으로 이루어진 장시로, 그
의 여타 산문시들과 달리 시적 형상미를 갖추고 있으며, 리듬 형태를
잘 드러낸 시이다. 화자는 '항구'를 시적 대상으로 인식하며 6번에 걸
쳐 항구를 부른다. 1연의 '항구야'와 3연의 '항구여!', 11연의 '항구여!
눈물이여!', 16연의 '항구여! 눈물이여!'와 21연의 '항구야,', 그리고 27
연의 '항구여! 눈물이여!'이다. 1연과 21연의 부름은 평상어의 부름이
고, 3연과 11연, 16연, 27연의 부름은 감정이 이입된 느낌표와 함께
'눈물'을 강조한 부름이다. 이런 분류는 이 시를 이해하기 위한 단락의
구분으로 활용할 필요가 있다. 첫째 단락은 1연에서 10연까지이며, 둘
째 단락은 11연에서 15연까지, 셋째 단락은 16연에서 20연까지, 그리
고 넷째 단락은 21연에서 26연까지이며, 마지막 다섯 째 단락은 27연
에서 30연까지다.

　항구의 퇴폐적인 모습을 묘사한 첫째 단락(1-10연)의 주체는 '항구'
와 '계집'으로 그들은 '비애'를 '무역'한다. '무역'이란 상품을 사고 팔거
나 하는 교환 행위이다. 이들의 무역은 '비애'로, 이것은 정상적인 교
환이 아닌 가치상실의 무역임을 역설한다. 시적 화자 '나'는 항구의 현
실에 적응을 못하고 '화물선'에 엎디어 '구토'를 한다. 뿐만 아니라 상
륙하는 날 거리의 골목 벽돌담에 '오줌'을 깔린다. 이런 행위는 '항구'
의 '비애'를 심화시킨다.

시적 화자의 초점은 항구의 뒷골목을 관찰한다. 웃음과 술이 있고, 야윈 청년들은 재즈를 추고, 코카인과 한숨을 즐기는 정경을 묘사한다. '나'가 목격한 항구의 모습은 들레이며(야단스럽게 떠들며) '수박씨'를 까부수고 '바나나'를 잘라내는 병든 유곽의 '계집'이다. 시적자아는 항구의 얼룩진 삶을 관찰하며, '구토'와 '오줌'으로 무시한 '비애' 속으로 합류되는 모습을 보이는데, 그것은 그 자신 독한 술을 마시지 않을 수 없는 정황에 이르기 때문이다. 8연에 이르러 시적 화자는 49도의 독한 술을 연거푸 기울이고 있다. 독한 술에 취한 '나'는 어릴 적 '양심'을 말한다. 술로 인해 내장이 질척해질 정도로 취한 내가 어릴 적 양심을 말함은, 맑은 정신으로는 표현할 수 없는 현재의 부재된 '양심'을 강조한다. 10연에서 시적 화자는 얼굴을 면도하듯 발레제의 무딘 칼로 '양심'을 거세하는데, 이는 그 자신도 '비애'와 '무역'을 의미한다.

둘째 단락 (11-15연)에서 '항구'는 '눈물'과 등가를 이룬다. '눈물'이란 정화의 의미이다. 항구에서의 퇴폐적 삶을 참회하는 시적 화자의 정화 의식이다. 참회와 정화에 대한 자각이 있기에 '나'는 '비애와 분노' 속을 항해한다. '나'는 '계집'과 '술'로 인한 자조와 절망의 구덩이 속에서 두 번째 '구토'를 한다. 첫 째 단락 2연 2행에서의 '구토'가 관조적 상황에 대한 '구토'였다면, 둘째 단락 12연 4행의 '구토'는 주관적이며 경험적 '구토'이다. '나'는 정화의 상징적 참회의식인 '눈물'과 함께 '구토'를 통한 또 한 번의 자기 정화를 구현하고픈 것이다. '눈물'이 정신적 각성이라면, '구토'는 육체적 각성으로 대응된다. 이러한 '눈물' 이미지는 13연에서 화자는 바다와 동화하지 못하고 '미지'의 '세계'에 대한 '동경'을 토로하기에 이른다. 즉 화자는 물위에 떠도는 삶을 정리하고 '육지'에 정박하여 살고픈 소망을 드러낸다. 이는 "어둠의 가로수

여!"라고 부르는 13연 1행에서 그의 간절한 마음을 보인다. 바다에 있을 리 없는 '가로수'를 화자가 부르고 있음은 그가 얼마나 바다를 벗어나서 육지로 향하고 싶어하는 지에 대한 은유이다. '나'가 항구의 비애를 벗어나기 위해서 떨쳐야 하는 장애물은 '계집'이다. 14연과 15연에 이르러, '나'는 비애와 분노를 제공하는 '계집'을 벗어나기 위해 그녀를 '쇠창살'이 있는 '가옥'에 가둔다. '나'가 계집을 벗어나는 길은 그녀를 가두어야 가능하기 때문이다. "바다가 보이는 저쪽 산정(山頂)엔 외국인 묘지가 있고" 무덤에 그녀를 가두기에 이른다. 이것은 '죽음'만이 계집을 떨칠 수 있다는 극단적 방법이며, 이는 '묘지'로 상징되는 죽음이다. 죽음은 퇴폐적인 현실의 질곡을 벗어나는 최후의 수단이다. 죽음은 "하얀 비둘기가 모이를 쪼듯" 평화를 안겨주는 방법으로 전이된다. 그리고 그것은 완벽한 이별을 의미한다. 이는 15연 4행에 언표 된 '작별 인사'이다.

셋째 단락(16－20연)의 '항구'와 '눈물'은 새로운 국면의 등가이다. 둘째 단락의 '눈물'이 참화와 정화의 '눈물'이었다면, 셋째 단락의 '눈물'은 항구의 절망적 삶을 벗어나지 못한 자조적 눈물이다. 절망적 삶은 '너'로 은유된 '항구'에서 더 심화된 모습을 보인다. 17연 3행과 4행의 "이빨이 무딘 찔레나무도 아스러지게 나를 찍어누르려 하지 않더냐!"는 "바람이 끈적끈적한 요기(妖氣)의 저녁"에서 여전히 놓여나지 못한 '나'의 자조이다. 시적 화자의 절망은 18연에서 매음부인 '계집'에 대한 원망이 '이년 계집'으로 거칠게 나타난다. '계집'으로 언표된 여인은 '오색, 칠색'이 의미하듯 여러 나라의 사람들과 관계를 맺으며, 더군다나 '절뚝발이' 노서아의 귀족조차 찾는 여인이다.

19연은 관찰되는 초점이 등대 가까운 '매립지'로 이동된다. 매립지는 죽음의 입구로 시적 화자 '나'의 동무들의 뼈가 묻혀 있는 곳이다. 이 무덤은 둘째 단락인 15연 2행에 그려진 '묘지'와 대조를 이룬다. '바다 저쪽 산정의 외인' 묘지는 평화를 상징하는 '비둘기'가 나는 공간이었다. 결국 그것은 희망사항의 공간이었으나, 현실의 공간인 20연에서는 썩지도 못한 "부어오른 시신"들이 검은 바다로 떠올라오는 상황 아래에 '나'가 있다. 등대 가까이 있는 매립지는 어차피 파도에 의해 시신이 떠올라 올 수밖에 없는 곳이다. 시인이 의미하는 '매립지'는 절망적 현실의 존재를 모두 죽음으로 묻어버리고 싶은 욕망을 나타냄이다. 그러나 그 욕망은 거역할 수 없는 자연의 순리로 무산되고 마는 상황이라는 것을 말해 준다.

물신주의적 가치관에 지배되는 현실이 드러난 넷째 단락(21-26연)은 '항구'의 실체를 적나라하게 표출한다. 항구는 환각의 도시이며, 불결한 하수구에 병든 거리이다. 21연 3행의 "얼마간의 돈푼을 넣을 수 있는 죄그만 지갑"은 '매음녀'에 대한 은유이다. 유독식물과 같은 '매음녀'는 '나'의 소매에 달려 있다. '나'는 유독 식물 같은 매음녀를 받아들일 수도 있고, 거부할 수도 있는 상황이다. 이러한 상황은 22연에 이르러 명확해지는데, 유독가스를 풍기는 '그년'으로 불리는 매음녀는 이미 '나'의 마음까지 '핥아' 놓아서 '나'는 이유 없이 웃을 정도로 그녀에게서 벗어나지 못하는 중독에 걸려있다. '나'가 이유 없이 웃는다는 것은 이미 걷잡을 수 없는 파탄의 지경까지 이르렀음을 말한다. '나'는 도박과 싸움으로 코피를 흘리는 존재이다. "자폭한 보헤미안"의 고집마저 시르죽은(기운을 못 차리는, 기를 펴지 못하는) 빈대이다. 자유롭게 떠도는 보헤미안의 기질마저 상실한 '나'의 처지는 더 없이 비굴한 '빈대'의 형상으로 전락해 있다.

다섯째 단락(27－30연)은 자신과 인간에 대한 분노를 보여준다. '나'가 항구를 떠도는 것은 새로운 세상에 대한 동경과 황금을 얻기 위해서다. 그러나 나는 "못 쓰는 주권"을 바닷가에 날려보내고 그 대신 "뚱뚱한 계집"의 부연 '배'의 무게를 취한다. 이러한 정황들은 마지막 연에 이르러 '음협한' 씨내기(식물이 싹터 자라는 일)와 사탄의 낙윤(파괴된 윤리)으로 귀결되어 비탄의 자조에 이르게 한다.

"사람은 저 빼놓고 모조리 짐승이었다"는 부제와 함께 「海獸」는 서양시에 등장하는 바다괴물의 이미지를 연상시킨다. 이 바다 괴물의 이미지는 결국 시적 화자와 당대 사람들이 겪은 비애와 절망 그리고 파탄의 삶을 안겨주는 주체이다. 그러나 1연에서 27연에 이르는 긴 시를 통해 끊임없이 퇴폐와 절망을 이끄는 괴물의 실체는 명확하게 드러나지 않는다. 오로지 '항구'의 풍경을 통해 보여지는 타락과 불안, 절망에 대한 묘사가 이어질 뿐이다. '항구'라는 당대 사회상황을 인식할 수 있는 중요한 언표에서 바다괴물의 실체는 환유적 기제로 해석을 가능케 한다. 항구는 조선이 최초로 외부의 문물을 접한 교역의 공간이며, 당대 젊은이들이 이국에 대한 동경을 펼 수 있는 세계로의 열린 공간이었다. 문명 유입의 공간이며 새로운 삶의 터전으로 안내되어야 할 지표 공간으로의 '항구'는, 밀항선에서의 도박, 매음, 마약, 폭주를 일삼는 근대의 부정적 공간이며, 타락의 온상으로 상징된다. 이는 근대 문명을 통해 조선에게 개화, 계몽을 표방한 일제 식민주의의 폐단이 자본주의적 생존과 퇴폐의 양면성을 보여준다.

시 「海獸」는 항구의 풍경을 매우 직설적으로 묘사하여 근대의 도시를 타락과 불안, 그리고 절망의 극한으로 그리고 있다. '항구'는 조선에 최초로 근대의 문물을 이항시킨 통로이다. 철도가 내륙을 횡단함으로 근대적 문명을 도시에서 시골까지 확산시켰다면, '항구'는 외부 세계의 문물을 받아들인 중요한 공간이다. 항구는 식민지의 억압과 규제를 탈피할 수 있는 열려져 있는, 자유의 세계를 향한 욕구를 표현할 수 있는 공간으로 그려지고 있다. 이 시의 부제인 "사람은 저 빼 놓고 모두가 짐승이었다"라는 구절은 탐욕과 아귀다툼, 돈이 매개되지 않는 인간관계는 있을 수 없다는 근대인의 타자 의식을 집약시킨 것이다. 두려운 검은 바다와 음습한 항구가 근대인의 생존 조건이라면, 자기 외에는 그 누구에게서도 동질성을 발견하지 못하는 불신에 찬 인간관계야 말로 다름 아닌 '짐승'이기 때문이다.

시적 가역성과 그늘의 시학

초판 1쇄 인쇄일	2017년 9월 29일
초판 1쇄 발행일	2017년 9월 30일

지은이	천영숙
펴낸이	정진이
편집장	김효은
편집/디자인	우정민 문진희 박재원
마케팅	정찬용 정구형
영업관리	한선희 이선건 최인호 최소영
책임편집	문진희
인쇄처	국학인쇄사
펴낸곳	국학자료원 새미(주)
	등록일 2005 03 15 제25100-2005-000008호
	서울특별시 강동구 성안로 13 (성내동, 현영빌딩 2층)
	Tel 442-4623 Fax 6499-3082
	www.kookhak.co.kr
	kookhak2001@hanmail.net

ISBN	979-11-88499-16-8 *03800
가격	18,000원

* 저자와의 협의하에 인지는 생략합니다.
  잘못된 책은 구입하신 곳에서 교환하여 드립니다.
  국학자료원·새미·북치는마을·LIE는 국학자료원 새미(주)의 브랜드입니다.
* 이 도서의 국립중앙도서관 출판예정도서목록(CIP)은 서지정보유통지원시스템 홈페이지(http://seoji.nl.go.kr)와 국가자료공동목
  록시스템(http://www.nl.go.kr/kolisnet)에서 이용하실 수 있습니다.(CIP제어번호: CIP2017024677)」